哪吒敖丙之龙战东海

周紫薇 著

春风文艺出版社
·沈阳·

图书在版编目（CIP）数据

哪吒敖丙之龙战东海 / 周紫薇著. — 沈阳：春风文艺出版社，2024.8
ISBN 978-7-5313-6664-5

Ⅰ. ①哪… Ⅱ. ①周… Ⅲ. ①长篇小说－中国－当代 Ⅳ. ①I247.5

中国国家版本馆 CIP 数据核字(2024)第 054752 号

春风文艺出版社出版发行
沈阳市和平区十一纬路 25 号　邮编：110003
成都市兴雅致印务有限责任公司印刷

责任编辑：仪德明	助理编辑：余　丹
责任校对：张华伟	印制统筹：刘　成
封面设计：悟阅文化	幅面尺寸：170mm ×240mm
字　　数：260 千字	印　　张：13
版　　次：2024 年 8 月第 1 版	印　　次：2024 年 8 月第 1 次
书　　号：ISBN 978-7-5313-6664-5	定　　价：68.00 元

版权专有　侵权必究　举报电话：024-23284391
如有质量问题，请拨打电话：024-23284384

◎画师：Dasein

◎画师：kk

◎画师：阡濯

◎画师：轻松喵

目录

哪吒敖丙之龙战东海 001

序曲 001
第一章　童年 002
第二章　悲怆 006
第三章　少年 009
第四章　计划 011
第五章　打劫 014
第六章　牺牲 016
第七章　仇怨 019
第八章　追击 021
第九章　争执 024
第十章　误会 026
第十一章　献祭 028
第十二章　失忆 030
第十三章　新生 033
第十四章　耍弄 035
第十五章　对决 037
第十六章　出海 040

第十七章	劫数	042
第十八章	异域	044
第十九章	龙赞	046
第二十章	记忆	048
第二十一章	冤家	050
第二十二章	心战	052
第二十三章	兄妹	055
第二十四章	真相	057
第二十五章	觉醒	060
第二十六章	灭世	061
第二十七章	战争	064
第二十八章	星海	066
第二十九章	鏖战	068
第三十章	化桥	070
终章		073
后记		076

钟馗和小年兽 ········ 080

小恐龙的彩虹色新年愿望 ········ 145

第一章	祈雨	145
第二章	彩虹的出现	149
第三章	小恐龙们的愿望	154
第四章	小美的冒险	160
第五章	七只小恐龙的惊险旅程	166
第六章	伙伴的力量	172
第七章	战胜大暴龙	177
第八章	找海螺的旅程	183
第九章	实现谁的心愿	189
第十章	彩虹精灵的愿望	195

哪吒敖丙之龙战东海

序曲

茫茫宇宙，有一颗美丽的蓝星。

她是祖母，也是少女。

蓝星是祖母，用自己甘甜的乳汁孕育了万千生灵，她的子子孙孙都在她身边幸福地享受着母爱的慷慨馈赠。

蓝星是少女，她的色彩何止蓝色？她的彩衣比彩虹更美，上面装点着各色宝石和各种奇花，光华璀璨，芬芳永驻。

但可亲可敬、彩绣辉煌的蓝星，之所以被称为蓝星，是因为她华贵的衣裙上，蓝色最多，最广阔，最浩瀚。

那就是海，一切生灵的摇篮，最美的故乡。

生活在海边的人，是幸福的，一张网便能成全勤劳渔夫的全家饭碗。有了不愁吃穿的前提，靠海的人们早已走出了以物换物的时代，有了钱币，有了对一切美好事物的追求。

陈塘关便是一座临海之城。

她隶属华夏族裔建立的王朝——商。

华夏族的母亲是山的女儿黄河，山为父，高峻万丈，背负积雪，却诞下了滋润万物的女儿黄河。而黄河唱着献给大地之母的壮歌，奔流不息，九曲回环，最终回到海的怀中。

黄河的浪漫明快、孝顺动人，使得华夏族创造了最诗情画意、情义感天的文

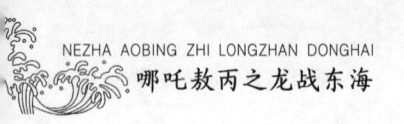

明。这文明如她的母亲黄河，源远流长、兼收并蓄；又如她的祖父高山，挺拔坚韧、绝不低头。

这伟大的文明不断播撒着希望的种子，使贫瘠的土地变得丰饶，干枯的沙漠也有了花香。因此，神州大地的每一个角落，无论是天涯，抑或海角，都有华夏族裔殷勤的身影。更神奇的是，哪怕是生活习惯因自然环境的不一而相异，华夏族也能不断接纳各民族的加入，吸纳他们图腾的一部分，组成自己的伟大的图腾——龙。

华夏族崇拜龙，他们有龙旗、龙舟、龙图腾，玉龙、金龙、贝壳龙。就连华夏族所敬仰的英雄——轩辕黄帝，他的玄孙尧帝也立盘龙华表于阡陌要道，供黎民在上面刻写谏言、针砭时弊。他们骄傲地说自己是龙的传人，可见龙不仅仅是华夏之根，更是文明之果。

这世上，真的有神灵哦。华夏族的神之所以是龙，不是因为神是龙，而是护佑自然的神也爱着辛劳的华夏族，愿意以龙的形象出现在华夏族面前，所以被尊为龙神。

龙神护佑了华夏近万年，以其他形象出现在各民族面前的神灵们也守护了人类上万年。但，神的眼中，众生平等。当人类不再爱护蓝星祖母，砍树焚山、填海造屋之后，神灵便不再出现在我们眼前，他们要保护更为脆弱的生态环境。他们并未放弃我们，他们保护生态，就是保护我们。他们不愿降下灾难，奈何人类总是自食恶果。不过这都是后话了。我所讲述的这个故事，发生在龙神与华夏族相处最融洽的黄金时代。

第一章　童年

东方有大海，海中有龙君。

东海龙王敖广的龙后诞下了两枚龙蛋，一金一银，一阴一阳。整个东海与陈塘关都笼罩在热烈的喜庆氛围中。美酒珍馐、衣香鬓影。所有人都认为这两枚龙蛋诞下的龙太子与龙公主，乃是千年来唯一的金龙身与银龙身，必将给自应龙庚辰之后四海龙族再无一龙修炼成应龙的窘境画上句点。

但两枚龙蛋虽然是一起在龙后怀中孵化的，破壳之后的哥哥敖丙却没有关于母亲的一丝记忆。因为龙后走了，在冬日的最后一场雪后，走了。她给爱子爱女留下了最美丽的礼物——生命，和美好的名字——敖丙，丙属火，光明温暖之物；敖凌，傲雪凌霜，一生不屈。

而在敖丙出生后的第五年，即敖凌破壳的那一年，陈塘关总兵李靖的夫人，纣王之妹长风长公主殷素知在怀胎三年六个月之后，生下了个身带异香的肉球。李靖小心翼翼地切开肉球，抱出了个不哭不笑的婴孩，被乾元山金光洞的阐教十二金仙之一的太乙真人收为爱徒。太乙真人给这婴孩起名"哪吒"，"哪"乃驱邪祛疫，"吒"为叱吓邪恶，太乙真人说这孩子乃是采天地之灵气，集日月之精华的宝石灵珠子的转世，注定斩妖除魔、扬名万世。故而，哪吒也被称为灵珠少主，因母亲为王室，父亲为将军，他自己又身负两世传奇，灵珠少主之名便是陈塘关最响亮的名号。

不过，别小看这灵珠少主，可是少年英雄，七岁就长成了英俊少年的模样，他初生之时，与我们的小恐龙太子敖丙可有一段缘分呢。

哪吒出生时，被父亲从肉球中抱了出来，不哭不笑，呆若木鸡。前来道喜的龙王父子与满朝同僚都惊异地围过来，李靖尴尬得不知所措。孩子不哭，是因为身体强壮很适应生命中的第一口空气吗？但孩子什么表情都没有，会不会是个呆子呢？年仅五岁的小敖丙看出了李靖的窘态，他掐了个诀，变出了自己的龙头，做了个龇牙咧嘴的恐怖表情，不哭不笑的小哪吒居然立刻露出了幼儿看见怪物时的惊恐神色，哇哇大哭起来。李靖也终于放心地笑了，慈爱地摸了摸小敖丙的头。宾客们喜笑颜开，有的打趣，这李府贵公子必与东海龙太子是前世冤家，有的夸赞小恐龙太子果真神武，大家各得其乐，好不融洽。哪吒也不愧是灵珠子转世，出生三天便会说话，三岁时便长成了十岁孩童的模样，武艺高超，骑射双绝，世人好不艳羡。

龙宫与李总兵府同得贵子，又喜有缘分，再加之敖广在李靖游学西昆仑时，与之曾有一拜之交，两家关系便更为要好。敖广每年都会带着爱子爱女拜会哪吒一家，但敖凌年幼，敖丙不知为何，不喜与哪吒来往，而哪吒喜静，忙于功课，两家虽年年见面，三个孩子的关系甚至不如他们的父辈。

小恐龙太子敖丙，虽是东海唯一的太子，仅有的金龙身，却有两个大苦恼：一个来自妹妹敖凌，一个来自熟人哪吒。但他说不出口，这让他更为郁闷。一族太子的尊贵身份，让他只能把这苦闷藏于活泼可爱的外表下。孩子的忧伤，就像白云投向大地的淡淡荫翳，没人会留意，大家习惯了赞叹，忽视了孩子内心的阴暗面，往往比大人更简单，却又更深刻。

童年，是一颗初时甜、后劲辣的酒糖，敖丙、敖凌的童年结束于一场突如其

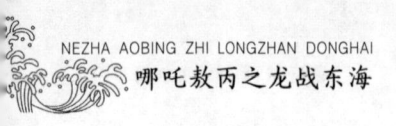

来的灾难。

那一年，敖丙十岁，敖凌五岁。有道是：幸运的人一生被童年治愈，不幸的人用一生治愈童年。当一个孩子不得不像大人般肩负重担，或自怨自艾时，他的童年便枯萎了。

鲜花岛，是敖凌最喜欢的地方。这里有五彩缤纷的花卉，芬芳怡人，花中清露盈盈欲滴。一株不高不低的玉兰树，有着蜿蜒交错的树纹。亭亭如盖的树冠，明洁的玉兰花开了满树，幽然的花香仿佛飞舞的精灵般赐福给鲜花岛上的一切生灵。风一吹，枝丫轻摇，带动着满树鲜红的平安结一起飞舞，那是龙公主凌儿最喜欢编织的平安结，她的巧手虽是稚嫩，却能把小小心意凝结成结，把柔软的丝缎化作祝君平安的结语。

那一天，本是阳光柔媚，百花浮香。

小太子敖丙与小公主敖凌在玩蒙眼捉迷藏的游戏。敖凌的双眼，蒙上了白色的绫缎，她笑出了两个娇俏的梨窝，款步向离自己五步远的哥哥摸去。眼看就要抓到哥哥了，敖丙突然一个侧身，敖凌扑了个空。

敖丙狡黠一笑，说了句"辰时"。

敖凌按照指令，笑着转身去抓敖丙，眼看要抓到了，敖丙却迅速溜到妹妹身后，用指尖弹了一下她的后脑勺。敖凌噘噘嘴，一挥手，修习水系道法的她，幻化出一道水光射向敖丙。敖丙灵巧地拐了拐身子，再次躲开，坏笑着又弹了妹妹的后脑勺一下。敖凌不服气地回身抓去，敖丙得意地躲到了花丛后，背对着敖凌，捂嘴偷笑。

天突然阴沉了起来，一阵冷风刮过，敖丙打了个哆嗦，抬头看向天空。

太阳变成了细细的环形，仿佛日环食。天地失色，繁花美景都变作了灰白两色，清新的芬芳也消失了。

敖丙疑惑地看着天空，他身后的敖凌被黑色的风袭击，无声无息地倒下了。

敖丙看向妹妹，发现敖凌不省人事，忙跑过去。他单膝跪地，紧张地摇着妹妹："凌儿！"

一道黑色的暗影在敖丙身后缓缓蔓延，暗紫色的爪子向他伸来。敖丙虽没有回头，凛然的目光却已说明他感知到了危险的逼近。他不动声色地握住了腰间镶着宝石的短剑。那黑影也意识到了敖丙有所察觉，伸向敖丙的爪子缩了回来，托着下巴，饶有兴趣地盯着敖丙。

敖丙暴起，回身拔出短剑朝黑影掷去，黑影却迅速地像雾一般消散了。

短剑刺进了一棵大树的树干上。

前方的草丛在抖动，敖丙想冲上前查看，但看了一眼倒下的妹妹，没有行动。他举起手对着短剑做了个抓的手势，短剑迅速飞回他手中。

敖丙警惕地转身，想查看妹妹的情况。那黑影却吊在树上倒立着，暗红色的眼睛与他对视。敖丙敏锐的眼神瞬间化作了惊恐。

敖丙身后，一股更强劲的风刮来，瞬间飞沙走石。手持龙杖的东海龙王敖广赶了过来，手中龙杖打向那黑影。黑影却优雅地站起，一手持敖丙的短剑，按在敖丙的脖颈上，一手转动着银色的龙珠，得意地笑着。敖丙如傀儡般无神地站立，他们身侧，是倒下的敖凌，身上散发着的和龙珠一样的银色微光，正在消散。

敖广震惊地盯着黑影手中的龙珠，愤怒地举起龙杖一顿地面，声如金石，尘沙飞起。

敖广怒喝："阴阳蛟！"

他想起了千年前的大禹时代，龙族始祖应龙神的仇敌之一——阴阳蛟。阴阳蛟可化人形，却有着野兽般的爪子，可说是兽爪，却又没有皮毛，而是包裹着硬硬的鳞片，正如眼前的这个黑影。

黑影化作了一个身材苗条的黑袍女人，笑得妖媚而诡异。

阴阳蛟之一的黑妹优雅地鞠了个躬："在，我的龙王陛下。小公主的味道很甜美。小太子实力不错，心却很彷徨。我最爱欺负不自信的人！哈哈哈哈……"

敖广咬牙切齿："阴阳蛟，把他们给本王放下！"

龙杖上的龙头睁开了双眼，神光如炬。

黑妹冷笑："想要你的孩子？接好了！"

黑妹抓起敖丙的衣领将他向一旁抛去，龙王冲上前将爱子接住。

龙王抱着敖丙回身时，黑妹一手捏着敖凌的龙珠，一手把玩敖丙的短剑，身形如鬼魅般飘远。

她得意扬扬地嗤笑："这龙珠可真美，我最喜欢亮晶晶的东西。哈哈，都说蛇不如蛟，蛟不如龙，飞龙不如应龙。敖广，今天只是个开始，你儿子的龙珠，你的龙珠，还有四海八荒、神州大地迟早都是我们兄妹的！要不要打个赌哇，应龙的子孙？"

敖广怒不可遏，放下不省人事的敖丙，杀向黑妹。

一支粗壮的胳膊拦住了挥来的龙杖，敖广竟被反击之力弹得向后滑行数丈。身着白甲、浑身肌肉的白哥挡在了敖广面前。他碰了碰拳，双拳相碰之声，呼哧如风。

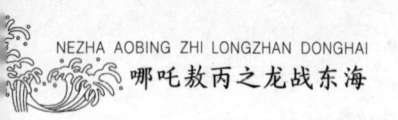

白哥挥了挥胳膊："弱！真是太弱了！难怪上千年来龙族出不了第二条应龙。"

敖广与白哥激战，白哥几个回合就将敖广击退。敖广怒气冲天，举起龙杖狠狠打向白哥，二人同时被巨大的反冲力击退，骨头同时骨折。白哥咳了一大口血。

黑妹焦急道："哥哥！"

白哥皱眉，眼神凶恶，抹了把嘴上的血，想继续打斗。

黑妹冲上去扶白哥："别逞强。"

说罢，黑妹攥紧了敖凌的龙珠，挑衅地看着敖广说道："我最爱看人绝望的表情，也最爱看人不屈的眼神。为了双份的快乐，我要让绝望的脚步渐渐逼近，把不屈的心吓成碎片！今天我只带走小公主的龙珠，另两颗寄放在你们这儿。下次，我会带走小太子，然后，让你们一家团聚。打赌吗？不屈的王……"

白哥黑妹合体成巨型双头蛟龙，退出了结界，敖广冲了上去，一杖打来，结界破碎，碎片乱飞。

那一刹，灰白的苍穹消失了，金辉洒在平静的海面上，偶尔有细鳞般的白浪轻敲灰黑的海岩。

阴阳蛟已不见踪影，唯余远方雷暴的荫翳在若隐若现地闪动。

龙王喘着怒气，怒视着暗流涌动的海面，攥住龙杖的手指摁得发白。

第二章　悲怆

敖广怀抱着不省人事的女儿，将她轻轻放在柔软的贝壳床上，披好被子，在女儿额头上轻落一吻。

敖丙悲伤地看着这一幕，眼中泪光闪耀。

敖广将爱子揽入怀中，轻声道："我儿，凌儿穿上了滋养灵魂的万龙甲，只要甲不离身，两年之内，她不会有事的。失去龙珠，她将失去记忆，但只要好好待她，那些记忆也会慢慢恢复。父王会让你和那灵珠少主结契，从此，除了你的结契兄弟和你自己，没有人能挖你的龙珠。这也是为了东海和大商的和平。"

敖丙含泪摇头："可我讨厌哪吒，我只想守着妹妹！哪怕是用生命。"

敖广很吃惊，他没想到"用生命守着"这样的话会从一个十岁男孩嘴里说出，一时之间，他不知自己是该欣慰，还是担忧。

"我的儿，你知道什么是死亡吗？"敖广的心，一揪一揪地疼着，他的女儿已受重创，他绝不能让儿子也承担悲剧。

"不就是变成星星吗？"一脸天真的敖丙看向水晶宫的窗外。可惜窗外混沌一片，幽深的海底藏着闪闪发光的美丽生物，却看不见一丝星光。

"您对我说过，我们的祖先应龙神化作了苍龙七宿。每一条龙去世，都会化作星辰。所以，死亡可怕吗？你们一抬头，就能看见我，而我一俯身，也能看见你们。"

敖广凝重地注视着爱子，强忍着泪水的双眼中，暗含慈爱、骄傲，与无可奈何。

敖广在敖丙额头上也轻轻吻了一下："丙儿，你是东海的未来，除了东海的大局，你不能为任何人任何事牺牲。这便是你成王之路的第一课。"

敖丙却蹙起眉峰，挣脱了父王的怀抱，默不作声地看着昏迷的妹妹。

敖广叹了口气："是父王给你太多压力了。放心吧……"

敖广打开了敖凌所住的明珠阁大门，殿外强光，直射入内。

敖凌所住的明珠阁外，竟是明亮的海底长廊和巍峨的殿堂，两排卫兵肃然地守在长廊两侧。

敖广威严地走在长廊上："从此东海除了本王，不许任何人批评太子！违者逐出东海！"

敖广的声音回响在殿堂中，他身侧的两排卫兵单膝跪地，齐齐行礼，更衬出了他作为龙之王者的威仪端肃。

鲜亮的光线透过半开的门，倾入敖丙敖凌所在的明珠阁，光明分割了阴暗的房间。敖凌躺在阴影中，而敖丙的脸上，一边是光明，一边是阴影。

敖丙因强光，沁出了眼泪，他想起了阴阳蛟之一的黑妹倒吊在树上与自己对视的那一刻，自己陷入的幻境——

高高在上的龙王冲着年幼的敖丙敖凌指指点点，嘴巴激烈地张合着，唾沫横飞。他的身边站着哪吒满脸坏笑的黑色剪影。敖凌的身影完全是黑色的，敖丙的身影，左半白右半黑。最刺目的，是他们悲伤的眼神。

龙王指指点点的身影不断放大，哪吒的坏笑也越来越狰狞，敖丙敖凌的身体竟慢慢融化了，变成一滴一滴黑色的泪水。

回忆结束，守着妹妹的敖丙握紧了拳头，悲伤的眼神变得凌厉。昏睡中的敖

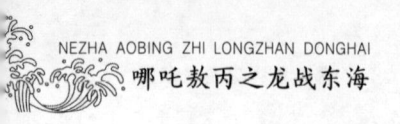

凌，薄被下的手指动了动。

敖丙向着远方狂奔着，敖广在他身后追逐。

敖丙喊道："父王，您别管我，我现在就要去找阴阳蛟，夺回凌儿的龙珠！"

敖广一把抓住了敖丙，敖丙却想挣脱。

敖广说："不行，阴阳蛟很强大，你要学些本事才能去！"

敖丙怒道："那我就学杀伤力最大的！"

敖广无奈："作为太子，你不能太暴戾。先跟我回去。"

敖丙咬了敖广一口，敖广手一松，敖丙冲了出去："阴阳蛟虽残忍，却不喜杀生，父王，我不会有事的！我要去救凌儿！她不仅很虚弱，还只剩下两年寿命了！"

敖广叹了口气，幻化出龙杖，龙杖一挥，水流冲天而起，化作水龙，将敖丙缠住，拖回到自己面前。

敖广悲伤地看着爱子，却坚定地说："你知道阴阳蛟有多可怕吗？除了我们的祖先应龙神，没人打败过阴阳蛟。即使是你的父王，也不能同时对付他们两个。如果这神州大地真落入阴阳蛟手中，必将生灵涂炭、赤地千里！所以，本王发誓，两年之内，一定会倾东海之力，打败阴阳蛟，夺回龙珠。但这不是你的责任，从此以后，只要你离开海面一个时辰，这水龙就会将你拖回海中。这咒语打在你的龙珠上，没有我的龙杖，是不可能解咒的！"

敖丙很是震惊："父王！我……"

敖广吼道："你要是像哪吒那样，有神物托身，我也不怕什么。但你现在有啥？你有哪吒的天生神力，有乾坤圈和混天绫吗？"

敖丙愤怒地闭眼，心里堵得慌，他再次想起黑妹击溃自己的心灵时，自己看到的画面：龙王指指点点的身影不断放大，哪吒的坏笑也越来越狰狞，敖丙敖凌的身体竟慢慢融化了，变成一滴一滴黑色的泪水。

"哪吒！哪吒！哪吒！我恨死这个哪吒了！自此之后，凡是我看不顺眼的，尤其是那个哪吒，统统供我驱使！"十岁的敖丙，在心中暗暗发誓。

第三章　少年

自从敖广从阴阳蛟的口中得知敖丙心有彷徨、不够自信后，他便发誓要管住自己的嘴，再不用刻薄的语言对待爱子爱女。

敖凌因失去龙珠，身体虚弱，穿上了龙族十大至宝之首的万龙甲。此甲为龙族历代祖先临死前，自拔逆鳞所造。龙是多么温柔的神灵啊，当龙寿命将尽、回光返照时，他们会静静地伏在亲友身边，慈爱地看着他们，然后忍着世间最大的痛，亲手拔下逆鳞，化作万龙甲的万鳞之一。逆鳞乃至宝，入药医百病。万龙甲因龙的温柔与伟大，不仅刀枪不入、水火不侵，更能滋养主人的身体，甚至魂魄。更神奇的是，它是有灵的，能随主人的心愿，飞到主人想守护的人身上，还能化甲为盾，甚至守护结界。

然而，敖凌虽身穿万龙甲，没有龙珠的她，仍然非常虚弱，连离开明珠阁在海底走几步路，都很吃力。过去的她，是多么活泼，多么明朗啊，就像三月的山花，五月的云雀，涧边怒放，枝头啼啭。可如今，她几乎是寸步离不开明珠阁，再也欣赏不了海岸的风景，晒暖暖的太阳浴，也再也看不到她喜爱的星空了。

敖丙，终于摆脱了父王刻薄的责难，他的心在妹妹受伤后的几个月陷入了强烈的自责，但很快又转变成前所未有的膨胀。

他终于迎来了无忧无虑的少年时光。他虽发誓绝不会放过阴阳蛟，定要夺回妹妹的龙珠，为此他努力地修炼，但在其他时间，他痛快地玩闹着。

他将长长的丝缎裹在自己的额头，遮蔽帅气的龙角，以此混入人类。但人们还是一眼就认出了他。因为敖丙稚气未脱的脸上总是挂着痞气的笑容，那笑容仿佛没有一丝顾虑和遗憾，让人见之艳羡。且敖丙身边总有两个和他一样调皮可爱的跟班，一条学识渊博的八爪鱼小八，和一只拥有全世界最厉害的眼睛的皮皮虾皮皮。他俩因酷爱咸鱼，身上总有一股咸鱼味。

敖丙因顽皮捣蛋，在人间有了诨名，明明是东海龙王的独子，却被称为"三太子"，全称"瘪三太子"。可别说，敖丙头裹丝绸的样子，还真挺像几千年后的锡克人呢。

就这样，敖丙三太子和小八、皮皮快乐地在海中及人间游乐着，他们吃着街边的烧烤，用捞子去捞店家的金鱼，将竹子削成竹剑"交战"，在每一个节日里狂欢。但敖丙从未忘记体弱的妹妹，他总将收集的稀奇小玩意儿送给妹妹玩，虽说不是每天都见凌儿，但隔个几天肯定是要去探望的。甚至他的内心，早已预计到将来单挑阴阳蛟时，有失败被杀的可能，那么在此之前，唯以欢歌，来歌咏生命活过的伟大。

这一天，敖广训练敖丙如何走出威严的王者步伐。

巍峨的海底宫殿上，长廊横空，连接着两座殿堂。长廊之上，确实很适合当训练之地呢。

母爱如水，柔柔春水滋润着孩子，涓涓细流雕琢着孩子，有力的臂膀护着孩子蹒跚学步。

父爱如山，望子成龙的期待逼着孩子去攀，但又无私地让孩子站在父亲的肩头上看得更远。

敖广挺胸抬头，一派王者之气。敖丙也挺胸抬头，胸却挺得太高，像是装腔作势。敖广戳了戳敖丙挺起的胸，敖丙赶紧收了一点，但背却弓了起来。敖广目光变得严厉，攥紧了手中的龙杖，敖丙立刻有些紧张。

敖广察觉了儿子的局促，严厉的眼神瞬间化作了愧疚和慈祥，他单膝蹲下，捏了捏敖丙的脸，敖丙感受到了父王的慈爱，露出了自信的笑。这时，敖广突然看到了长廊对岸，手捧奏折的龟丞相向着这边走来。敖广拍了拍敖丙的肩，做了个威严的挺胸动作，示意他自己练习后，离去。

敖丙见父王要离去，眼神有一瞬的落寞，但在父王走远后，那神色瞬间变成了坏笑。他看见了远处水晶宫的墙柱上，自己的小跟班小八头戴"帅龙帮"护额，手里挥舞着小绿旗。

敖丙看着两侧的护卫："如果你们告我的状，我加倍奉还。"

然后，敖丙挺胸抬头，却故意蹦蹦跳跳地迈着滑稽的步伐向长廊尽头跑去。拐了个弯后，敖丙经过一扇华丽的门，门里传来了敖凌的咳嗽声。

敖丙停下步伐："凌儿？"

敖凌说："没事的哥哥，医丞就在里面。"

敖丙驻足，悲伤地看着这扇门，又看向挥舞着绿旗的小八，犹豫一瞬后，叹了口气，向小八跑去。

缠在柱子上的小八却于此时向下看了一眼，开心的表情瞬间变成了惊恐，马上把绿旗换作了红旗，拼命向敖丙挥舞几下，然后一溜烟跑了。

敖丙向下看去，看见父王就在走廊下，朝这里走来。他忙跑回训练的位置，挺胸抬头，有板有眼地自我训练起来。

第四章　计划

转眼间，两年过去了。敖丙已经成长为灵力高强、爱玩会玩的十二岁少年。他的跟班除了小八和皮皮，又多了两位，那就是名为小蟹的胆小寄居蟹，和刚结交的夜叉族小夜叉。

阴阳蛟两年都未现身，龙王敖广派人翻遍了四海，也找不到仇人的影子。眼看敖凌的身体越来越弱，敖丙有了个计划。

敖丙立于一块岩石之上，感受着温柔的海浪，微微一笑，吹响金色海螺。他的四大跟班夜叉、小八、皮皮、小蟹飞快地蹿出来，高兴地看着敖丙，而且，额头上都戴着帅龙帮护额。

夜叉问："太子有何吩咐？"

敖丙环视四周："你们可知海里什么地方最黑暗？"

夜叉答："陛下统治的疆域，没有黑暗。"

敖丙叹了口气："字面意思。"

夜叉想回答，眼神却瞬间黯然，抬首做思考状。

小八得意一笑："百慕大三角，有去无回！"

敖丙歪了歪嘴角："都有去无回了，还有去的必要吗？"

小八答："马里亚纳海沟，神奇动物在哪里？"

夜叉、皮皮、小蟹一脸期待地看着敖丙。

敖丙却皱了皱眉："太远，有没有近在眼前的？"

小八、皮皮、小蟹答："可是近处的，我们都玩过了。"

敖丙捶了一下皮皮的头："就知道玩，干正事！咦？那里怎么样？"

敖丙指向不远处的一条阴暗的海底峡谷。

夜叉点点头："够黑。"

敖丙说："如果装上星星呢？"

夜叉竖起大拇指："好有想象力。"

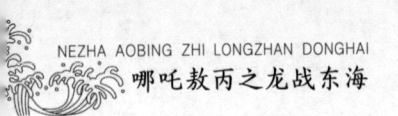

敖丙微笑:"对呀,想象一下,幽深的海底,住着一群真正的星星,疑似银河落九天。"

一只海星漂过,四小弟都鼓掌,但只有夜叉一脸兴奋,另外三个勉强笑笑。

敖丙振臂一呼:"快去找珠宝,我要打造群星舞台,天上有银河算得了什么?我们敖家有星海!天上的星斗不过会眨眼,敖家的星星,还会随波起舞呢!"

四小弟兴奋得两眼放光:"高端大气上档次!"

敖丙自我陶醉得不行:"高调奢华有内涵。要高调!"

小八开心地鼓掌,却立刻想到了危险:"听闻阴阳蛟中的黑妹最爱亮晶晶的东西。我们搞群星舞台,会不会把阴阳蛟引来?"

敖丙冷笑:"把他们引来更好,我已练成大招,正好为凌儿报仇!"

小八不放心:"那这事要让陛下知道吗?"

"父王?父王眼线遍布东海,我们搞出这么大动静,你还怕他不知道?"敖丙撇撇嘴,小八愣了一瞬。

瑰丽的五色珊瑚群中,皮皮手持贴着"帅"字的铜锣,刚要敲响,夜叉一把夺过,猛敲三下。

铜锣当当当地响了起来。

珊瑚群里跑出一群憨态可掬、圆圆胖胖的小妖怪,个个头戴帅龙帮护额。

小妖怪们说:"太子又有大计划?咦,夜叉?我们很熟吗?"

夜叉满脸兴奋,对小妖怪的疑惑充耳不闻:"太子要打造海底星河,快去找珠宝!"

小妖怪们面面相觑,他们从未见过夜叉这么兴奋的样子,只记得夜叉往常的苦闷易怒。

胆子大些的小妖怪阿宇试探着问道:"夜叉,太子什么时候和你……"

夜叉指了指护额:"现在我也是帅龙帮的了,要想一起游星海,就去找珠宝!"

小妖怪们还是不为所动,敖丙走了过来,拍了拍夜叉的肩。

敖丙说:"帮我找珠宝,终身免费游。"

小妖怪们蹦蹦跳跳地沸腾了:"万岁,万岁!"

他们四散而去,都去找珠宝了。

敖丙笑着看向夜叉:"夜叉,你可真靠谱。"

夜叉摆摆手:"过奖过奖,还是老大更靠谱。"

敖丙一听这话，想起了自己最讨厌的哪吒，阴阳怪气起来："承让承让，不敢当，不要叫我老大，为大家服务，是我应该的。呵呵，我是不是很有哪吒的风范？"

夜叉一愣，神色黯然，心中暗忖敖丙定是不喜欢自己拍马屁，想着该怎样和地位悬殊的敖丙继续做朋友。

美丽的蘑菇珊瑚中，小妖怪们东张西望，翻石挖沙。

皮皮捧着一枚珍珠，眉开眼笑。

老蚌精问："胃结石吐出来，还能废物利用？"

皮皮拼命点头。

一只粉红色的女海马将手中的钻戒连带钻戒盒子递给了小八，还做了个飞吻的手势。一边的男海马咬着双手，表情像是要哭出来似的。

小八吹着口哨游远。

男海马单膝跪地做求婚状："我虽然不帅又没钱，但我有一颗正直的心哪！"女海马偏过头去，嗤之以鼻。

夜叉见左边的皮皮和右边的小八都找到了珠宝，急得焦头烂额，他不想失去唯一的朋友敖丙。夜叉身旁的小蟹东张西望着。

呜——的一声长鸣，是船舶停岸的号角。

夜叉昂首仰望：一片巨大的荫翳在海面漂浮，遮蔽了海底太阳。

夜叉狡黠一笑，拍了拍身边的小蟹，指了指那片荫翳，小蟹用蟹钳挠挠头疑惑不解，夜叉拉着小蟹向那片荫翳急速游去。

陈塘关的海岸上，陈塘关的渔民们有的收网，有的挑着货物走过。

呜——船舶停岸的号角声响起。

夜叉拉着小蟹气势汹汹地从天而降，重重地砸在甲板上，甲板晃了晃，上面的一只叫鸥爷的老海鸥扇了扇翅膀。

夜叉邪气一笑，小蟹一脸懵懂。

夜叉平举小蟹的钳子当刀："人类，快把闪亮亮的东西都交出来！"

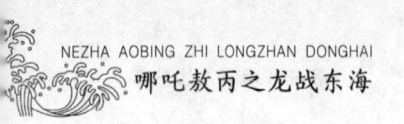

第五章 打劫

鸥爷歪着头看着夜叉，仿佛在看小丑。围观小丑，可是鸥爷的最爱之一呢。

两个水手阿力和阿诚正在吃饭，平静地看了夜叉一眼，继续吃。

阿力打了个哈欠："好久都没妖怪打劫了，他是多不走运哪。"

阿诚笑了笑："不说夫人，少主也快回来了。"

夜叉声音更大地吼叫着："快把闪亮亮的东西交出来——"

鸥爷扇着翅膀飞了一米高，然后落回原处，心想：原来不是小丑，是个打劫的，有热闹看了。

打着哈欠、身披睡袍的殷夫人从船舱里走出来。

殷夫人睡眼惺忪地看着俩水手："是谁打扰老娘睡觉？是你们吗？"

俩水手一见殷夫人睡眼蒙眬地看着自己，吓得一抖。

阿力忙跑到夜叉面前，抬头与高大的夜叉对视："兄弟，有什么困难下次说，这碗盒饭先拿着。"

夜叉看着阿力手里被吃了一半的盒饭，不好意思地挠挠头。

夜叉的声音降了下来："有没有闪亮亮的东西……"

阿力拍了拍他的肩："听人劝，吃饱饭。何必走上这条路？"

夜叉咬牙皱眉，举起小蟹的钳子，色厉内荏道："因为我没'钳'了。"

阿力一边摇头，一边强忍着笑意："你本来就没钳。"

夜叉说："是呀，所以我要打劫呀，快把珠宝交出来，饶你不死。"

阿力打了个饱嗝儿，看向小蟹："那你呢？有钳人？你又有什么苦什么泪？"

小蟹怯生生地看了一眼夜叉，夜叉瞪了他一下。

小蟹只好害羞地与水手对视："你不知道我横着走吗？"

阿力用手擦了擦嘴上的油，点头道："知道了，你们也是第一次干，还没那胆……"

一旁的水手阿诚捂着嘴笑眯了眼，他的身侧，阿力突然"啊——"一声惨叫，身体横飞出去，扎进了货物堆里。阿诚瞪大双眼惊呆了。

夜叉举臂秀了秀胳膊上的肌肉："都说了是来打劫的，瞧不起人吗？"

货物掉了下来，把阿力给埋了，只剩下头和一只手露在外面。

夜叉慌乱起来："哎呀……"他忙跑到货物边，紧张地搓手，刚想搬开阿力身上成堆的货物，阿力唯一露出来的那只手却做了个挑衅的手势："果然是第一次，不够狠，还有救……"

夜叉咬牙切齿地一脚向阿力踢去，却在快踢到头时，因心生不忍，抬脚向上踢中了货物，自己站立不稳，向后摔倒。

鸥爷最爱看人出丑，他一只翅膀捂着嘴，笑眯了眼："嘎嘎嘎嘎——"

货物晃了晃，又掉下来一些，把阿力的头也埋了。

夜叉倒在地上，抻着脖子看到了阿力被埋头，吓得瞪大了眼："呀？"

夜叉一个鲤鱼打挺，飞速起身，想去搬货物，阿力伸出了大拇指。夜叉注视着大拇指，露出感动的笑，松了口气。立起的大拇指却在一瞬间旋转，变成了倒竖。

夜叉气得浑身发抖，抬脚就要向倒着的大拇指踩去。

一支长鞭飞向夜叉，缠住了他唯一立在地上的脚，一拉，夜叉向后仰倒。倒着的大拇指转向殷夫人的方向变成了立着的大拇指。

夜叉怒气冲天地爬了起来。殷夫人此时已脱掉了睡袍，一身戎装，英姿飒爽。

夜叉怒喝："好男不跟女斗！"

啪的一声，殷夫人的鞭子狠狠打在了夜叉头上。

殷夫人说："好厚的皮呀，耐打耐打。"

夜叉冲向殷夫人："我不是好男！"眼看快撞到殷夫人时，夜叉看清了她微微隆起的腹部，"孕妇？"

夜叉心生敬畏，紧急刹车，殷夫人趁机脚一勾，夜叉被绊得摔了个狗啃泥。当他捂着头艰难地站起时，因头晕身体晃了晃，眼看就要摔倒了。殷夫人的鞭子连抽了他几下，夜叉像个陀螺般被抽得打转转。

小蟹震惊："夜叉！"他跳起身，举起钳子向鞭子剪去，却扑了个空。

殷夫人冷眼瞥向小蟹："你也想吃盒饭？"

小蟹连连后退："不要不要！"

随后，他吓得立刻跳船逃跑了。

殷夫人不再抽夜叉。夜叉站稳脚跟后，气得浑身战栗，恶狠狠地操起身旁的鱼叉，向殷夫人冲去："我拆了你的船！"

夜叉一跃而起，举起鱼叉，向着桌子打去，桌子边的阿诚慌忙逃窜。

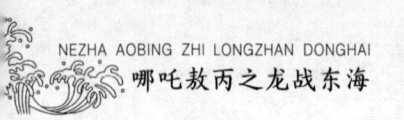

鱼叉却打在了突然飞来的银色乾坤圈上，瞬间断作两截，夜叉的身体也因反弹之力化作流星飞向天际。

第六章　牺牲

敖丙身披火红披风，得意扬扬地坐在岩石上，两腿划动着，小妖怪们自觉地从低到高排着队，一脸虔诚地上前献宝。

敖丙刚要接住献上来的蓝宝石，小蟹慌慌张张地游过来："太子，不好啦，夜叉被母夜叉打了！"

敖丙迅速起身："他妈妈又打他？"

小蟹上气不接下气道："他老妈还没回来呢。"

敖丙放心地坐下："哦，那就是他们男女之间的内部矛盾。"

小蟹连连摇头："不是的，不是的，夜叉拉我上了渔船，逼人类交出珠宝，被打得好惨哪！"

敖丙一愣，怒火中烧："快把他给我喊来，我也要打他！"

小蟹哆嗦了一下："殷夫人正打着呢。"

敖丙皱眉："殷夫人？哪吒之母？"

小蟹点头："就是她，灵珠之母，哪吒也回来了。"

敖丙坏笑着站起："走，报仇去！"

小蟹看着敖丙的背影："可她是个孕妇。"

大红的披风招展着，敖丙悠然一笑："东海坏龙，绝不吃亏！"

小妖怪们手捧珠宝，疑惑地看着敖丙的背影，停在原处。

小八、皮皮如护法般一左一右跟在敖丙的披风后，小蟹哆哆嗦嗦地抖了几下，还是跟了上去。

谁也没注意到，他们身后，有一缕黑色的妖气跟随。那缕妖气鬼鬼祟祟地躲到石头背后，化作了一条黑色的章鱼怪，邪笑着看着敖丙和仨跟班游走。

荷香幽幽，莲开艳艳。海岸上，玉树临风、衣冠若雪的哪吒，手持一朵带叶的莲花，肩背银色乾坤圈，身缠白色混天绫，深情地望着母亲殷夫人。他的身边是一群围观的民众。

殷夫人蹲下身，为哪吒穿上亲手做的莲花鞋。莲花鞋小了，穿不上，哪吒蹲下身，硬是把莲花鞋套在脚上。

殷夫人慨叹："儿啊，你一去三年，娘都不知道你脚的大小了。"

哪吒微笑着，牵着殷夫人的手："不碍事的，娘，您做的莲花鞋真好。"

哪吒将手中莲花献给殷夫人，殷夫人轻抚莲花，吻了吻哪吒光洁的额头。

敖丙与仨跟班自海面冲起，帅气地立在浪头，巡视般左右冲浪。码头边围观哪吒的百姓都看向敖丙，他们赞叹道："好帅呀，水不在深，有龙则灵。"

夜叉狠狠地浮出水面，捂着胳膊。

殷夫人将莲花插在衣襟里，指着夜叉，向敖丙道："龙太子，你来得正好。这有一个冒充帅龙帮的，还吹嘘和你单挑过。"

敖丙瞥了夜叉一眼："他——"

夜叉很紧张，他无法想象失去了唯一的朋友，重回孤独，该怎么度过厌倦的每一天。

敖丙虽对夜叉失望，但还是说："没有冒充。"

夜叉松了口气，殷夫人瞪大了眼。

敖丙坏笑："不过我不是为夜叉而来，而是为贤弟而来。夫人，贤弟他……"

哪吒抱拳行礼："仁兄好。"

敖丙假装不知哪吒已回来："贤弟……你什么时候回来的？"

哪吒行礼姿势未变："仁兄有何吩咐？"

敖丙露出标志的痞笑："贤弟这么乖巧，做愚兄跟班好不？"

在场所有人都惊呆了，哪吒疑惑地看着敖丙，敖丙笑得更坏了。

殷夫人怒指："敖丙你欺人太甚！和我儿结契，已经让你当便宜哥哥了。你这坏龙，东海的小妖怪都被你带坏了！"

夜叉不慌不忙道："太子不坏，我们本来就是坏的！"

小八、皮皮、小蟹歪着嘴，无语地瞥着夜叉。

夜叉继续说："胖阿姨，我敬你是条汉子，但话不能乱说。"

小八、皮皮、小蟹闻言都对夜叉竖起大拇指。夜叉更为得意，张着嘴还想接着嘲讽。被人肯定的感觉，让夜叉上瘾了。

敖丙却挥手示意夜叉别作声，夜叉忙捂住自己的嘴，强忍着渴望出风头的欲望。

敖丙道："夫人，我两句您三句，谁更便宜？"说罢，他还眨巴了一下故作无辜的大眼睛，歪了歪头，有意挑衅。

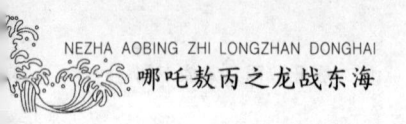

殷夫人气急："你！"

哪吒取下乾坤圈，暗想：敖丙当着我的面都敢欺负我怀孕的母亲，我不在时，一定更嚣张！

哪吒冷笑："仁兄若能接住我的乾坤圈，我便做仁兄的跟班，如何？"

哪吒举起乾坤圈，夜叉吓得一哆嗦。躲在石头后面的章鱼怪邪气地笑着。

敖丙瞪大双眼，脸色微变："当愚兄的跟班，得摇扇倒水，铺床洗脚，这粗活童工干不得，愚兄想等贤弟长大了再说。愚兄告辞。"

敖丙傻笑着和四个跟班一起后退，正欲离去。章鱼怪愣了一瞬，满脸失望。

殷夫人攥紧了拳头："儿啊，打他！"

哪吒立刻做好了投掷乾坤圈的准备。

殷夫人却在一瞬间想起了什么，神色焦急："儿，别……"

乾坤圈已经向敖丙掷去。

夜叉吓得张大了嘴，他回忆起一刻钟前，自己一跃而起，想拆了大船，却被哪吒的乾坤圈打得飞向天际的情景。

夜叉大喊："太子！"

乾坤圈飞来，敖丙忙双臂交于胸前，惊惶地抵挡。夜叉却冲了上来，张开双臂挡在敖丙面前，被乾坤圈正中胸口，口中鲜血喷出。

敖丙扶住夜叉倒下的身子，满脸震惊："夜叉，你怎么这么傻？刚才那一下对我来说算不了什么，但你就……"

夜叉却笑了："太子，谢谢你没将我逐出帅龙帮。我这一睡，恐怕要十年，十年对我来说，算不了什么。别伤心，你是最帅的太子！"

夜叉闭上双眼，陷入昏迷。

此情此景，让敖丙回忆起自己和那时常挑衅自己的夜叉，是如何化敌为友的。

一个月前，敖丙被皮皮告知，小八被夜叉抓住了，夜叉要暴打小八。敖丙忙披上大红披风，来到"作案现场"，立在一块岩石上，俯视着下方："知不知道这里谁是老大？"

夜叉抓着小八的八只脚，将他倒吊着，同时斜视着敖丙："太子了不起呀！"

说罢，他一脚踢飞了身旁的石块，一手对着敖丙做着挑衅的手势，一手抓着倒着的小八使劲摇晃，双眼圆瞪，面目狰狞。

后来的故事，就顺理成章了。敖丙轻松地击败了夜叉，但没有羞辱他，而是问出了夜叉与小八结怨的缘由——小八嘲笑夜叉丑得没朋友。敖丙勒令小八鞠躬道歉，夜叉很是感动，也主动向敖丙道歉，承认自己多次挑衅敖丙，都是因为嫉妒敖丙朋友多长得帅。敖丙哈哈一笑，拍了拍夜叉的肩，夜叉便小心翼翼地询问自己可否加入帅龙帮。这份弥足珍贵的友情就这么如酿酒般，令人盎然沉醉。

第七章　仇怨

敖丙抱紧夜叉，流下了一滴泪。

哪吒和殷夫人面露愧疚之色，悲伤地转身离去。围观的人们也很感伤。

敖丙的衣袖无风自动，他将夜叉交给小蟹，披风猎猎作响："哪吒，你想就这么走吗？"

哪吒停下脚步："我会去自首的。"

殷夫人欣慰地说："我儿小小年纪，便敢于承担责任，乖儿子，娘为你自豪。"

敖丙暴怒："可是夜叉也是小小年纪就被哪吒打伤了！"

说罢，敖丙举起胸前的金色海螺，使劲吹了起来。

伴随着海螺的长鸣，海面震动，水波跳跃，码头上的百姓都很惊恐。哪吒和殷夫人匆忙转身。

薄雾中，隐隐有上万人头攒动，每一个人影肩上都插着两扇旗帜，哗哗作响。

小八慌忙对皮皮说道："不好收场了，快去请龙王。"

皮皮皱眉："真的要这么做吗？"

小八急了："我是怕太子吃亏，那是他的结契兄弟，即使太子打赢了，也会受同等伤害。"

皮皮点头："我这就去。"

皮皮跳入海中不见踪影。石头后面的章鱼怪非常兴奋。

哪吒一挥混天绫，雾气散去，在人们惊恐的目光中，"千军万马"露出了真容。那是一群身披彩带、肩竖红旗，肚子上挂着喜庆的大鼓的小妖怪，排成歪歪斜斜的队伍浮在敖丙身后，身体随海浪起伏。

小妖怪们鸣鼓而歌："东海帅龙帮，兄弟你别慌。大家别打架，要听太子话。

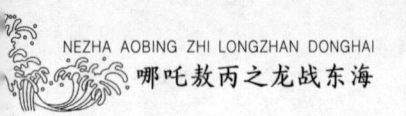

打架多不好，彩霞脸上挂。上啊，太子！"

围观的人们都笑了。

敖丙怒视哪吒，杀气腾腾："方圆一里的跟班已被我叫到，你逃不掉的。"

小妖怪们定住了，鼓声停。

红衣小妖怪看向蓝衣小妖怪："我们不是来劝架的吗？"

蓝衣小妖怪瞥了他一眼："那可是哪吒呀。"

红衣小妖怪天真地说："哦，我知道了，他不忍心亲手打贤弟。"

周围的小妖怪都无语地看着他。

红衣小妖怪被看得浑身不自在："干吗都这样看着我？太子对妹妹很好，难道会欺负弟弟？"

敖丙大喝："哪吒，跟我单挑！"

殷夫人一甩鞭子，击碎了身边的岩石："坏龙帮还这副熊样，老娘一人足矣！"

殷夫人一鞭向红衣小妖怪打去，红衣小妖怪吓得捂住了脸，鞭子却贴着他的耳朵打在了海面上，海浪瞬间翻腾起来，小妖怪们被浪涛冲得七零八落。

鞭子正要收回，一道土黄色的光箭射到鞭子上，鞭子瞬间石化，殷夫人震惊。只见敖丙双手举天，头顶风云变幻："哪吒，接招吧！"

敖丙表情凝重，双手间幻化出一个光球，光球渐渐胀大。

小八、小蟹都吓坏了，拼命做着摆手的姿势："太子，别……别……"

此时金乌西沉，火云满天。码头上的百姓都吓得躲到了不远处应龙殿的墙角。应龙殿恢宏肃穆，殿外龙图腾旗帜迎风招展，殿内隐有七彩华光。

敖丙将光球对准哪吒："哈呀！"

敖丙正欲发射光球。

一句纯正的四川话飞了出来："太子，龙王殿下已经知道你欺负孕妇了，还要继续吗？"

原来是龙王敖广最信赖的搭档龟丞相，他操着独特的四川口音爬到了海面上。

小八松了口气，低下头微笑。小蟹悲伤地看着敖丙。皮皮神色愧疚。石头后的章鱼怪眼神闪烁。

哪吒面色平静地放下乾坤圈，殷夫人冷笑着："这根鞭子废了，请龙王报销。"

应龙殿墙角的百姓互相点头微笑。

敖丙却笑中含泪:"你们是不是都以为我怕我父王?那就叫他快一点!"

龟丞相低头作揖:"是。"

蓝衣小妖怪此时已经从小蟹嘴里知道了敖丙发怒的真相,很是吃惊:"太子怎么了?夜叉何德何能?"小妖怪们印象中的敖丙,从来都是痞痞地笑着,就算生气,也往往不怒自威,一点不像那个孤独而阴沉的夜叉,他们都讨厌夜叉。

龟丞相转身正欲离去。

敖丙暴怒的表情突然变得柔和了,他平静地说:"龟丞相,照顾好父王和小妹。"

随后,敖丙又换回了急躁愤怒的语气:"哪吒,夜叉昏迷十年,你也要变成石头十年,这很公平!"

第八章 追击

敖丙脚下的浪头,带着他劈波斩浪,速度极快,他连续向哪吒发射着光球,哪吒沿岸跑去,浪头带着敖丙穷追不舍。

小八、皮皮、小蟹都很恐慌。小八缠住皮皮和小蟹,将他俩抛向敖丙。

皮皮说:"不划算!这真的不划算哪!"

小蟹说:"太子冷静!你也会变成石头的!"

敖丙速度极快,皮皮、小蟹被抛到空中后都没能成功降落在敖丙的浪头上。

哪吒身形灵巧地躲开了敖丙的攻击,但因为穿着不合脚的莲花鞋,跑不快。

石头后的章鱼怪坏笑起来:"灵珠,妈都给你穿小鞋,你也有今天!"

章鱼怪对准哪吒的脚底射出一道白光,哪吒脚底结冰,滑了一跤。

敖丙的光球打到了实处,尘沙飞扬,一瓣莲花飘出,他停止攻击,面色凝重。

尘沙散去,石化的殷夫人张着双臂挡在哪吒面前,瞪大双眼,神色焦急,衣襟里插着的那朵莲花,也一起石化了。哪吒瞳孔放大,抱住殷夫人化身的石像。一瓣莲花凄美地划过。

哪吒喊得撕心裂肺:"娘!"

敖丙震惊地看着自己的手,惊慌失措。

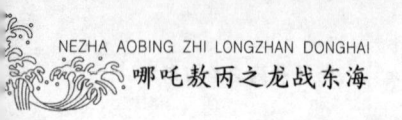

小蟹用钳子夹着小八的一根腕足,将之拉长,小八神色痛苦,皮皮背靠这根腕足使劲后退,然后抬起双腿,借着腕足的反弹之力弹到了敖丙的浪头上。

皮皮说:"太子,快把殷夫人变回来吧,这会引起战争的。"

敖丙神色愧疚,但还是偏过头去,眼神闪烁。

哪吒来到了海边的应龙殿,对着应龙神的牌位与雕像三鞠躬,随后含泪取走了供奉于殿中的轩辕弓和震天箭。他快步向海岸走来,立在了海岸石台上。围观的人们啧啧称奇。

一壮汉道:"轩辕弓、震天箭?自涿鹿大战之后,尘封千年哪。少主他为了救母,竟拿起了此等圣物!"

也有老头儿吓得发抖:"完了,完了,要打仗了……"

此言一出,百姓皆惊惶。

哪吒将震天箭对准了敖丙。

此时皮皮正在劝说:"太子,陛下就要来了。"

敖丙偏过头:"不行,解咒太羞耻。"

皮皮小心翼翼却难掩兴奋地问:"怎么回事?"

敖丙锤皮皮的头:"想什么呢你!"

"龙太子还不解咒吗?"哪吒浑厚却不阴沉的声音,震响在他们耳畔。

敖丙和皮皮这才发现自己被震天箭瞄准了。敖丙面色凝重,皮皮很是惊恐,敖丙一把将皮皮推下浪头。

皮皮虽头朝下掉进海里,狼狈地钻出,却还是嚣张地喊叫着:"哪吒,轩辕弓、震天箭可是应龙神打造的神器,作为龙族与大商交好的信物供奉在应龙殿千年。你竟拿它对付应龙神的子孙——下一任龙王!这一箭射出,无论射没射中太子,你都是毁灭和平的罪人!"

哪吒目光冰冷:"和平?你们也配?"

皮皮越来越担忧敖丙,只得色厉内荏地劝道:"太子是你的结契兄长,伤了太子,你也会受同样的伤!"

哪吒用尽全力,拉满了轩辕弓,甚至将右脚踩在弓上,使轩辕弓拉得更满:"那我娘的账怎么算?敖丙,今日就算同归于尽我也要救我娘!"

壮汉惊异:"除了轩辕黄帝,没有人拉得开弓,少主难道是命定之人?"

那老头儿却哭丧着脸:"少主不可!我们还想活!"

震天箭挟风雷之势射向敖丙,敖丙慌忙撑开防护结界,震天箭穿透结界,碎片乱飞,敖丙的头发被带走了一缕。

哪吒手中轩辕弓的弓弦断了。

敖丙喘着气，惊魂未定。

皮皮坐着小八的弹力腕足再次飞上敖丙的浪头，他指着哪吒恶狠狠道："哪吒，还不跪下！不然不给你娘解咒！"

哪吒气得发抖，举起了乾坤圈。

胆小怕事的老头儿竟跪了下来："少主，若惹怒了龙王，我等百姓都会受到牵连！求少主别闹了，一个跪就能换来太平和母亲……"

壮汉却义愤填膺："这是什么话！跪天跪地跪父母，怎能跪恶霸？少主，我们一起打他！"

哪吒攥紧了弓与箭，抖得更厉害。

跪下的老头儿哭诉着："人活七十古来稀，求你们别连累我，更别连累我不会游泳的两个小孙子。"

说罢，他连磕了几个头。

壮汉怒得说不出话来："你！"

哪吒深呼一口气，闭目流泪，在敖丙震惊的目光中，跪下了。

敖丙忙指着哪吒喊道："是个男人就给我站起来！别搞得像我欺负你一样！"

壮汉气得两手发抖："欺负人还不自知吗？"

哪吒咬牙切齿地小声道："耻都没有还自知？"

敖丙猛锤皮皮的头，小声说："你胡闹！太侮辱人了……"

皮皮捂着头傻笑着说："太子，下跪的事算在我头上，气消了吗？"

敖丙毫不客气地将皮皮一拳打下浪头："哪吒，看在你娘的分上，我不把你变成石头。只要你打赢我，我就立刻解咒！如何？"

哪吒站起，眼神凌厉："这可是你说的。"

敖丙点点头："君子一言，快马一鞭——"

话音未落，裹成鞭子形状的混天绫便一鞭将敖丙给抽飞了，只见哪吒的身影如闪电般把敖丙打得满天飞。

敖丙惨叫着："啊——"

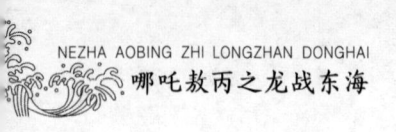

第九章　争执

皮皮跪下痛哭："哪吒爷爷我错了！求爷爷饶了太子吧，我给您磕头还不行吗？"说罢，他来到一块岩石上，拼命磕头。

小八吓得捂住耳朵，两眼惊恐，小蟹吓得捂住嘴巴躲进壳里，而小妖怪们都吓得捂住了眼睛。

不一会儿，敖丙便以头朝下的姿势，笔直地砸进海中，小八忙去接。

小八接住了敖丙，拼命摇晃着昏迷的敖丙："太子？太子？"见敖丙就是不醒，小八气得怒视哪吒："你……"

哪吒举起乾坤圈，小八吓得手软了，手指耷拉下来。

旋即，小八恶狠狠地伸直了腕足："你们给我等着！"

小八喷了口墨，带着敖丙迅速潜入海底逃跑，他的墨喷到天空上组成了一个"逃"字。这就是全东海最博学的小八唯一的弱点，紧张过度时，喷出的墨水会不自觉地写出心中最直白的感受。

下跪的老头儿浑身战栗："你们？我们怎么受牵连了？"

壮汉却兴高采烈："他们欺人太甚，打得好！"

哪吒凝视着波涛汹涌的海面，额头隐隐浮现出结契咒印。他面色严峻，嘴角流下了血迹，这便是伤了结契兄弟的代价。

没有谁注意到，一只黑色的腕足缠住了海岸石台上的轩辕弓，将之拖入海中带走。

背着黑色袋子的章鱼怪坏笑着带走了轩辕弓，他是阴阳蛟的手下。袋子里掉出了一颗红宝石，闪着朦胧的光，沉入海底。他的任务已经完成了，不仅完成，还是超额的。因为他不仅完成了黑妹交给他的任务——带走亮晶晶的"小星星"，还带走了应龙神打造的至宝神兵——轩辕弓。

躺在床上的敖丙缓缓睁开眼睛，视线由模糊到清晰。

他捂着头坐起。

妹妹敖凌端着汤药站在门口："哥，你醒了。"

敖凌端着药跑了进来，不小心摔了一跤，汤药连同盘子一起飞上了天。

敖丙立刻化作金色的龙形,瞬间变大,他护住妹妹,尾巴一扫,将汤药和盘子打飞了。随后,敖丙化为人形,扶起妹妹:"凌儿,你身子弱,没事吧。"

敖凌感受到了敖丙温柔的气息,笑着说:"哥,我——"

龙王敖广咆哮的声音,却从殿外传来:"虽然感谢你儿子救了我儿子,但你儿子什么德行你自己不知道吗?"

敖丙、敖凌转头看向殿外。

一个粗鲁的女声与之激烈地争吵着:"就是你儿子带坏了我儿子!一个人品行怎么样,看看他爹就知道了!不信?撒泡尿照照!"

敖丙温和地说:"凌儿,你速回明珠阁休息,我已经没事了。"

说罢,敖丙跑出了龙驹殿。

殿外,手持龙杖的敖广与母夜叉都很激动,吵得面红耳赤。

敖广说:"我儿子什么都好,就是交的夜叉不好!"

母夜叉说:"我儿子龙凤之姿,就是认了头猪当老大!"

敖广气得一顿龙杖:"你骂谁是猪?"

母夜叉冷笑着摆摆手:"我家的老大是我,你激动个啥?"

敖丙拦在二人中间,轻笑道:"父王,真是难得一见,您也有为我说话的时候。我以为您只会张口就来说我欺负孕妇呢。"

"闭嘴!没你说话的份!"

敖丙一愣,强忍着泪水蔑笑着:"呵呵,也没您管得宽的份!夜叉是我兄弟……"

敖广怒不可遏:"放着哪吒不交,却交这种……你可是东海的未来!"

敖丙冷笑:"那夜叉的未来呢?谁生来就坏?活该被孤立?"

敖广想起夜叉昏迷,心中一痛,但还是色厉内荏道:"闭嘴!"

敖丙悲伤地笑着:"您眼里只有妹妹,见到我,只会问我功课如何。我宁可您把我当空气,也好过天天被您拿来和哪吒做比较!"

敖广怒问:"有脸跟妹妹争宠!当哥哥的不该让着妹妹吗?"

敖丙倔强地昂着头,双手叉腰道:"要是没有她,何须争?何须让?所有的宠爱本来就该是我的!她没出生前我可是独宠!现在呢?"

敖凌躲在不远处的柱子后面,探头看着敖丙他们吵架的方向,听闻此言,捂着脸含泪离开。她的身后,龙王惊得连连后退,站立不稳。

母夜叉指着比自己矮的敖丙,讥笑着直视龙王的双眼:"看看看,这就是你儿子。"

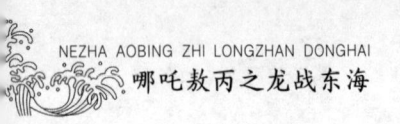

敖丙却脚尖一旋，轻盈地转身，看向母夜叉："别急别急，轮到您了。阿姨……"

母夜叉鄙笑："别套近乎！坏龙。"

敖丙一脸憋屈："夜叉他妈……"

母夜叉怒瞪："敢骂人？"

敖丙生气了："夜叉妈妈……"

母夜叉蔑笑："当我儿子？你配吗？"

敖丙坏笑了一下，理直气壮地挺直胸膛："我不配不重要，您配吗？"

敖丙用食指戳着母夜叉的胸口，因为母夜叉太高大，他的胳膊绷得很直。母夜叉一愣。

敖丙娓娓道来："一个人幸不幸福，看看他妈就知道！不信？我们聊聊……"

第十章　误会

敖丙向母夜叉回忆起他和仨跟班第一次去夜叉家玩的情景：

一扇贴着"面膜之家"的门打开。

夜叉进门的那一刻，看到的竟是自己忙得常年不归的母亲，他惊喜道："妈，您怎么回来了？"

母夜叉兴致很高："儿啊，看我给你带回了什么好东西。"

夜叉的家又小又乱，桌子上却整整齐齐地摆着零食。

夜叉笑着说："妈，您对我太好了。"

夜叉兴冲冲地小跑到桌子前，他的身后跟着比他矮的敖丙、兴奋得搓着手的小八、口水直流的皮皮，和无比淡定的小蟹。母夜叉这才发觉儿子身后跟着一串人，神色震惊。

小八和皮皮一看桌子上的零食就欢呼道："哇！好高的品位！咸鱼呀！"

他们立刻吃了起来，小蟹用钳子小心翼翼地夹起一个红色的辣螺，用舌头舔了舔，辣螺辣得他脸都红了，直吐舌头。但他还是欣喜地将辣螺抛向空中，用嘴接住，嘴里嚼得嘎嘣作响。

敖丙和夜叉微笑着看着他们。

母夜叉却很厌恶:"太子殿下,他们在龙宫,也这样乱吃东西吗?"

小八和小蟹停住了,皮皮仍在拼命往嘴里塞。

小八用腕足抽了皮皮的脑袋一下,皮皮鼓着嘴恶狠狠地瞪了他一眼,突然看见母夜叉森冷的眼神,吓得不敢咀嚼了。

母夜叉冷笑:"太子,教教我,为什么他们到处乱吃东西,却长不胖呢?"

敖丙恍若未闻,双臂交叉抱于胸前。小蟹吓得躲进壳里,小八、皮皮满脸羞愧。

敖丙蔑笑着放下双臂:"皮皮虾,我们走,吃水陆全席去。"

说罢,敖丙转身就走,小八、皮皮、小蟹兴奋地跟上。夜叉做出挽留的姿势,看了一眼母亲后,丧气地低下了头。他终究不敢也不忍心忤逆难得一见的母亲。

敖丙却头也不回地喊了一句:"夜叉,跟上,带你开开眼。"

夜叉高兴地追了上去,和敖丙并肩走着,但很快就自觉地放慢了脚步,挤在小八前面,跟在离敖丙最近的后方。

回忆结束,敖丙长叹一口气,对母夜叉说:"您很爱夜叉,但您不懂他。"

母夜叉怒气冲冲,不为所动:"那可是我卖整整一年面膜换来的零食,凭什么被你们吃了!"

敖丙悲伤地摇头:"我们是有错,但重点是这个吗?"说罢,他偏过头去小声嘀咕:"不过父王更过分,男版母夜叉,不仅鼓励人告我状,还收买我的跟班……"

母夜叉不依不饶:"我儿子那么老实,怎么会打劫珠宝?都是你这坏龙害我儿子昏迷十年!"

敖丙无奈扶额:"夜叉是自愿为我挡乾坤圈的。我就欣赏这种甘愿付出不求回报的男人。但您不觉得这很可怜吗?为他人付出生命,不全是为了爱,更是轻贱自己!所以夜叉会为了一个只认识一个月的我牺牲!我倒宁愿他真是个有所图的人!"

母夜叉双目圆睁,惊得张大了嘴。敖丙的食指却一刻不停地戳着母夜叉的胸口:"您若是多陪陪夜叉,他就不会这么轻贱自己了……"

母夜叉高大的身体却像木板般向后昏倒过去,还口吐白沫:"我儿子居然自暴自弃到犯法的地步……"

敖丙吓了一跳,忙蹲下身摇母夜叉:"夜叉妈妈?醒醒啊。您儿子不是主犯!真不是!是我!是我逼夜叉去打劫人类的,为了逼他,我还用了拳头。他真

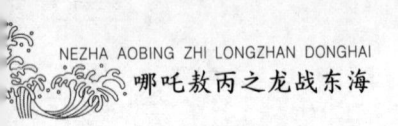

不是主犯！"

敖丙身后的龙王敖广气得后退两步，浑身发抖，他一顿龙杖："逆子竟敢逼人抢劫！要你和哪吒结契，除了保你的龙珠，更是为了东海的和平。你却毁了一切！"

龙杖上的龙头睁开了双目，整个海底都因敖广的震怒颤抖起来。

敖丙吓得忙站起身回头："父王听我解释呀……"

敖广举起龙杖，敖丙吓得举臂抵挡，敖广却因太过生气而触及了和白哥决斗时的旧伤向后倒去，活活气晕了。

敖丙蹲下身摇摇敖广："父王？父王？别吓我呀……"

敖丙的身影被一个高大的影子缓缓笼罩。敖丙目光惊恐，僵硬地转头。

敖丙身后，母夜叉高大的身影矗立着，两眼发着血光，头发章鱼腕足般向上舞动："太子，陛下虽然命令过不许任何人批评你，可没说过不能打折你的腿！"

母夜叉拿出一个五颜六色的转盘，上面写着：一折、二折……八折。

敖丙眼神惊恐，瞳孔放大，眼中五颜六色的转盘旋转着。

"您误会了！您真的误会了！我没有……"

转盘停住了，指针指着"一折"和赠品"金砖"。

母夜叉操起金砖："太子中了头奖。脸伸来，敷面膜！"

母夜叉一金砖下来，敖丙吓得捂住脑袋。

幸好此时，护卫们赶到，将母夜叉拦住，架了出去。敖丙单膝跪地，悲伤地抱着昏迷不醒的父王敖广。而母夜叉拿着金砖对着敖丙的方向不断挥舞，怒气万丈。

第十一章　献祭

龙王寝宫内，敖广毫无生气地躺在床上，敖丙眼神愧疚地为他盖上被子。

龟丞相端着药向这边走来，他拼命迈步，奈何腿太短，走得慢。

敖丙很是焦急，一捶大腿："龟丞相，你的小短腿断了吗？"

龟丞相叹了口气："太子，你但凡懂点事，陛下也不至于这样。"

敖丙惭愧地低下头。

龟丞相说:"我刚才看见公主躲在明珠阁哭,还把侍女、医丞和外面的护卫都撵走了。快去看看吧。"

敖丙一惊:"凌儿!"他慌忙跑出寝宫。

蔚蓝的海底,丝丝阳光被海水稀释,化作温暖的金色绫缎,随波舞蹈。

小八、皮皮、小蟹垂头丧气地游动着。母夜叉狂奔,与他们擦肩而过,一股劲流刮起:"我的儿子是被逼的!"

小八、皮皮、小蟹忙上前去追母夜叉。

小八道:"夜叉妈妈,夜叉是自己去打劫的,没有人逼他,我们都能做证。"

母夜叉转身,恶狠狠地瞪着他们:"说!太子是如何逼你们做伪证的!太子拿什么打的我儿子?夜叉身上全是伤!"

小八摇摇头:"太子是和夜叉单挑过,但那些伤是殷夫人打的。"

母夜叉狂怒,捶胸大喝一声:"啊呀——"

鱼骨头从母夜叉口中喷出,砸到仨跟班脸上,他们都吓住了。

敖凌所住的明珠阁,大门紧闭,敖丙向这里冲来。

小八、皮皮、小蟹突然闯来拦住他。

小八说:"太子,大事不好!"

敖丙急得直跺脚:"又有什么坏消息?"

小八说:"母夜叉她们到处说是你逼她儿子抢劫的。"

敖丙手一挥,小八等人被一股劲流冲走:"没有大事就去写作业!别来烦我!"

敖丙闯入明珠阁,明珠阁大门再次关闭。

小八急得直嚷嚷:"你可是注定当王的男人哪!若是名誉被毁……"

敖丙冲进明珠阁,阁内装潢温馨华丽,帷幔飘飘,大朵大朵的阳光,如花般灿放。为了让明珠阁阳光充沛,敖广可是派最好的工匠,磨了好几面圆镜引光呢。

敖凌躲在金色帷幔后,跪坐在地上,捂脸痛哭。

敖丙揪心:"凌儿!"他快步跑到妹妹面前,蹲下身,单膝点地,伸出双手。敖凌却捂着脸偏过头去,往墙角缩。

敖丙立刻将敖凌抱在怀里,怜爱地抚着她的背,眼神悲伤而怜惜:"凌儿别怕,哥哥在。"

敖丙声音轻柔,仿佛银弦被轻轻撩拨:"哥哥为你打造了群星舞台,你不用到岸上,也能看到星海了。这也是哥哥和父王联手诱捕害你的阴阳蛟的计策!"

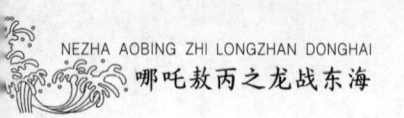

敖丙想象着妹妹来到被明亮的珍珠与宝石缀满幽深的海底峡谷的场景。彩石明艳，宛若星辰。晶莹的丝线串着珍珠，组成了"青龙、白虎、朱雀、玄武"四大星宿，和一只"大白鲸星座"，其光耀时明时暗，蔚为壮观。

佩戴七彩宝石的鳐鱼无声游动，宛若蝴蝶。

而敖凌柔美的额头上，缀着的淡紫色眉心坠，是群星舞台中最明丽的色彩。她跪坐在小白鲸的背上，抬首注视着群星舞台，粲然一笑。小白鲸用吻顶起了挂着一圈宝石，鼓成气球的河豚，调皮地玩着。

敖丙诉说着群星舞台的美好，敖凌却哭得更加伤心，且躲开了敖丙的怀抱，往墙角缩。

敖丙再次抱住妹妹："凌儿，谁敢欺负你吗？我迟早为你夺回龙珠！"他说出了儿时的誓言，攥紧了拳头。

敖凌却摇了摇头，撇过头去："对不起，都是我不好！是我让哥哥和父王为难了，要是我死了就好了！"

敖丙瞪大双眼，回忆起与父王争执时的那句话："要是没有她，何须争？何须让？所有的宠爱本来就该是我的！她没出生前我可是独宠！现在呢？"

敖丙左手扶着敖凌的肩，右手不断扇着自己耳光："都怪我！都怪我！妹妹最好了！都是我瞎说！"

敖凌扑到敖丙怀里，阻止了敖丙自扇耳光："哥哥！"

大口的血从敖凌口中涌出，喷到帷幕上。

敖丙心如刀割："凌儿！"

敖凌嘴角淌血，无力地趴在敖丙肩头。她的身上，万龙甲化作银色龙鳞，穿在了敖丙身上。

敖丙被吓住："凌儿，快收回万龙甲，你会死的！"

敖凌微笑着抱紧了敖丙："哥哥，你是注定当王的人，我的时间快到了，不要再管我了……"

第十二章　失忆

殿外，明珠阁的不远处，女海马与男海马背靠着背。

女海马感慨："我累了，终于发现，正直才是一个男人最好的彩礼。"说罢，她回眸一笑，冲背对着自己的男海马眨了下右眼，还抛了个飞吻，妩媚可爱。

男海马却冷冷地离开："我不是驴。"

小八、皮皮、小蟹沮丧地站在明珠阁门口。

小八问："他为什么说自己不是驴？"

皮皮答："骑驴找马。"

小八想起了不快的往事，气得一腕足抽在柱子上："工于心计，我也被她骗过！"

女海马气急："谁骂我？亲爱的，我被小流氓欺负了！"

女海马循声望去，小八愤怒地与之对视。女海马一见是小八，表情立刻由愤恨化作了惊恐："太子的人……对不起，对不起，我再也不敢了……"

女海马转身就逃，不小心撞到了身后的石头，石头碎成渣，后面是捂着头、吓得瑟瑟发抖的男海马。

明珠阁大门打开了一条缝，敖丙钻出，将大门关闭上锁，随后扶着墙，喘着气，很疲惫的样子。

小八、皮皮、小蟹转身围过去。他们身后，男海马抱着撞晕的女海马飞奔而去。

小八说："太子，你的冤名飞遍四海。"

敖丙却仿若未闻地苦笑着，低头用毛笔在自己的手背上写字。

仨跟班低头看敖丙手背上的字，只见敖丙手背上写着：我可以是任何人，但唯独不能是龙太子敖丙。见到哪吒绕道跑。

跟班都很吃惊，小八忙问："太子，你这是？"

敖丙苦笑着："我这样的小屁孩果然不该去惹哪吒那样的假大人哪。"

仨跟班垂下了眼睑，面露沮丧之色。

敖丙却微微一笑，一扫刚才的颓唐模样，挺直胸膛道："走，全副武装，去哪吒家！"

仨跟班惊恐地瞪大了眼，连连摆手。

敖丙解释道："当凌儿完全吸收了我的龙珠，我会失去所有记忆。我们必须赶在那之前给殷夫人解咒。"

于是，敖丙、小八、皮皮、小蟹穿着黑色的斗篷遮掩身份，手持鼓槌儿，行色匆匆地向海面赶去。

路上，一群母夜叉背着包裹，成群结队地奔跑着，边跑还边喊："她的儿子

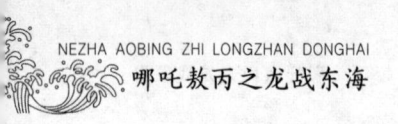

是被逼的!"

敖丙等人战战兢兢地从岩石后走出。

皮皮心疼敖丙:"太子,我去说明实情!"

敖丙有气无力地拉住了他。

皮皮说:"看她们背着包裹,不会是要脱离东海吧?"

敖丙叹了口气:"夜叉族因相貌丑陋,一直饱受歧视,是东海的错,让他们走吧。"

皮皮说:"那你的冤名可就飞出海外了。"敖丙对此只是苦笑,随后,一行人继续赶路。

路上,敖丙他们在翻越珊瑚大山时,被珊瑚枝钩住了斗篷,一下子身份暴露。海底群众先是很吃惊,随后不由分说地挤了过来,有意拦住他们的去路。

小八说:"请诸位乡亲让开条路,我们有急事。"

海底群众冷笑,一言不发,但就是不让敖丙他们通过。

仨跟班好说歹说都不起作用,而敖丙已经处于神志模糊的半昏迷状态。小八咬咬牙,只好使出那一招了:他向小蟹递了个眼色,小蟹会意,从怀里掏出一大把辣螺。小八连吃几口辣螺,辣得脸都涨红了,海底群众都很惊异。小八突然喷出大量的墨水,这墨水组成个"痛"字,辣味十足,辣得海底群众都捂住了口鼻,激烈地咳嗽起来,身子都站不稳了。仨跟班带着敖丙,趁机冲出重围。小八不断喘着气,显然是辣得要发疯了。

小八说:"太子,为了你,我也是拼了。"

敖丙却冷笑:"十岁之前,我总以为因为自己的不优秀,让父王难受,后来我才想清楚,明明是父王让我难受!失去记忆和法力,父王就放过我了吧。小八、皮皮,我知道你们是内奸,效忠于父王。"

小八、皮皮忙摆手:"不是不是,我们真心……"

敖丙使劲敲了敲二人的头:"都什么时候了还骗我,我生气了吗?我就是知道你们是内奸,才有意把诱捕阴阳蛟的计划告诉你们的。"

小八、皮皮愧疚地低下头:"我们是被逼的……"

敖丙阴阳怪气道:"是呀,咸鱼逼你们,你们还有救吗?"

小八、皮皮不好意思地傻笑起来,皮皮打了个饱嗝儿,嗝儿——

敖丙坏笑:"我还知道,你们都嫉妒拼爹拼不过我。"

小八、皮皮、小蟹都慌了:"没有没有,我们真心臣服于……"

敖丙狡黠地说:"那就把父王当爹吧。小心阴阳蛟……"

敖丙在这一刻从小八肩头滑落,不省人事。仨小弟都吃惊地瞪大了眼睛。

....

哪吒悲伤地坐在母亲的石像前,愤怒地捏紧了拳头,身侧,是一脸坏笑的敖丙稻草人,胸口扎着稻草做的刀。

李靖一进家门,就慌张地跑到他面前:"哪吒,你闹出人命!快跑吧,不然就来不及了!"

李靖拉着哪吒的手,把他往外拖,哪吒却一把甩开了父亲:"爹爹,母亲受辱,你竟如此怯懦!龙王父子若要加害我们!我们就和他斗到底!"

李靖抹了一把泪:"儿啊,爹爹是怯懦,但爹爹怕失去你呀!"

李靖哭了,哪吒惭愧地低下头,眼神却在一瞬间凌厉起来:"爹爹,我这就走,谢爹爹养育之恩。"

哪吒戴上乾坤圈和混天绫,快步跑出家门,面色阴沉,眸光凄厉。

第十三章　新生

敖丙缓缓睁开眼睛,从床上坐起,面色迷茫。小八、皮皮、小蟹站在不远处。

皮皮疑惑:"这忧郁的眼神配合沉默的气质,是我们的太子吗?"

博闻强识的小八自告奋勇:"我去试试。"

小八头戴厨师帽,手里拿着一口平底锅,很快就煎好了一块锅盔,连锅带饼,一起放在敖丙面前:"这是你要的锅盔,是亏哦。"

敖丙脱口而出:"亏我是不会吃的!这辈子都不会吃的!"

仨跟班高兴得两眼放光:"果然是太子。"

敖丙却手捧锅盔埋头吃起来:"真香。"

仨跟班见状,手持纸巾擦眼泪,小八哀号:"啊,太子失忆了,我们要给龙王当爹了!"因太悲伤,他说错了话。

哪吒满脸怒容,站在海中,水漫过了他的腰。他取下混天绫疯狂地搅动起海水。

东海海面瞬间银浪排空,涛声震天。

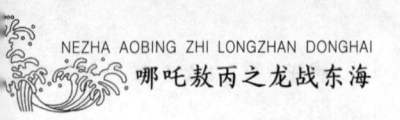

龙驹殿内，敖丙坐在床沿，埋头吃锅盔，仨跟班苦笑着，一脸难受。

龙驹殿突然颤抖起来，发出嗡嗡声，灰尘落下，掉到了锅盔上，敖丙吃了一嘴灰，他双眉紧锁着抬起头。

窗外，海底居民因混天绫带来的劲流与地震，仓皇逃窜："那个人连累大家都被哪吒攻击了！"

哪吒愤怒的高呼声从海面传来："敖丙小泥鳅！快出来受死！"

敖丙咬牙切齿地蹦下床。

仨跟班一拥而上抱住他。

小八忙说："别冲动，你不是哪吒对手！"

敖丙怒气难掩："不知道为什么，一听见有人骂敖丙，我浑身难受！"

小蟹口不择言："敖丙只是条坏龙，和你一点关系都没有。"

皮皮狂点头："是呀是呀，敖丙作恶多端，把哪吒母亲变成了石头，所以哪吒要找他算账，这不是天经地义的吗？"

小八跟着说："大家都讨厌敖丙，喊他'那个人'，哪吒要打敖丙，我们喜闻乐见呢。他还有个诨名，叫'三太子'，全称'瘪三太子'。"

敖丙："那我是谁？"

小蟹："你是……"

小蟹暗忖：我怎么才知道三太子的意思是瘪三太子呢？

于是，小蟹语速极快，急切地说："你是龙小三，自幼被双亲遗弃，我们是你的朋友。因为你长得很像坏龙敖丙，我们怕你被哪吒错杀了。"

皮皮立刻点头道："是呀是呀，你手上还写着'见到哪吒绕道跑'呢。"

敖丙看着自己手背上的字疑惑不解。

哪吒的怒吼声又传了进来："龙王老泥鳅也出来受死！"

敖丙攥紧拳头更愤怒："一听他骂龙王，我就想拔四十米大刀！"

小八、皮皮、小蟹紧紧抱着敖丙的腰："龙王是我们爹，我们都不在意，你在意个什么？"

敖丙问："龙王呢？"

小八随口回答："被他儿子气晕了。"

敖丙化出龙尾，怒将仨跟班抽飞，他们撞在了墙上。"你们这群大孝子！"敖丙说。

敖丙跑到兵器架前，兵器架上摆着各种刀枪剑戟，由短到长很整齐，最角落里的，是最威猛的万龙锤。兵器架的后方，贴着《峨眉老鬼》海报：一名肌肉壮汉身穿道服，头戴红色飘带，背着青色圆盾，手持双节棍摆着战斗造型，可谓威风凛凛。海报上写着："峨眉老鬼"。

敖丙向万龙锤跑去，却没有拿兵器架上的任何兵器，而是弯下腰捡起了地上的平底锅，背在背上，冲了出去。

海底居民因哪吒闹海，抱头鼠窜，惨叫连连。

敖丙大喝一声："大家莫慌！"

所有人都停住，看向他。

敖丙麻利地披上大红披风，手一挥，大红披风招展如云，气势非凡："我虽无父无母，却有颗做英雄的心！待我击溃哪吒，捉拿他去也！"

敖丙气势汹汹地飞奔而去。大家伙儿却都被吓住了。

女海马吓得两手捏拳贴在脸上："陛下驾崩了吗？我们要活在那个人的邪恶统治之下了吗？"

母夜叉挑着包裹，手一挥："大家跟着我夜叉族，去一个可以自由骂太子的地方！"

第十四章　耍弄

敖丙冲出海面，看见一个梳着垂挂髻的小姑娘背对着自己，捂脸哭泣。

敖丙想安慰她，便将手搭在那小姑娘的肩上："姑娘，你怎么啦？"

小姑娘有些尖厉的童声歇斯底里地喊着："哪吒欺负我！欺负我！"

敖丙咬牙切齿："我去把他抓来，跪下喊你姑奶奶！"

敖丙怀着义愤离去，没人注意到，一缕黑色的妖气，鬼鬼祟祟地跟随着他。

哪吒在前方搅动混天绫，巨浪滔天。敖丙举起平底锅，一跃而起，狠命劈下："哪吒见打！"

哪吒转身，目光凌厉，巨浪砸下，遮蔽了俩人的身影。

巨浪退却后，敖丙举着平底锅，惊恐地瞪大眼睛，盯着离自己鼻梁只有一寸的乾坤圈，吓得连话语都变结巴了，额头上一滴米粒大小的汗珠将落未落："打……大哥在上……"

哪吒一挥手，乾坤圈缩小锁住了敖丙的两腕，敖丙手中的平底锅掉落，插进

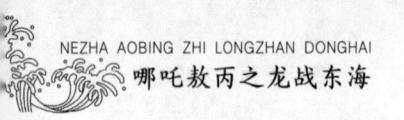

海中，而混天绫系在乾坤圈上。

哪吒面色阴沉地跑到沙滩上一扯混天绫，敖丙惨叫着被拽到天上，身体笔直，斜着插进沙子里，头被沙子埋了。

敖丙飞上天的那一刻，吓得大叫："哇呀——"

沙滩上的鸥爷歪着头看向敖丙，心中暗想：又有热闹瞧了。

哪吒攥紧混天绫："跟上！去给我娘解咒！"

敖丙狼狈地从沙子里钻出来，举起双拳正欲发作，混天绫一拉直，又把他拽得横飞出去，这次他笔直地撞在了岩石上。

鸥爷扇着翅膀嘲笑起来："嘎嘎嘎嘎——"

敖丙恶狠狠道："我敖丙作恶多端！不给我松绑，就不给你娘解咒！"

哪吒怒火万丈，两眼冒火光，咬牙切齿地瞪着敖丙："你好卑鄙！"

敖丙坏笑："上当了。"

敖丙吹了一声口哨，悠闲地斜躺在岩石上，两手支着头，瞥着哪吒："是你没诚意，不把我伺候舒服了，就不给你娘解咒！"

哪吒咬牙走近敖丙："你想怎样？"

敖丙举起被乾坤圈锁住的双拳，邪笑着看着哪吒，哪吒一挥手，乾坤圈给敖丙松绑，回到了他肩上。

敖丙揉了揉手腕："手好疼啊，给我揉揉。"哪吒正欲发作，还是忍住了，给敖丙揉手。敖丙舒舒服服地侧躺在岩石上："腿也给我揉揉。"

哪吒取下乾坤圈："你……"

敖丙得意扬扬："不然不给你娘解咒。"

哪吒只好蹲下身给敖丙揉腿。

爱看热闹的鸥爷发现自己期待的恶斗没有到来，很是失望，正欲拍翅飞走，却看见了不远处的一只正在横行的小螃蟹。欺负小螃蟹可是鸥爷的最爱，于是，鸥爷蹦蹦跳跳地跑到小螃蟹身边。

"敖丙为什么把你母亲变成石头？"

哪吒强压怒火："他太嚣张我太屁，下次不会这样了。"

敖丙冷笑："你确实屁！"

哪吒正欲发作。

敖丙却说："我念你救母心切，答应我三个条件，我就帮你。"

哪吒满脸阴沉，攥拳于袖。

敖丙继续道："你必须发誓同意我这三个条件，若违反就是小狗。"

哪吒冷哼了一声，算是答应。

敖丙说："第一，你闹海，把海底居民都弄得不得安生，必须道歉。"

哪吒给敖丙揉了几下腿："可以。"

"第二，你欺负小姑娘，必须鞠躬喊她一声姑奶奶。"

哪吒手停了："什么意思？"

敖丙冷眼视之："怎么？不愿意？那就下跪喊她一声姑奶奶！"

哪吒气得站起："我什么时候欺负小姑娘了？"

敖丙也怒而起身，用食指猛戳哪吒的胸："姑娘的眼泪会骗人吗？只有衣冠的背后才是禽兽！就瞧不起你这种挥刀向更弱者的禽兽！"

敖丙一掌向哪吒推去，哪吒一拳拦住了他的手腕。

他俩身侧，发现了小螃蟹的鸥爷对着小螃蟹伸出了腿，做试探状。

敖丙因哪吒的一拳，立刻揉了揉自己的手腕，神色痛苦，愤怒地盯着哪吒。

哪吒救母心切，不想与他争执："那第三条是什么？"

敖丙的怒容瞬间消散，憨憨一笑："做我跟班吧。等你道歉和下跪后，我虽然不能给你娘解咒……"

哪吒咬牙切齿："还不解咒？！"

敖丙得意扬扬，拍着胸脯自恋地笑着："傻小子，隆重介绍一下你大哥我，我叫龙小三，根本不是敖丙……"

哪吒气得取下乾坤圈："你耍我？"

鸥爷的腿离小螃蟹越来越近，他撒尿，尿液洒在小螃蟹身侧。

敖丙捏紧双拳冷笑："我这么瞧不起你还让你当我跟班，不过是欣赏你的孝顺，你不感恩戴德……"

小螃蟹一钳子夹住了欧爷的脚掌。

哪吒一乾坤圈打在敖丙的脸上。

欧爷蹦跳着哀号，尿液乱飞，小螃蟹就是不松钳子。

第十五章　对决

敖丙惨叫着飞出，砸进了海边的山崖中，尘土飞扬。

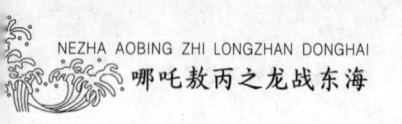

哪吒剧烈地喘着气，怒火万丈，额头隐隐浮现出结契咒印。

敖丙使劲从山崖里拔出身体，捂着被打肿的半边脸："屁包！禽兽！居然偷袭！待我打败了你，再去——"

哪吒手持乾坤圈，闪电般直冲上来，敖丙还没反应过来，乾坤圈已砸在他的胸口。万龙甲闪出一道光辉，敖丙惊魂未定地站在原处，哪吒却被万龙甲的反击之力，弹得飞了出去。

敖丙惊奇地看着身上由透明鳞片组成的万龙甲："哇，有了它，我就无敌了！"

敖丙从海中捞起平底锅，哪吒又冲了上来。敖丙坏笑着挺直胸膛，让哪吒再次将乾坤圈打在了万龙甲上，然后一侧身，一平底锅打在哪吒后背上，哪吒被打得飞了出去。

敖丙坏笑着："还不鞠躬喊大哥吗？"旋即，他的额头也显现出若隐若现的结契咒印，他捂着额头，神色痛苦。

哪吒一挥混天绫，将敖丙捆住了，乾坤圈打在敖丙的另一边脸上，他的两边脸都肿了。

敖丙摇晃着，站立不稳，哪吒掐住他的脖子一把将他摁入海水中："我抽你的筋！看你还害人不！"

敖丙化出龙尾，拼命击打哪吒的背。

被小螃蟹夹住脚掌的鸥爷痛苦地闭紧了眼，四处蹦跳，撞在了岩石上，昏迷过去，小螃蟹仍不松钳。

敖丙凄苦地喊着："大哥饶命！我真的不是那条坏龙，我是龙小三……"

海水变成了金色，龙战于野，其血玄黄，敖丙血染大海。

哪吒手持敖丙龙筋，立于海岸石台上，他洁白的衣衫上全是敖丙金色的血迹，额头上的结契咒印已经变成了深紫色。哪吒嘴角淌血，而敖丙化作了金色的龙身，蜷缩着，额头有浅紫色的结契咒印，双目紧闭。

巨大的龙身缓缓沉入海中。

冷风如割，浊浪咆哮，整个天地突然阴沉起来。哪吒头顶不远处的苍穹，出现了黑色的云团，旋转着，如一个旋涡，云中隐隐有惊雷闪过。

哪吒目光坚毅，一把抹去了嘴角的血迹，他挺直胸膛，手指旋涡："猖狂龙子，为我所杀！老泥鳅，别连累百姓！"

旋涡中一名身着紫黑色衣袍，梳着灵虚髻，身材曼妙的蒙眼女郎翩然而降，她是石矶娘娘。

石矶娘娘的身影如鬼魅般瞬间闪现到海面上，与站在石台上的哪吒对视。

　　哪吒目光疑惑。即使隔着薄薄的黑纱，也能看清石矶娘娘森冷的目光。她一把掐住了哪吒的脖子，将他往石台上一摔，石台瞬间塌了。

　　石矶娘娘一手掐着哪吒的脖子，一手五指如钩，摁进哪吒的胸口，开始挖灵珠。

　　哪吒挣扎，却挣不脱，胸口浮现出一个画着结契咒印的圆形小阵法，护住了他的灵珠。石矶娘娘挖不出灵珠，竟一把拔出了别在腰间的震天箭，对准哪吒的胸口猛地刺下。

　　千丝万缕的白色丝线自远处袭击石矶娘娘的后背。

　　一名手持骷髅手杖的蒙面男子闪电般冲来，海浪掀起，他是石记长老，小名怼怼。

　　巨浪退却后，白色丝线已将哪吒救出，石记长老放下抱在怀里的石矶娘娘。

　　一仙风道骨的老头儿乘云而下，手持拂尘，轻轻一挥，白色丝线将昏迷的哪吒带入他怀中，原来千丝万缕的丝线都来自他的拂尘。他是太乙真人。

　　太乙真人一手持拂尘，一手做拈花状："盘古开天地，一气化三清。石矶娘娘，你可知这世上什么气最珍贵？"

　　石矶娘娘与石记长老疑惑地皱紧眉头。

　　太乙真人自问自答："和气和气，莫伤和气。"

　　石矶娘娘气急，手指哪吒道："你！你可知他做了什么？"

　　太乙真人说："师父是徒弟的小棉袄，他做了什么，我都知道，莫伤和气……"

　　石矶娘娘气得发抖："你就不怕遭雷劈吗？"

　　石记长老却仰天大笑："哈哈哈哈。"

　　石矶娘娘关切地问："怼怼，你怎么啦？"

　　石记长老怒视太乙："我从未见过如此厚颜无耻之人！"

　　太乙真人冷笑："你若不服，去我的金光洞，里面多的是宝贝，你们想拿多少拿多少，还有什么不满的？"

　　石矶娘娘手一挥，幻化出骷髅手杖，与石记长老双剑合璧，合击太乙真人，巨浪掀起。

　　太乙真人拂尘一挥带着哪吒消失了。

　　石矶娘娘攥紧骷髅手杖，面色愤怒。

　　石记长老高呼："师姐，再去抓李靖！"

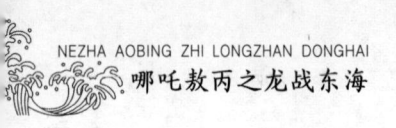

第十六章　出海

　　冰冷的海水中，敖丙蜷缩着的金色龙身缓缓下沉，化作一个小孩子的形象，正是幼年敖丙的模样，双目紧闭，仿若沉睡。

　　少女敖凌骑着小白鲸，快速游到敖丙身边，将哥哥抱在怀里。因吸收了敖丙的龙珠，敖凌从可爱的女童瞬间长大，变作亭亭玉立、端庄大方的少女。

　　敖凌说："哥哥，你怎么啦？我这就把龙珠还给你。"

　　敖凌将右手贴在胸口，蹙眉闭眼，想挖出龙珠，胸口却出现了画着结契咒印的圆形小阵法，阻止了敖凌。敖广雄浑冷静的声音在她耳畔荡响："从此，除了你的结契兄弟和你自己，没有人能挖出你的龙珠。"

　　敖凌睁开双眼，满眼震惊与悲伤。

　　敖丙小小的身体散发出金色的光芒，在那光辉之中，他的身体开始变得透明。

　　小白鲸发出了悲怨的鸣叫，用喙拱着敖丙的身体。

　　敖凌一把抱紧敖丙："不！哥哥！不要离开我！"

　　敖丙的身体在敖凌的怀抱中开始消失了。

　　敖凌肝肠寸断地哭喊着："哥哥！"

　　哪吒被他的师父太乙真人带到了虚空之境。

　　此境，云海缥缈，似真似幻。躺在云端的哪吒苏醒，见自己面前的是师父太乙真人，忙起身单膝跪地，抱拳行礼。

　　哪吒急切地说："师父，我杀了东海太子敖丙，老龙王不会善罢甘休！快送我回陈塘关，让我保护乡亲们！"

　　太乙真人微微一笑："你有这片心，很好。但眼下降临陈塘关的是石矶娘娘，她与她的师弟石记长老将给人间带来巨灾。"

　　哪吒皱眉："石矶？那个打伤女娲娘娘的魔头？骷髅山女王？"

　　太乙真人点头："就是她。哪吒，你作为灵珠降世，亲手杀死万魔之主就是你的宿命。你拉开了轩辕弓，便是轩辕弓、震天箭的主人，你可以感知到消失的弓与箭在哪儿。"

哪吒闭目，两幅画面出现在他的脑海——

轩辕弓挂在一个很深的山洞里，洞中还有堆成山的宝藏。白哥与黑妹枕着宝藏睡熟了。

石记长老一脚踹开李府大门，石矶娘娘手持震天箭步入。

哪吒见石矶等人已闯入自己家，慌忙道："师父，石矶已经闯入我家了，快让我去救父母！"

太乙真人说："别慌，有我盯着陈塘关，无论是龙王还是石矶，都不足为惧。哪吒，你必须尽快夺回轩辕弓与震天箭，这样才能永远除灭石矶，从此，人间便无忧了。"

哪吒说："可是轩辕弓的弓弦被我拉断了。"

太乙真人微笑："轩辕弓为应龙神打造，只有龙筋做弓弦，才能发挥出它真正的杀伤力。它不就在你手中吗？"

哪吒垂首看着手中龙筋，面露悲伤："我能感觉到，他对我手下留情了。我不该……"

哪吒听过一句古谚："经脉者，决生死，处百病，调虚实。"人若抽筋必死，敖丙虽是龙，被抽了筋，想必也活不成了。

太乙真人说："不过是头结契灵兽，强龙嫉主，死便是他的本分。出发吧。"

太乙真人拂尘一挥，云雾聚集，哪吒的身影飘远了。

哪吒忙喊道："师父，龙族与人族交好千年，别伤了龙王！"

哪吒手持龙筋站在海岸，他看着龙筋，叹了口气，将之缠绕在手腕上。

一名梳着双环髻、两缕秀发垂于后背的道服少女翩然而降，她是彩云。

彩云生得极美，清而不寒、柔而不媚，那张白净的脸像清水芙蓉般，纤尘不染。乌黑的秀发配上如玉的脸庞，仿佛美玉之上的一点春泥。

彩云俏皮一笑："女娲娘娘座下彩云，特来协助灵珠少主击败骷髅山女王。"

哪吒笑着点头："女娲娘娘座下，确实有一名叫彩云的少女。"

彩云伸手，一只透明的玉瓶出现在她的手心，玉瓶中是一株美丽的白色小花："这是风净瓶和菡芝草，是女娲娘娘赐予我的呢。石矶已进入陈塘关，我们去制服她吧。"

哪吒摇摇头："要想解救陈塘关，须得由我去西方沉默之渊阴阳蛟把守的藏宝洞里，夺回轩辕弓，这样才能彻底消灭这女魔头。我是轩辕弓的主人，能感知到轩辕弓在哪儿。"

彩云甜甜一笑："航海可是我的强项。"

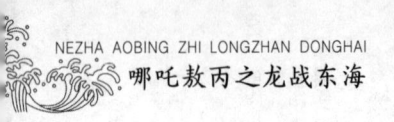

风净瓶中的菡芝草飞了出来,化作彩云腕上的花环。彩云笑着对着海面轻轻挥了挥手,海水中竟长出了一株大树,大树枝丫虬曲,化作一艘大船,船上自动长出了一根帆柱和船舱。

彩云跳上船,哪吒一把拉开帆,风净瓶凌空旋转,一股劲风带着船劈浪而去。

一缕黑色的妖气在天空飘了一下,迅速消散。

第十七章　劫数

敖凌紧紧抱住敖丙正在消失的身躯,泪流满面。小白鲸立在敖凌身后,用鲸鳍抱住敖凌,身体将她紧紧裹住,也在流泪。

小八、皮皮、小蟹、龟丞相匆匆赶了过来。

他们高呼:"龙小三!"

敖凌哽咽着抬起头。

小蟹流泪看着敖丙:"太子……"

敖丙的身躯化作了巴掌大的小小恐龙身,蜷缩在敖凌掌心。

龟丞相抹了抹泪:"好歹留了条命。他的龙珠是自愿献出,不是强行剥夺,又穿上了万龙甲,所以不会像公主殿下那样虚弱,但他同时失去龙珠和龙筋,恐怕只有三天性命了。公主殿下,眼下东海人心惶惶,大量平民嚷嚷着要脱离东海。陛下昏迷,太子沉睡,东海需要你主持大局。我派人去夺龙筋,为太子争取两年时间。"

敖凌愧疚地摇着头:"对不起,我要带着哥哥去找哪吒,夺回他的龙筋。哥哥的龙珠在我体内,我知道了哥哥所有的记忆和苦衷。也只有我能感知到哥哥的龙筋在何处。"

皮皮劝道:"还是让太子留在东海,由医师照顾吧。"

敖凌拒绝:"哥哥只有三天时间了,哪吒他们已经走远,他必须也跟上。对不起,我不是一名合格的王女。老师,你必须留下,东海不能同时没有我们,也没有您。"

龟丞相却表示理解:"挚爱亲友,方能兼爱众生。公主殿下,你是对的。老臣这就解开龙珠上不得离开东海一个时辰的禁制。"

龟丞相说罢,拿出敖广的龙杖,对着敖凌的胸口轻轻点了点,一束光芒飞出后,很快消散了。

敖凌感动地呢喃:"老师……"

龟丞相拍了拍敖凌的肩:"太子是我看着长大的,失去记忆与身份,于他而言,是劫难,也是重生。公主,带上解意囊,东海交给老臣就是。"

敖凌接过一只绣着双龙戏珠的解意囊,将敖丙小小的龙身靠近这绣囊,敖丙被吸了进去。

小八、皮皮、小蟹一起点头道:"放心吧,公主。我们一定会为太子洗刷冤屈的!"

敖凌破涕为笑,深深地鞠了一躬:"哥哥有你们,难怪那么帅。告辞了,我会保护好哥哥,夺回龙筋的。你们一定要小心阴阳蛟,说不定他们会被哥哥的群星舞台计划吸引过来。"

"刚才,老臣发现太子搜集的珠宝,一下子全都不见了,阴阳蛟恐怕已经神不知鬼不觉地来过了。幸好他们只拿了珠宝,没出什么乱子。"龟丞相叹了口气。

敖凌吃惊了一瞬,喃喃道:"没想到阴阳蛟这么厉害。"

她想到了当务之急是给哥哥找回龙筋,便回首与仨跟班、龟丞相招手告别,骑着小白鲸离开了。

堆满宝藏的藏宝洞中,金色火把挂于洞壁,洞中虽然杂乱,却很温暖。

黑妹躺在宝藏上,向着洞顶弹起一枚金币:"正面。"

金币落于她的掌心,果然是正面朝上,她得意一笑。

一缕妖气进入藏宝洞,化作那只章鱼怪:"主子,我带回的珠宝和轩辕弓,您还满意吗?哪吒为了夺回轩辕弓,已经朝这里赶来了。"

黑妹傲娇一笑:"有朋自远方来,必诛之!"

章鱼怪坏笑着说:"我还发现了更有趣的事情。"

章鱼怪凑到黑妹耳朵边说着悄悄话,黑妹眉开眼笑。

那天夜晚,晚风清凉,月色迷人,彩云独自一人站在大船的船头,神色落寞。风净瓶漂浮在船头,鼓起了烈烈的大风。

石矶娘娘的声音传入彩云耳畔:"彩云。"

彩云欣喜转身:"娘?"她看到的,却是立于船尾的,黑气缭绕的黑妹,两眼通红,有些瘆人。

彩云恐慌:"你是谁?"

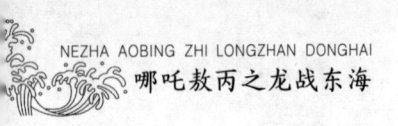

黑妹一个瞬移,来到了彩云面前,她的胸口挂着敖丙小时候被夺走的那把短剑:"别害怕,我把你带到了精神世界,在这里,没有人知道我们说了什么。"

彩云警惕地问:"找我什么事?"

黑妹笑了:"夸赞你,略施小计就让哪吒杀了龙太子。"

彩云咬牙切齿:"他和哪吒一样该死!"

黑妹逼视着她:"但此事若暴露,你那天地不容的母亲又多了个大敌。"

彩云急了:"你!你没证据。"

黑妹淡然一笑:"别害怕,小姑娘,同为诅咒一族,我和你一样恨着那些虚伪的人。我是来帮你的。"

黑妹将一个黑色的小药瓶塞到了彩云手中。

第十八章　异域

碧海蓝天,风轻浪白。敖凌跪坐在小白鲸的背上,小白鲸在海面上跳跃着前行,敖凌的秀发随风翩翩摆动,好一幅唯美的画面。

在一处海湾,小白鲸在敖凌的指示下停了下来。

敖凌跳上岸,从解意囊中取出小鱼干,抛到空中,小白鲸从水面一跃而起,吃掉了小鱼干,欢快地唧唧叫着。

小白鲸半个身子立于海面,两只鲸鳍像手一样鼓着掌。敖凌伸手抚了抚她的脸:"小白,没想到哪吒跑得那么快,光凭你的力量是赶不上了,我要抄近路。辛苦你了,去吧。"

敖凌又撒了一把小鱼干,小白鲸跃出水面,她的身姿化作一道优美的弧线,映衬着朝霞的金辉,一张口就把所有小鱼干接住并吃掉了。

敖凌如精灵般优雅地在草丛中跳跃着,速度极快。她腰间别着的解意囊却"动"了起来,还发出了声音:"放我出去!"

敖凌对解意囊吹了一口气,变成小孩子的敖丙跳了出来,落在她面前,背上背着平底锅。

敖丙拿着个桃子,咬了一大口,却在看见自己胖胖的小手时愣住了。敖丙呆呆地盯着自己的手看了一秒,立刻偏过头看向有着水洼的地面。

水洼里映刻着他年幼的模样。敖丙手中的桃子掉在了地上,但很快他又满脸不在乎地从衣服里掏出另一个桃子,啃了起来,然后蔑笑着看着敖凌:"你的麻袋里好东西很多呀,想绑架我,先把你搬空了,哈哈哈……"

说罢,敖丙转身就跑,钻到草丛中,之后转了个弯,躲到一块石头后面,坏笑着探出头。

敖凌却一个瞬移,从身后抱起了敖丙,敖丙吓了一跳,拼命挣扎,桃子又掉了:"放开我!你要把我卖到哪里去?"

敖凌不客气地弹了敖丙的后脑勺一下:"我是你姐,老实点,龙小三。"

敖凌将敖丙背上的平底锅收走,放入解意囊中。

"骗谁呢,我根本不认识你!"

敖凌得意一笑:"你最爱吃的东西,是花果山的桃子。你最讨厌的事情,是被人唠叨。你对莲花过敏,是因为你讨厌哪吒,而哪吒总是摘来莲花献给母亲。你所有的小心思都瞒不过我,谁叫你是弟弟,我是姐姐。"

敖凌从解意囊中取出一朵莲花,放到敖丙面前,敖丙打了个大喷嚏,他终于不挣扎了:"可那帮孝子贤孙说我自幼被双亲遗弃,怎么会有姐姐?"

敖凌将敖丙紧紧抱住:"放心吧,你永远不会被遗弃,我是你姐,宠你没商量。"

吃货敖丙从衣服里掏出个鱿鱼串,边吃边问:"我的家在哪儿?漂亮姐姐你叫啥?"

敖丙坐在敖凌的一只胳膊上,被敖凌带着前行。敖凌从解意囊中取出一个锦鲤帽戴在敖丙头上遮住他的龙角,自己戴上了美丽的凤羽翎帽:"大家都叫我龙小妹,东方有大海,那里就是咱们的家,现在,我们在进行寻回龙筋之旅。"

敖凌抱着敖丙,风驰电掣地奔跑在草原上。

敖丙欢快地举臂欢呼:"耶!教训哪吒!教训哪吒!"

茫茫草原,野旷天低,翠色欲流,却难得有树。终于遇见了一棵树,敖凌便带着敖丙停在了这棵树下。

敖凌说:"难得这里有棵树。"她放下敖丙,从解意囊中取出一条鲜红的丝带,绑在树上,开始打她最喜欢的平安结。

敖丙从解意囊中取出一支糖葫芦,正要吃,却看见不远处有一对母子正在给奶牛挤奶。这母子俩的打扮非常艳丽,一看就与衣着朴素的华夏族主流不同。他们是阿娘和阿玉。

阿娘焦虑地戳着儿子的头:"跟你说了不能这样挤奶,你怎么这么笨呢?"

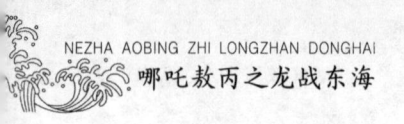

阿玉沮丧地低着头。

敖丙跑过去，将手中的糖葫芦塞到阿玉手中，不服气地瞪着他母亲，还双手叉腰："不就是挤奶动作不标准吗？怎么能骂小孩笨呢？挤个奶而已，错了又能怎样？"

敖丙满不在乎地伸手捏住奶牛的奶头，使劲一挤。

阿娘露出惊恐的神色，想阻止却来不及了。

奶牛一声惨叫，后蹄一抬，一脚将敖丙踹得飞了出去。敖丙撞到了敖凌正在系平安结的树干上，此时平安结已经完成了。

第十九章　龙赞

敖凌忙抱起敖丙："小三，你怎么啦？"

敖丙笑着说："没事的，姐姐，对于龙来说，像挠痒痒一样。"

阿娘提着奶壶跑了过来："你没事吧，小朋友。"

敖丙微笑："你是对的，但以后别再骂孩子笨了，他很伤心。"

阿娘笑着点点头，从帐篷里拿出了新鲜的美食："娃娃绊大，葫芦吊大。想不到有一天我会被小朋友指教。有朋自远方来，不亦乐乎，喝点奶茶奶酒，吃点奶疙瘩奶豆腐吧。"

敖凌不好意思地摆摆手："这怎么好意思。"

敖丙却毕恭毕敬地抱拳施礼："谢谢阿姨，我收下了。"

敖丙口水直流地将异域美食装到了解意囊中，敖凌无语扶额。

阿娘慈祥地摸着敖丙的头："要不要在这儿住几天？我带你们玩？"

敖凌盈盈一笑："谢谢您，但我们要在今天翻越那座山。"

阿娘顺着敖凌的目光看去，一座高耸入云的雪山矗立远方。

阿娘说："那是我们的女神山，海拔八千多米呢。"

阿娘回头时，敖凌敖丙已经不在她眼前了，只留下树上挂着的平安结与龙玉佩。

敖凌化作银龙翱翔于天际，敖丙坐在她的头顶，扶着美丽的龙角，笑得一脸灿烂，仿佛朝霞的光辉都凝聚在了他们身上。

敖凌俯视着阿娘和阿玉："谢谢你们，女神山真的很美呢。"

阿玉母子抬头望去，一手遮阳，神情惊叹。

敖凌俯瞰大地，只见一望无垠的草原上，各民族人民抬首仰望，服饰各异，却都用惊异赞叹的目光瞻仰龙的伟大。他们有的微笑着指着天空对身侧的朋友窃窃私语；有的取下脖子上的哈达，捧于双手，虔诚地鞠躬；也有的举着火把表演舞龙民族舞。

阿娘搂着爱子赞叹："龙，能大能小，能升能隐；大则兴云吐雾，小则隐介藏形；升则飞腾于宇宙之间，隐则潜伏于波涛之内。世之君子当如龙，我们都是龙的传人。"

阿玉和所有仰望龙的小朋友一样，开心地鼓掌。

女神山直插云峰，山上白雪皑皑，山腰云涛若海，敖凌化身的银龙却很快就飞上了顶峰，停在了女神山山顶。

敖凌化回人形，微笑着看着冰封万里的山下。

敖丙又露出了坏坏的笑和可爱的一对小虎牙："姐姐飞累了吧，下面看我的吧。"

敖丙从解意囊中取出平底锅，拉着姐姐坐着平底锅滑下了女神山。敖凌吓得尖叫，敖丙却兴奋地笑着。

前方有矮矮的山洞，敖丙按住敖凌的身子，平底锅滑入山洞，洞中冰光闪烁，好似繁星。下面是透明的水面，水中有巨大的锦鲤在缓慢游动，一派安然和乐。

敖丙笑问："姐，云霄穿梭的感觉不赖吧。"

冲出山洞时，敖丙摘了一根洞顶垂下的冰锥。前方有一块岩石挡住了去路，眼看平底锅就要撞向岩石，敖凌吓得捂住眼睛。敖丙却坏笑着将手中冰锥插进冰面，平底锅一转弯他就把冰锥拔出来，有惊无险地绕过了岩石。

敖丙得意地笑着，前方竟是断崖，敖丙变了脸色，忙再次将冰锥插地，想停住平底锅，但冰锥已经断了。他尖叫着，眼睁睁看着载着自己和敖凌的平底锅冲出了断崖，敖凌却坏笑起来。敖丙吓得闭上眼睛，想象中的飞向天际再重重摔下却并没有到来，待他小心翼翼地睁开眼时，身体悬在半空中，悠然地向前方飘去。

敖凌一手举着碧伞，一手牵着敖丙，敖丙手中垂着平底锅，向着远方的森林滑翔。

碧伞上绘着东海碧波和四条美丽的龙，十二伞扣上垂着透明的金丝帷幔，伞

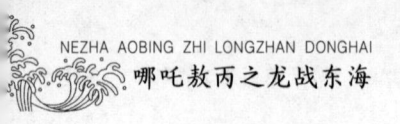

柄上也坠着平安结。

敖凌笑着看向敖丙："此伞名为华盖，龙族十大至宝之一，好玩吗？"

敖丙竖起大拇指："还是老姐厉害。"

"你也很厉害呢，小三，又勇敢又机智，一把冰锥让平底锅转弯，我怎么没想到呢。"

敖丙却撇撇嘴："姐，太危险了，下次，我不会这样了。"

敖凌笑了笑："其实，就算没有华盖伞，我们也不用担心，龙没翅膀，也能飞翔。"

一听这话，敖丙愈加为自己龙族的身份自豪。

第二十章　记忆

敖凌带着敖丙悠悠然降落森林。

只见这林间绿草如茵，鲜花似锦。天地万物皆被霞光所染，连湖泊也化作了美丽的玫瑰色。风儿吹起水面，如翻开洁白的诗篇。湖边杨柳垂条，依依飞絮，荡起数不尽的金色"泡沫"，与可爱的蒲公英一起翔舞，履行传递生命的职责。

森林中的小兔、白鹿、金丝雀等小动物聚拢过来。敖凌伸出手，一只小雀降落指尖，亲昵地蹭蹭她的手心，尽显憨态。敖丙从衣服里抓出吃食，抛给它们吃。小雀们开心得叽叽喳喳，围绕着他们不断盘旋，直到飞累了，才停在枝头，时不时蹦跶几下，像跳蹦蹦床般开心。

敖凌带着敖丙，来到了一株紫藤树下。她见这紫藤树美如烟霞，花开灿烂，轻轻一笑，在树上系几个平安结。然后，兄妹俩便燃起了一簇篝火，开开心心地用平底锅去煮上好的野菌汤，美美地享用了清汤之后，又兴趣盎然地架起烤架，去做烤鱼。这是大自然的馈赠，也是勤劳的所得，没有什么会比这更引人欢喜，饱人口腹。

敖丙咬了一口穿在树枝上的烤鱼，高兴得两眼发亮。敖凌坐在一旁的石头上，一手支着下巴，歪着头微笑着看着他。

敖丙欢呼："有你这么棒的姐姐，我都要骄傲了。"

敖凌用丝帕给敖丙擦着油光闪闪的嘴："油嘴滑舌。"

夜晚，星光璀璨，晚风习习。

敖凌用毛巾给敖丙湿漉漉的头发擦水。敖丙的右手腕上，系着一个美丽的红色平安结。

敖凌手指星空："看见东方七宿了吗？那可是我们的祖先应龙神。"

敖丙凝视着映于夜空的星月图，又看了看敖凌微笑的嘴角，脑海中依稀浮现出一幅动人的画面：在那如水般清凉的月夜中，有人指着星空，轻声讲着故事，笑岔了气的男孩和眸中期冀的女孩一起滚动在茵茵绿草上，好不欢乐。而讲故事的人，表情丰富，似哭似笑，又仿佛哭笑不得。

敖丙脱口而出："应龙神死了七次吗？"

敖凌噘噘嘴，弹了一下敖丙的后脑勺："煞风景！"

敖丙情不自禁地低吟："我走出家门为你点灯，却发现满天星光灿烂。"

敖凌高兴地拍了拍敖丙的肩："你还是个诗人？以前的你只会作歪诗。"

一提歪诗，敖丙眼前又浮现出一幅画面：年幼的龙小三与年幼的龙小妹注视着睡在榻上的大青龙。龙小三化身小金龙，站在大青龙同样巨大的龙鼻上，蜷起身子一跳，借着龙鼻的弹力跳到龙小妹怀里，龙小妹掩嘴笑了。

敖丙目光飘忽，喃喃而语："大龙王，龙王大，龙王鼻子像蛤蟆，一踩一蹦跶。"

敖凌好奇地捏了捏敖丙的脸："你想起什么了吗？"

敖丙泪光盈盈地注视着敖凌："姐姐能不能不要去找哪吒，我这样也挺好的，哪吒是个禽兽，欺负小姑娘。我想家了，我们回去吧。"

敖凌为敖丙抹眼泪："别怕，姐姐厉害着呢。待姐姐找到那哪吒，夺回你的龙筋，我们就回家。"

敖丙摇头："我不是因为委屈才流泪，只是想起了我并不是孤儿，很感动。"

敖凌高兴："你能想起父母是谁吗？"

敖丙愧疚地垂下头："我是不是就是那条作恶多端的敖丙龙？"

敖凌抱紧了他："你只是我的弟弟，父王的爱子。"

敖丙焦虑地与之对视："父王？这么说我真是瘪三太子？"

敖凌吓了一跳，伸手点了点敖丙的额头，敖丙失去知觉，陷入沉睡。敖凌抱着敖丙流下了清泪。

紫藤树下，花枝摇曳，花香凄迷，敖凌怀抱敖丙陷入昏睡。

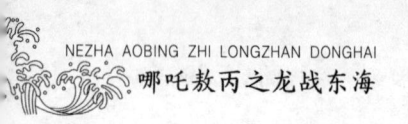

第二十一章　冤家

哪吒他们所乘的大船在大海上劈波斩浪，船的身后却跟着一缕黑色妖气，有水蛇般的影子藏在海中，靠近大船。

"影子"出水，正是化作银龙的敖凌，她化为人身跳上了船。

此时哪吒捂着头，摇摇晃晃地站在大船上，很不舒服的样子。彩云见敖凌上船，很是吃惊。

彩云指着哪吒道："他……他晕船了。"

敖凌一听这话，笑着跑到哪吒面前，一点他的额头，哪吒倒了下去陷入沉睡。敖凌给哪吒把了一下脉，从解意囊中掏出一颗绿莹莹的药丸塞到哪吒手中。随后，她开始拆哪吒绑在胳膊上绕成一圈圈的龙筋。

敖凌说："灵珠少主，把你娘变成石像是他不对，我把静心凝神的碧玉丸给你，从此你就再也不晕船了。龙筋还我好吗？"

哪吒突然睁开双眼，一口吃下了手中的碧玉丸，拉住拆了一半的龙筋。敖凌拽着龙筋不松手，因力气没哪吒大，身体向他靠近。哪吒一掌拍去，敖凌被拍飞撞到了船身。

敖丙站在哪吒背后的船舱上，高举平底锅，正欲拍下，哪吒却于此时回头，敖丙吓得张大嘴停住了。

哪吒欣喜地说："敖丙，你还活着？"

敖丙立刻将平底锅拍在了哪吒脸上。哪吒倒地昏迷。

敖丙怒斥："欺负老姐，还想跟我套近乎！"

敖丙额头隐隐浮现出结契咒印，他咬咬牙，逼迫自己凝神静气。

敖凌对敖丙竖起了大拇指："解咒这么快？我以为你要睡一天呢。"

敖丙看着敖凌，左眼俏皮地眨一下，笑得烂漫："也不看看我姐是谁。"

哪吒突然坐起，敖丙吓得张大嘴巴，哪吒却冷笑着伸手一弹，敖丙便被哪吒弹得飞出，狼狈不堪地掉入海中。敖凌忙弯腰探出身子去看。

敖丙"哇呀——"一声惨叫，被一根巨大的章鱼腕足缠住了。

敖凌惊呼："小三！"

腕足将敖丙高高举起，敖凌吓得倒吸一口凉气，捂住嘴巴，惊呆了。

巨型章鱼怪自水中立身，庞大的影子遮蔽了大船。他口中喷出的寒气，冰冻了整片海。船帆上挂满冰锥，敖凌、彩云纷纷抬手遮蔽。

敖丙吓得尖叫："救我！"

哪吒目光凌厉，将手中的龙筋一甩，对着章鱼怪劈面打来。章鱼怪疼得将敖丙一抛，敖丙飞向天际。

敖丙尖叫出声："妈呀——"

哪吒一挥混天绫，缠住了敖丙，将他拉回，另一只手抛出乾坤圈，重重打在章鱼怪身上。章鱼怪庞大的身躯竟缓缓沉了，只余咕咚咕咚的泡沫声。

哪吒一抖混天绫，敖丙像裹粽子一样，被缠成了"红绣球"。哪吒满不在乎地将"敖丙绣球"背在背上。

敖凌皱着眉头跑过去："喂，你怎么能这么对他？"

哪吒不由分说，一挥手就操纵着混天绫，将敖凌和敖丙都绑在了帆柱上，他俩想挣脱却又无可奈何。

敖凌慌忙说道："对不起，他失去龙珠和记忆后，我确实不知道该怎么救你娘。"

哪吒闻言正焦急，敖丙心疼亲人，冷言道："当年我太嚣张你太屌，我把你娘变成了石头，你发誓不会再屌，现在，怎么欺负女孩子呢？快放了我姐姐，我随你处置！"

哪吒扬眉一瞥："放了她？让她回去找龙王抢龙筋吗？"

敖丙索性用激将法："你就是屌！"

哪吒果然有些生气："龙太子，你不是很爱羞辱人吗？学声狗叫我听听，叫了我就放了你姐姐。"

敖凌大怒："哪吒！"

敖丙坏笑着："你真的想听我学狗叫？"

哪吒点点头："是的。"

敖丙阴阳怪气地笑了："是的，是的。学得像吗？"

哪吒愣了一秒，摇头笑了："继续叫吧，我正无聊。"

敖丙有板有眼地学着哪吒的口气："我正无聊。"

彩云倩然一笑，挥了挥手，帆柱上长出了青翠的树冠和粉色的小花，为敖丙敖凌遮阳。

敖凌很是焦急："若不把龙筋还给他，没有龙珠又没有龙筋的他活不过三天，

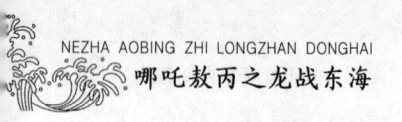

现在已经是第二天了。"

哪吒冷哼一声："如果我心情好，待我用龙筋做弓弦，杀了石矶，就把龙筋还你，为你们争取两年时间，这样总行了吧。"

敖凌摇摇头："轩辕弓的打造者是仁慈的应龙神，若用轩辕弓杀生，弓弦必断！"

哪吒愣住。他虽厌恶敖丙，却并不想要他死。

第二十二章　心战

海面突然大雾弥漫，风净瓶旋转着，带来了大风，却吹不散迷雾。

哪吒手一挥，混天绫飞回他身上，敖丙敖凌站起身揉了揉手。

敖凌突然发觉天空出现了日环食，太阳灰白。

敖凌一惊："阴阳蛟！"

两道黑色的影子闪现在船头，一个苗条，一个高大，正是阴阳蛟——白哥与黑妹。

黑妹笑得妩媚而妖娆："早安，公主殿下，不过今天，我是来找小灵珠的。"

敖凌忙对战力最高的哪吒说道："哪吒，他们是阴阳蛟，女的那个擅长精神攻击，男的那个更是深不可测。"

彩云掏出了三颗五彩石子："我试探一下。"

彩云将五彩石子投向白哥黑妹，白哥一个闪身挡在黑妹身前，接住了三颗石子。

白哥说："黑妹讲话，闲人勿扰。"语罢，他掷回三颗石子，敖凌、彩云应声倒地，帆柱也在一瞬间断了。

敖丙忙蹲下身摇昏迷不醒的敖凌："姐姐你怎么啦？醒醒啊。"

哪吒手持乾坤圈摆出了战斗姿势，混天绫展开，环绕着彩云、敖凌、敖丙，护住他们。

黑妹笑靥如花："白哥，以你的实力，一招打败小灵珠不在话下。所以我吃三个，好不好？龙的味道真是太美妙了。"

白哥做扶额无奈状："真羡慕你吃不胖的体质，都给你吧。"

黑妹得意扬扬地瞬移到哪吒面前，哪吒蹙眉与之对视。

黑妹点头道："我喜欢你坚毅的眼神，让我摧毁它吧。"

哪吒的身子僵了一下，动不了了，他被黑妹拖入了精神世界。

敖丙看向身侧的哪吒，见他紧闭双眼，浑身大汗淋漓，而黑妹舔了一下嘴唇，露出了残酷的笑。

敖丙担忧道："哪吒……"见哪吒一点反应都没有，敖丙蹙眉高呼，"怪女人，有本事跟本太子一决高下！"

黑妹头都不回地冷笑："谁会对无能之辈感兴趣？"

白哥举臂就要打敖丙。敖丙一平底锅甩向黑妹，黑妹一把将之接住了。

敖丙目光坚毅："你喜欢的眼神，这个怎么样？"

黑妹只看了他一眼便抬手止住就要攻击敖丙的白哥，舔了舔诱人的红唇："不错，小太子有进步，我就陪你玩玩。"

敖丙身上的万龙甲化作鳞片飞到了哪吒、敖凌、彩云身上，他自己因失去龙珠和万龙甲喷出了一口血，一时无力，跪坐在地上。但他咬咬牙，用尽全力站起身。

黑妹笑着点了点头。

黑妹将敖丙带入了他的精神世界，在精神世界里，一切都是灰暗而空荡的。

黑妹大方一笑："小太子，两年过去了，想不到你不仅变成了小孩，连曾经丰富多彩的精神世界也沉沦了。上次我在精神世界打败你，你父王为了保护你脆弱的心，下令东海除了他不许任何人批评你。这次可没人护得了你了。我欣赏你的眼神，悲愤中怒放着真情之花，太美了。我有收藏人的灵魂的爱好，你有幸与我对赌灵魂。"

黑妹伸出自己的爪子，在左肩上方画了个十字伤，又用右手手掌在敖丙左肩上拍了一掌，敖丙左肩上也出现了十字伤。

敖丙倔强地抬起头："赌就赌，谁怕谁。"

黑妹冷笑："那你，怕他们吗？"她坏笑着不动，脚下却有黑色的冲击波，一圈一圈扩散，空气中弥漫着诡异的香气。

敖丙捂着头，痛苦地颤抖着。他一片空白的灰暗精神世界突然涌入了大量记忆。

高高在上的龙王咆哮着："你怎么连妹妹都不如，看看人家哪吒，你也配做我儿子！"

哪吒坏笑着一乾坤圈打向敖丙，夜叉挡在了敖丙身前，被打得口吐鲜血。夜

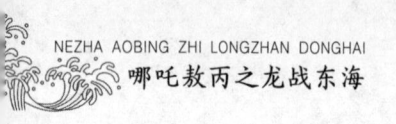

叉昏迷前最后的一句话是："你连朋友都保不住，怎么当王位继承人？"

哪吒用混天绫搅动着东海，海底居民四散而逃，皮皮痛骂："太子，我跟你说过这会引起战争。你就是个祸患！"

龙小妹身上的万龙甲飞到了幼小的龙小三身上，她倒了下去："小三，就因为我是女孩，一辈子没有当王的机会。可我哪里比你差？我把万龙甲给你，才不是为了保护你，而是要你羞愧：我有牺牲自己保护下一任王位继承人的觉悟，而你，只会给大家带来祸患！"

大量的灰暗"记忆"涌入，敖丙心如刀绞，他捂头惨叫："啊——"

黑妹狞笑着："哈哈哈，这是你的精神世界，你的记忆，你却不仅不能稳固自己的世界，还被记忆毁灭。爽，摧毁你，真是太爽了！"

敖丙睁开眼睛，流下了泪水，他伸手去抹眼泪时，看到了右手手腕上的平安结，忆起了昨晚在森林的紫藤树下的那一幕。

雅致的紫藤树下，身为姐姐的龙小妹，在弟弟龙小三的右手手腕上，系了一个刚编好的小巧的平安结。龙小三的手背上写着："我可以是任何人，但唯独不能是龙太子敖丙。见到哪吒绕道跑。"

龙小妹刮了刮弟弟的鼻子："小三，这个平安结上凝聚了我的龙气，无论是猛兽还是蚊虫，哪怕是哪吒，都不敢惹你哦。小三，无论你是谁都不会孤单，谁叫我是你姐呢。"

龙小三开心地搂住了龙小妹脖子。

若微风轻抚湖面，似蝴蝶亲吻花蕊，敖丙的心，在这一刻获得了宁静。

黑妹有些诧异，但还是笑着引诱："想要结束痛苦，认输就好。没有人在乎你，没有人喜欢你，你不跟着我，能去哪儿呢？"

敖丙轻抚手腕上的平安结，擦了擦眼泪，微笑起来。

"谢谢你。"

黑妹很吃惊。

敖丙笑道："你让我恢复了大半记忆。虽然是假的，却让我找回了真实的自己。"

敖丙闭上眼睛，悠然一笑："夜叉因不知活着的意义，轻易为我牺牲，我会让他知道他最宝贵的是什么。我因自己的幼稚无知，引发了人类与龙族的仇恨，我很羞愧。但事由我起，当由我终，我一定要活着离开这里，去救殷夫人。姐姐对我千好万好，就算她对我有了怨恨之心想报复，终究还是爱大于恨，我当感恩。至于父王，他对我失望，我也对他失望。但那份包含了沉沉期望的爱，我愿意背着它，负重而行，只因我是儿子，他是父亲。"

敖丙说完这些，睁开了双眼，眼睛在这一瞬变得更为明亮，手中自动出现了一柄巨剑。

黑妹吓得后退了几步："你！你要干什么？我杀了你！"

黑妹化身巨大的蛟龙，还张开了黑色的蝙蝠形翅膀，对敖丙恶狠狠地吐出了火焰。

敖丙的左手自动出现了一面方盾，抵御了火焰。他一跃而起，方盾消失，两手举起了巨剑。

敖丙高喝："在我的精神世界，我就是王！"

敖丙化作金色的东方龙，一下子绕到黑妹化身的西方龙身后，一尾巴打去。黑妹被打得坠下云霄。敖丙恢复少年人形，双手举剑，一剑劈向黑妹化身的黑色飞龙，飞龙在黑妹的惨叫声中化为乌有。

敖丙帅气地停在精神世界的地面上，闭着眼睛，看也不看身后正在消失的黑妹。

第二十三章　兄妹

待敖丙睁开眼睛时，很多明亮的泡泡围着他飞行。每一枚泡泡上，都是儿时的龙小妹的记忆，有的是和龙小三一起捉迷藏，有的是和龙小三一起吃点心，有的是和龙小三一起躺在玉兰花树下小憩。

敖丙好奇地捧住了一枚泡泡，看向泡泡中的记忆。

水晶宫的餐厅里，长长的桌子上摆放着精美的吃食，但敖广和长着狐狸耳朵的狐精灵却吵得正激烈，唾沫横飞。

龙小妹躲在门外偷看，满脸忧虑。

而躲在吊灯上的龙小三，捏着小拳头，气得一捶吊灯，吊灯竟从天花板上掉了下来，一下子就砸烂了餐桌。

狐精灵和敖广身上都沾满了吃食上的油渍。敖广怒拍桌，站了起来。狐精灵看着自己脏兮兮的衣服，气得浑身颤抖，怒视敖丙，大吼起来。

敖丙不慌不忙地从衣服里掏出了一个哈哈镜，狐精灵发火的俏脸在哈哈镜上

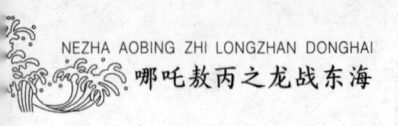

时长时短，非常搞笑。

狐精灵看着哈哈镜，愣了一下，不好意思地笑笑，对敖广欠了欠身，脱掉外衣后，坐下友善地谈判。

敖丙举起餐桌上的两个鸡腿，对着门外的敖凌挥了挥，得意扬扬。

敖凌的童声，悠悠然，似乳莺出谷，传入敖丙心间："我最崇拜的，不是威武的父王，而是机智的哥哥！"敖丙笑了，笑得如沐春风。

大船上，混天绫环绕着彩云、敖凌、敖丙。而哪吒举着乾坤圈与白哥僵持着。

被敖丙击败的黑妹惨叫着，身体灰飞烟灭。而敖丙安详地闭着眼，手中捧着银色的龙珠，龙珠散发着的圣洁光辉正在被他吸收。

敖丙笑中含泪："这傻丫头，原来是妹妹，不是姐姐。"

白哥一惊，举臂一挥，哪吒被推出好几步远。敖丙睁开了清亮的眸，伸手做了个抓的姿势，原本佩戴在黑妹胸前的短剑飞入了他的手中。

白哥大喝："黑妹！妹妹死了，我要毁灭全世界！哇呀——"

白哥大啸一声，化作了身高数十丈的黑色蛟龙，巨大的龙爪高高举起，狠狠向大船拍去。哪吒迅速抱起敖丙，混天绫卷起敖凌和彩云，一起后撤，停在了浮冰上。大船被龙爪打得粉碎，海面因龙啸震荡起来，浮冰震颤着。

敖丙目光坚毅，一手举起一个光球，里面是一只沉睡的小小西方龙，一手持短剑，对准白哥化身的黑色蛟龙。

敖丙沉声道："你的妹妹在这里，做出选择吧，是要全世界，还是你妹妹？"

黑色蛟龙张开了遮天蔽日的黑暗蝙蝠形翅膀，口中巨大的火球正在凝聚，他竟也是头西方龙。

白哥昂头大啸："蝼蚁安敢如此！"

哪吒蹙眉，摆出战斗姿势，敖丙却露出了自信的坏笑。

脑袋上鼓着大包的章鱼怪拖来了一艘华丽的大船。

站在浮冰上的敖丙眉飞色舞地说着话，食指也跟着脑袋得意忘形地摇晃着，一旁的哪吒满脸无语。

对面，站在大船残骸上的人形白哥一脸无奈地用爪子在胸口画着十字，他的胸口上已经被十字画满了。

敖丙得意一瞥："哦，对了，还有最后一个……"

白哥苦笑："终于要取我性命了吗？我已经无法反抗了。"

敖丙却露出了标志性的痞痞的笑容："做我跟班吧，我就欣赏你这种甘愿付出不求回报的男人，但这种人很容易受伤。妹妹还你了。"

敖丙轻轻一抬手，手中的光球飞入白哥怀中。

敖丙看向哪吒："走吧，去搬宝藏。"

白哥难以置信："你真的放过我们了？"

敖丙坏笑："做我跟班者昌，欺我跟班者亡。逆我者，好商量。做不做我跟班你自己选，我从不强迫人的。"

哪吒笑着摇了摇头："他确实不强迫人，但是会损人。"

白哥深吸一口气，微笑道："龙太子，你是第一个尊重吾等罪人的人。妹妹与我一体双魂，我与她一起沉睡，助她养魂。我们愿化作金蛟剪任你驱使，需要我时，你随时可以唤醒我。"

白哥与光球化作一把金蛟剪飞入敖丙手中。

第二十四章　真相

敖丙哼着歌，嘴里叼着桃子，端着盘水果。脚下是透明的海水组成的滑板车，载着他滑入船舱。

船舱内，敖凌躺在床上沉睡。敖丙将水果放在桌子上，在敖凌眉心落下一吻，开开心心地吃着桃子滑出去了。

靠在船身上的哪吒笑着看着敖丙的背影。

哪吒双手抱于胸前，阴阳怪气道："可把你给厉害坏了！"

敖丙快速转身，对着哪吒冷嘲热讽："乖巧可爱的妹妹，你有吗？你没有！光这一条我就甩了你十八条街！你拿什么跟我比？可怜的独生儿。"

哪吒瞥了他一眼，认真道："会有的，在我娘肚子里。"

敖丙回想起殷夫人的遭遇，笑容消失，面色凝重："对不起，哪吒，我会尽快给你娘解咒的。"

啪啪啪。

哪吒鼓掌上前："一声对不起不容易呀，仁兄。愿意告诉我，为什么三年不见，你一见我就像吃了辣螺似的，非要对我吐舌头吗？"

面对这个问题，敖丙与哪吒坐在了甲板的长板凳上，敖丙垂首，两手支着

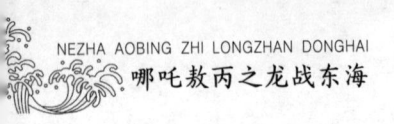

脸，神色犹疑。

哪吒弯下腰凑了过去："我曾经欺负了你，但我忘记了吗？"

敖丙噘噘嘴，撇过头去，满脸不屑，但一瞬间后又换作了豁出去的眼神。

他以极快的语速说着难为情的话语："与你无关，都是我心胸狭窄，不识好人心！父王要我追逐太阳，我明明理解父王的用心，却嫌太阳太闪了。哎呀，哪吒，你可把我闪瞎了，快离我远一点！"

说完，他喘着气，像被抽干了力量似的。

哪吒笑得合不拢嘴："哈哈哈，原来如此，我能理解，我娘也总是瞧不起我父亲，拿父亲跟她的纣王哥哥做比较。我父亲总是无可奈何。"

敖丙挠挠头，不好意思地笑了："原来李大人是个炮耳朵呀。"

俩人又笑了，一旁却传来了彩云的哭声，哪吒敖丙循声望去。

彩云痛哭，呜呜呜——

哪吒敖丙走到捂脸哭泣的彩云面前。

哪吒关切地问道："彩云你怎么啦？"

彩云撇过头去："我……我在为弟弟碧云而哭。"

哪吒轻声问道："碧云怎么啦？只要他还活着，我一定会去救他。我可是灵珠少主。"

彩云哽咽着说："我弟弟已经死了，别问了。"

哪吒还是不依不饶："是被人害死的吗？"

"是意外死的，与你们无关，能让我一个人静静吗？"

哪吒眼神怜惜，敖丙却眼神飘忽。

敖丙弯下腰，将金蛟剪塞到彩云手中，仔细看着彩云的脸："彩云，这是阴阳蛟化身的金蛟剪，是一等一的神器，有了它，你就能守护其他想守护的人了。"

彩云却脱力般叹了口气："谢谢你。"

敖丙拉着哪吒走开了，哪吒不放心地回头看了彩云一眼。

第二天清晨，敖丙呈大字形睡在敖凌身边，嘴角流下了贪睡的口水。

哪吒站在门口问道："你确定不要龙筋了吗？"

敖丙一个翻身，背对着哪吒："要走快走，别吵醒凌儿。"

哪吒苦笑："那你就长不大啦。"

敖丙将解意囊抛给哪吒，自嘲道："以前的我，不出风头不成活，但现在愿做路边鼓掌的人。长不大有什么可怕的，反正我有妹一族永不孤单！不过出场费还是要有的。"

哪吒接住解意囊后，对敖丙躺着的背影鞠了一躬，和彩云一起转身离去。

藏宝洞内，悬空的解意囊，一刻不停地吸纳着藏宝洞中的宝藏。

哪吒取下挂于墙壁的轩辕弓，拿出龙筋，仔细地研究着如何装上弓弦。

他身后的彩云突然目光凌厉，偷偷掏出金蛟剪，对准哪吒的后心猛刺下去。

金蛟剪在即将碰到哪吒后心时突然停住了，闪出一道光耀，彩云被那道光打飞，摔倒在地上。哪吒目光悲伤地转身，敖丙从桌子后面跳了出来，冷笑道："喂喂喂，金蛟剪的主人可是我，你竟拿它对付我的贤弟。你的美貌和智商互补吗？"

彩云怒不可遏："你们！"

敖丙蔑笑："对，是我们。你第一次在我面前哭，我没看清你的容貌。但当你又捂着脸流泪时，我认出了，你就是挑拨我和贤弟决斗导致我被抽筋的小姑娘。而贤弟也早就在怀疑，一向不晕船的他突然晕船，是不是你下的毒。我给你金蛟剪，就是为了让你露馅儿。"

哪吒拿着龙筋在敖丙面前摇了摇："仁兄还是收回龙筋吧。"

敖丙笑着摇头："诚信的一生不需要解释，我意已决。"

哪吒阴阳怪气地嘲讽道："高大与威猛，你有吗？你没有！唉，可怜的小矮人。"

敖丙两眼瞪大，一跺脚："拿来吧！"

敖丙一把夺过龙筋，龙筋化作金色光芒飞入他的体内，敖丙小小的身体瞬间长高，变成了英俊的少年。哪吒的身体也浮现出金辉，二人额头上金色的结契咒印共鸣般微微闪烁着。

彩云惊讶地瞪大了眼睛，眸中泪光点点，越发悲愤。

哪吒轻叹："彩云，若你想害我，便不会下这么弱的毒了吧。"

彩云恶狠狠地瞪着他："若不是怕影响挖灵珠，我早杀了你！"

哪吒敖丙震惊地瞪大了眼。

"你们害死了我弟弟，都该死！"

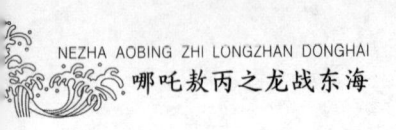

第二十五章　觉醒

敖丙敖凌并肩坐在甲板的长椅上，面色悲伤。哪吒独自一人立在船头，风吹着他的发丝与身上的混天绫，他神色凝重。

在风净瓶鼓起的大风之下，巨大的帆羽吃饱了风，海浪擎着大船闪电般驰骋着。很快，大船便停在了陈塘关的海岸，此时虽是白天，陈塘关的街道上却空无一人。

敖丙敖凌下船后，便和哪吒、彩云分开了。兄妹俩闯入空无一人的总兵府，快速进入殷夫人的厢房。殷夫人化身的石像站在床边，张开双臂，满脸焦急。石像身侧，是一脸坏笑的敖丙稻草人，胸口扎着稻草做的刀。

敖凌笑了笑，将敖丙稻草人收入解意囊。

敖丙一手搭在殷夫人石像的肩上，凝视着殷夫人的眼睛，深吸一口气，口中念念有词："我——龙王之子，龙女之兄，四海无人不知无人不晓孩子王，应龙神后裔，东海帅龙敖丙。愿用尽一切力量保护宇宙，让石头也焕发生机。"

敖丙身后的敖凌掩嘴笑了。

殷夫人的石像被金辉笼罩着，恢复了肉身，但殷夫人醒来后的第一件事就是一巴掌将敖丙打飞："臭流氓！"

哪吒跑在蜿蜒的街道上，身侧跟着彩云。

突然，哪吒的身体僵住了，动弹不得，直立着站在拐口。彩云推了推他，发觉他的身体，如石头般僵硬，根本推不动。

哪吒站在云雾缭绕的虚空之境内，疑惑地看着端坐于云端、高高在上的太乙真人。

太乙真人的声音，浑厚而庄严："徒儿，你是灵珠子转世，不得为任何人任何事牺牲，亲手杀死万魔之主，才是你的宿命。"

哪吒叹了口气："师父，我欠碧云一条命，让我回去吧！"

太乙真人皱眉："碧云不过是一小石头怪，枉你跟了我这么多年，居然连神妖之别都分不清了。你注定是要成神的。"

哪吒惊道："神就能随意杀妖屠妖吗？"

太乙真人拂尘一挥:"你看。"

空中幻化出的街道拐角景象,出现在哪吒眼前——

彩云手持匕首,对准了哪吒的胸口,想刺进去,却又面露不忍,眼泪在她的眸中打转。

太乙真人说:"这妖女三番四次地想杀你,你该先杀了她才是!"

哪吒惊讶得瞪大了眼,随后又化作了冷漠的眼神:"师父,对不起,你我从此,只有恩情,再无师徒。"

太乙真人一惊,忙用拂尘将哪吒捆住:"你这逆徒!你……什么?"

哪吒闭目蹙眉,浑身微微颤抖着,混天绫与乾坤圈也在颤动,他并未拼命挣扎,周身却升腾起火焰,瞬间挣脱了拂尘。火焰盛放如莲花,哪吒的脚底显现出莲花形的底座,他的身体隐隐现出了威严的三头六臂法相。

太乙真人惊呆了,哪吒的莲花底座与三头六臂法身却在一瞬后消失,他的银色乾坤圈变作了金色,白色混天绫变作了红色。

"他体内的蚩尤魔兵随着自我的觉醒开始异动了?哈哈哈,我的计划又前进了一步!灵珠迟早是我的,而你哪吒会化作蚩尤魔兵为我所控!我先放你回去,看你的力量觉醒到了何等程度。"

太乙真人得意地狞笑着,将哪吒从精神世界里放出。

街道上,哪吒的衣衫无风自动,他炯炯有神的双眸睁开的一瞬,看见了彩云惊恐却又含泪的双眼和变了色的乾坤圈与混天绫。

彩云持匕首的手僵住了,哪吒捧住了她的手,轻轻夺下匕首,温柔地承诺:"别怕,我会救你弟弟。"

彩云眼中,哪吒握住自己手的身影一瞬间与在藏宝洞中的身影重合。哪吒牵着彩云的手,按照感应到的震天箭的位置,向左边的岔路奔去。彩云望着哪吒的背影,擦了擦眼泪。

第二十六章 灭世

谈判桌旁,李靖与石矶娘娘坐在方桌的两端,石记长老站在石矶娘娘身侧,周围围满了百姓。全陈塘关的民众,几乎都集中到此处了。

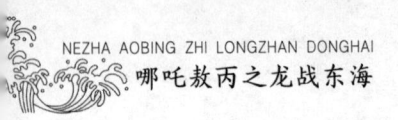

李靖低头抱拳道:"石娘娘,哪吒只是个孩子呀。"

石矶娘娘转过头去,石记长老拍案怒喝:"碧云就不是孩子吗?难道保护孩子,保护的是害人的孩子,而不是受害的孩子?李靖,有你这么对待救命恩人的吗?"

李靖跪了下来,百姓俱是震惊。

李靖说:"只要能饶了哪吒,李某人愿以性命相抵。"

石记长老恶狠狠地拎住了李靖的衣襟:"李靖,子不教父之过,你本就是要赔命的,哪有资格为你儿子换命?"

李靖刚要说些什么,哪吒牵着彩云跑了过来:"爹!您不必如此。"

李靖回头看向哪吒,满脸忧虑:"儿啊,你怎能回来?"

石矶娘娘见了爱女,苍白的脸上有了一丝生气,笑着问:"彩云,你跑到哪儿去了?"

但下一瞬,石矶娘娘看见了哪吒与彩云牵着的手时,她满脸震惊,彩云忙将自己的手抽出。

彩云说:"我没到哪儿去,只是为了救弟弟。"

李靖急切地说:"哪吒,你只是个孩子,你的事交给爹爹就是了,别乱来!"

哪吒斩钉截铁道:"难道就因为我是孩子,就能心安理得地让他人为我牺牲吗?何况您不是他人,您是我误以为怯懦,实则深情的爹爹。我射伤碧云,用灵珠救他,无怨无悔。"

哪吒闭目,流下了一滴泪,随后举起彩云的匕首,向自己的胸膛刺去。

彩云泪流满面,伸手想阻止,但还是垂下了手。石矶娘娘上前捂住爱女的眼睛,也是满脸悲伤。她是恨哪吒,但哪吒的义举让身为母亲的她,理解了彩云为何会牵起这个少年的手,所以她为彩云悲伤,也为哪吒哀悼。而石记长老,神色复杂。

敖丙朝着这里狂奔而来:"哪吒,快住手!"

殷夫人一个快步,超过了敖丙:"吒儿,等等娘!"

敖丙身上的万龙甲化作鳞片向哪吒飞去,但还是晚了一步,哪吒丢下匕首,捧出了自己胸膛中散发着七彩光辉的灵珠宝石,身体向后仰去。

殷夫人一把接住了哪吒倒下的身体,哪吒的身体竟化作了土黄色、坚硬的石像,他的金色乾坤圈变回了银色,红色混天绫变回了白色。

殷夫人号啕大哭,李靖站起身想夺走飞向石记长老的灵珠宝石,却被石记长老从背后打了一杖,一个趔趄摔倒在殷夫人面前。石记长老接住了灵珠宝石,露出了邪气的笑，李靖抱住痛哭的殷夫人，也是泪流满面。

敖丙、敖凌推开抹着眼泪的人群，来到石化的哪吒身边，万龙甲此时已穿在石化的哪吒身上。

敖丙目光坚毅，声如洪钟："石记长老！一片逆鳞已经是大补了，龙珠比逆鳞更补。我把自己的龙珠给你救碧云，你把灵珠给我还回来！"

敖丙立刻持短剑剖出龙珠，将龙珠抛向石记长老，因失去龙珠和万龙甲，他胸口的伤痕流出了大量血液，一大口血喷了出来。

敖凌扶住敖丙，心疼的目光化作双眸中的点点泪色："哥，你这是何苦？"

敖丙摇摇头："此事因我而起，由我了结，何苦之有？"

石矶娘娘叹了口气："怼怼，灵珠和龙珠，哪个更适合碧云？"

石记长老一手持灵珠宝石，一手持龙珠，身体凌空飘起，仰天大笑，笑中却带着泪："哈哈哈，碧云是石之一族的孩子，当然只有石之一族的内丹才能救他。我设局夺灵珠，就是为了今天。没想到，灵珠引来了龙珠，真是天助我也！"

石矶娘娘惊讶得瞪大了眼睛，刚要说话，石记长老手一挥，哪吒身上的银色乾坤圈和白色混天绫飞到了他手中。石记长老将乾坤圈轻轻掷向石矶娘娘，石矶娘娘慌忙推开身边的彩云。乾坤圈变大，将石矶娘娘罩入其中，化作了半球形结界，将石矶娘娘一人困住。石矶娘娘挥舞骷髅手杖打向结界，却被反弹之力反弹得倒退了好几步。

石矶娘娘说："怼怼，你要干什么？"

石记长老冷笑："我要净化这个世界！只有消灭人类，再消灭仙界，这个世界才有我们妖族的容身之所。"

石矶娘娘摇头："石之一族是我的底线，你想毁人间和仙界，师父不会放过你的！到时候，石之一族也会被牵连！"

石记长老大吼起来："师姐，我不要你为我们如此牺牲！为了守护族人，你不惜自污名誉，让欠你一条命的李靖散播你是骷髅山女王的恶名，只为让人不敢接近我们石之一族的领地。可是凭什么？我们做错了什么？不得不东躲西藏，安心享受你的牺牲？"

石矶娘娘转过了头："这是我自愿，你不懂！"

石记长老大喊着，宣泄着自己激烈的爱恨："我懂！所以我一定要毁灭人间与仙界，还要灭了太乙真人那所谓圣父！灵珠与龙珠，助我一臂之力吧。"

天空出现了日全食，天地刹那间变作黑夜，唯有星光点点，微光缥缈，没有月亮的暗夜笼盖了一切，仿佛迷失的废墟。银色的龙珠吸收着灵珠的光华，在石

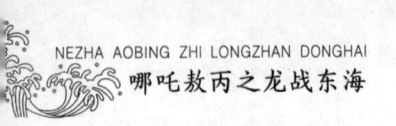

记长老的运转下，旋转着。石记长老骷髅手杖一挥，巨大的海浪升腾起来，黑暗中的陈塘关笼罩在巨浪的阴影之下，更为阴森，百姓吓得四散而逃。

第二十七章　战争

敖丙在敖凌的搀扶下，吃力地站了起来，他举起胸前的金色海螺，拼命将之吹响。

海螺长鸣，响彻海天。

随后，敖丙从解意囊中拿了一套英姿飒爽的战甲，将带血的衣物放进解意囊。敖丙换上了战甲，还披上了大红披风。那艳艳的披风如同一抹壮美的朝霞，招展如翼，威风凛凛，誓与黑暗斗到底。

敖丙身后传来了夜叉的声音："太子！"

敖丙惊喜地转身，看见了头戴帅龙帮护额的夜叉。夜叉流下了眼泪，丑丑的脸庞因皱在一起，更丑了。但敖丙毫不在意，也激动得拭泪。

敖丙说："夜叉，你醒了？"

夜叉拥抱敖丙，因用力过大，敖丙被挤压得脸都变色了，但还是笑着回抱夜叉。

夜叉说："多亏龟丞相请来了最好的医师。"

头戴帅龙帮护额的夜叉之母——母夜叉，也走了过来，满脸羞愧："太子……"

夜叉轻叹："太子请原谅我妈吧，她在得知真相后花光了所有积蓄制作护额，挨家挨户地发。"

母夜叉实在过意不去："太子我……"

敖丙大度地笑了，伸出右手，做了个制止的手势："什么都别说了。打架有风险，入场须谨慎。"

母夜叉微笑着点点头，她捶打胸口，一声大喝："啊呀——"

波涛汹涌的海面，手持鼓槌儿的小妖怪们和拿着各式武器的海底居民，都气势汹汹地出场了，最壮观的，是高大的母夜叉群。所有人额头上都带着帅龙帮护额。

凌空而起的石记长老冷笑着，用骷髅手杖在空中画了个圆，幻化出圆形结界，护卫自己。

母夜叉群声音整齐地高歌着："东海帅龙帮，敌人你别慌。太子一声令，我们都来帮。"

母夜叉群里，每一个夜叉手里都拿着用绳子绑着的铁锅，她们一边高歌，一边顺着节拍，旋转着身体，将铁锅甩弄着，转了两圈，再将铁锅一起向石记长老掷去。

铁锅撞在石记长老的结界上，闪着火花，却未能打破结界。

李靖注视着怀抱爱子痛不欲生的妻子："夫人……"

殷夫人难得地对丈夫苦笑了一下："我知道，快去保护百姓吧。"

李靖恋恋不舍地离去，跑到了大街的十字路口，高声喝道："大家不要躲在屋子里，浪会打碎房屋的，有船的快上船！"

石记长老骷髅手杖一挥，巨浪打了下来。手腕上戴着菡芝草的彩云，优雅地挥了挥手，风净瓶凌空旋转，在风的引领下，巨浪的冲击力被大大削弱，但是，浪虽不是直接砸下，却也是倾泻而下，与此同时，一棵大树参天而起，瞬间化作了大船，大船的船身外都是梯子。

彩云说："大家快上船！"

彩云快速运转灵力，越来越多的参天大树迅速升起，树干上挂满人。大树化作巨船，百姓纷纷落在船上。船上的百姓壮汉松了口气，伸手去帮扶爬上梯子想上船的抱着孩童的母亲。

天黑浪大，日月无辉，船只又多，有的船已撞在了一起，船上百姓惊呼，好在有海底居民和小白鲸群积极地救起落水的人们。

石记长老见彩云与自己作对，慌忙喊道："彩云！你这是在做什么？快到你母亲的结界里去，别受牵连！"

彩云不为所动："石长老，听我母亲一句劝吧，母亲绝不希望人间毁灭，更不希望您自我毁灭。我不想与您动手哇。"

石记长老淡淡一笑："云丫头，你和你母亲一样善良。可是世人太可恶了，他们砍树伐林、填海造屋，天地哪有我们这些妖怪的藏身之所？不毁灭他们，总有一天他们会毁灭我们！云丫头，接招。"

石记长老控制着白色混天绫，去缠彩云，彩云一时躲闪不及，眼看就要被缠住。敖丙冲上前，手持金蛟剪，一把将白色混天绫截为两段。敖凌也挡在了彩云身前。

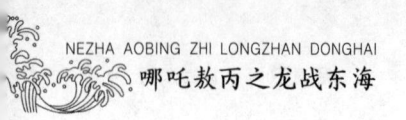

敖丙为了不牵连彩云,在街道上奔跑着,白色混天绫在石记长老的操纵下,对他穷追不舍,撞破了一间间房屋。敖丙眼看就要被裹住,他回身一转,手一挥,又用金蛟剪剪下了混天绫的一截。

石记长老感叹:"蛟龙化剪,果然威灵。龙太子,虽然你没有龙珠,也没有万龙甲,但你手中的金蛟剪,足以护卫东海。我们做个交易吧,你的人不阻止我毁灭人间,我也绝不碰东海的任何一个人,你意下如何?再不收回万龙甲,没有龙珠的你,会死哦。"

第二十八章　星海

殷夫人闻言哭喊:"丙儿,谢谢你。但是太乙真人告诉过我们,哪吒的本体就是灵珠。没了灵珠,他绝对不可能醒来。快收回万龙甲吧,我已经痛失了一个儿子,不想再失去一个。你也不忍你的父王痛失爱子吧。"

敖丙却微微一笑:"殷夫人,一个人若是连亲人都放弃他,他恐怕真要万劫不复了。我不会放弃亲人,您又怎能放弃爱子?"

石记长老冷笑:"你是个值得尊敬的对手,但我不信你会撑到魂飞魄散时还不收回万龙甲。"

敖丙又笑了,笑得潇洒而悠然。他是痞气的"痞三太子",但他在妹妹被夺走龙珠的那一天起,就决定了:与敌搏斗,或有一死,不如欢歌,告慰余生。

"死亡对我们龙族来说,不过是变成星星。身体化作尘土,长埋地下滋养万物;灵魂化作星辰,飞向天际与祖先相伴。这就是我们华夏族守护神的浪漫。"

石记长老嗤之以鼻:"哼,这只是你自以为是的浪漫,你得到的只会是亲人的眼泪与朋友的悲叹!不过,我会让你们团圆的,绝不能让你的亲友去找石之一族的麻烦。"

敖丙不再作声,从解意囊中拿出华盖伞,擎着伞,在海面上飞舞着。

敖丙大声问小妖怪们:"我们的目标是什么?"

小妖怪们齐声回答:"星辰大海!"

敖丙再问:"所以我们要怎么做?"

小妖怪们的声音更大了:"献给太子!"

敖丙忙纠正："是献给大家！"

敖丙回忆起儿时与跟班们定下的约定，龙王不在可以贪玩时，跟班们挥舞绿色小旗，示意敖丙可以偷跑。若是龙王就在附近，就舞红色小旗，示意敖丙不可逃课。

想到这儿，敖丙恬淡一笑，从解意囊中掏出大把大把的红宝石与绿宝石，扔给海面上的小妖怪们。

"大家接着。你们常年生活在海底，对黑暗的辨识度比人类高得多。现在由你们来指挥船只的航行，能走的水路就举绿宝石，不能走的拥挤之地或暗礁就举红宝石。"

小妖怪们齐声喊道："好！"

整片大海瞬间被红绿宝石的光耀照亮，波澜起伏之下，宛若星海飘摇，又仿佛流萤争辉，壮丽非凡。这动人的一幕传到后世，数千年后，每一个听过这个故事的华夏族孩子，在交通要道上看见红绿灯时，都会想起壮阔的东海上起伏的"明灯"。

敖凌敬佩机智的哥哥，笑着化作银龙，腾空而起，再化作人形停在半空中，与彩云并肩作战。

石记长老站在一处高崖之上，一顿骷髅手杖，巨大的金色冲击波自手杖下一圈圈传开，黑暗的世界瞬间飞沙走石，连山崖上横长的小树都被拦腰吹断。

吞没人间的大海震颤起来，一个个巨型石头人自海中立起，跳到了一艘艘大船上，挥拳向船上的人们打去。但人类与海底居民奋勇作战，一时打得难解难分。

水手阿力冲上前推开了被石头人攻击的小姑娘，被石头人一拳打入海水中。夜叉跳入海中，背出了阿力，阿力笑着对他竖起大拇指，夜叉也开心地笑了。他虽长得丑，但真心的笑却尽显憨态、纯真。

敖丙看到了这一幕，也笑了。

那个胆小怕事的老头儿却于此时捂着头，吓得浑身发抖："龙太子，求您用万龙甲保护活人吧，死去的哪吒救不回来了。"

殷夫人也劝道："丙儿，此祸虽因你而起，我们却不怪你……"

敖丙却恍若未闻："夜叉，你的任务就是保护好自己！"

随后，敖丙举着华盖伞翩然而去。

石记长老颦眉暗忖：敖丙真正厉害的不是战斗力，而是号召力。先干掉他，让海族再无斗志！

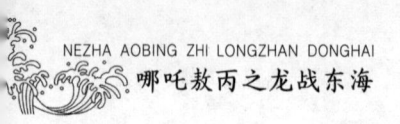

石记长老的骷髅手杖射出一道道闪电般的光箭，射向敖丙。敖丙举着华盖伞，不断闪躲，但光箭却源源不断向他射来。光箭终于打在了实处，发出一声闷响，穿透了什么，击打在山崖上，尘土飞扬。

石记长老得意一笑。

尘埃飞散，华盖伞下仿佛是敖丙的身影。石记长老笑得更得意，海底居民和四跟班以为敖丙遇险，都流出了眼泪。但尘埃全部飞散后，华盖伞下捆绑着的，竟是胸口插着稻草刀的敖丙稻草人。稻草人的胸口，有一个穿透的小洞，但稻草人还是滑稽而夸张地笑着，仿佛嘲讽石记长老的箭术。

石记长老怒气冲冲，四处找寻敖丙的身影，一时找不到后，加紧了对彩云的追剿。

第二十九章　鏖战

石头人大肆破坏着船只，将船只砸开了一个个大洞。人类与海底居民联手攻打石头人，彩云挥了挥手，船上被砸出的洞自动修复。

小八接过人类给自己的酒罐，一口喝下，浑身颤抖着用触角缠着火把放在嘴边，再对着石头人一口喷出，酒接触火变成了火箭，组成了一个"怕"字，将石头人全身点燃。周围的人用桶舀着海水，倒在石头人身上，石头人因热胀冷缩，颤抖着裂成了碎片。

小蟹吓得躲进了壳子里，只露出两只小眼睛看着周围的战况，他本就胆小，哪见过真刀真枪的实战。他的心越跳越快，也越来越恐惧。但当一个石头人一拳打下，打中了小八的一只腕足时，小八疼得蹦跳起来，石头人趁机抓住了小八的腕足，将之倒吊着，眼看又要一拳下去。小蟹竟咬牙切齿地钻出壳子，大喝一声："有钳有房横着走！"然后，小蟹冲刺而出，一钳子夹在了石头人的脚趾上，石头人疼得一声吼，手一松，小八趁机逃脱了。

石头人愤怒地瞪着小蟹，再次举拳砸下，小蟹吓得腿软了，停在原处不动，小八缠住小蟹想跑。夜叉冲上来举臂拦住了石头人的重拳，但还是因体力不支，被那一拳推出去了好几步远。

这时，他们才发现，自己被石头人包围了。

母夜叉急切地喊道:"夜叉!"

夜叉不想让母亲涉险:"妈,别过来。"

夜叉、小八、小蟹背靠背围在一起,准备共同抗敌。龟丞相从天而降,重重地停在了甲板上。只见他目光如炬,炯炯有神,头戴与众不同的"老龙帮"护额,手持双节棍,身手矫捷,拳拳到肉,竟一瞬间就将所有石头人打倒。

打倒敌人后,龟丞相摆着酷酷的武打造型,得意一笑:"老龟老龟,有壳怕谁?"

夜叉激动不已,抱拳施礼:"师父,难道您就是武林一哥——'峨眉老鬼'吗?"

龟丞相偏头微微一笑,留了个帅气的背影,更显神采飞扬,风流倜傥:"江湖上处处都有哥的传说,却没人知道,哥已经身居丞相之位了。"

敖丙骑着白哥化身的巨型飞天龙,自苍穹掠过。

敖丙说:"喂,你能不能变小一点,目标太大易中招。"

白哥嘟囔:"不行,把我变成小宠物是黑妹的特权。"

敖丙捶了一下白哥:"记不记得谁是老大?"

白哥无可奈何道:"遵命。"

白哥变成了马驹大小的小飞龙,载着敖丙在空中盘旋。

敖丙垂眸暗忖:能驾驭这么大的灵力,必有阵法相助。哪吒天生火相,灵珠宝石该属火;混天绫是丝绸做的,属木;乾坤圈属金;龙珠与海洋属水;石记长老本人属土。果然是五行阵法,阵眼该在中央,就附近。

"皮皮,出来吧。"敖丙喊道。

皮皮自解意囊中跳出,哈哈一笑:"没有谁的眼睛比得上我皮皮虾!"

作为海中视力最好、能感知弧形偏振光的螳螂虾品种——皮皮虾,皮皮拥有一双令人骄傲的眼睛。他仔细看了看下方,果然发现了异样,伸手指道:"太子,那里有人影,十二个人,十个站在五角星阵法上,两个是护法。"

敖丙说:"你的任务完成了,保护好自己。"言罢,他一把将皮皮推下了小飞龙,皮皮坠入海中。

皮皮急切地喊道:"让我跟着你吧,太危险了。"

敖丙却没有回答:"白哥,能不能把自己变成威猛的巨剑?"

白哥震惊:"没有龙珠的你,拿得动吗?"

敖丙微笑:"拿不动也没事,我要借着下坠之力,将十二使徒的阵法结界劈开。"

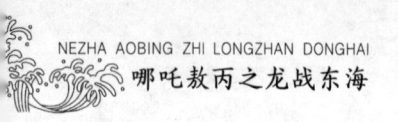

白哥不忍:"你会……"

敖丙拍了他一下:"快一点,要来不及了!"

白哥只好化作巨剑,敖丙举着它从天而降,向着阵眼结界狠狠劈了下来,一剑就将结界劈碎了。劈碎结界后,敖丙跪坐在地上,大口大口吐着鲜血,他看了一眼自己发青的脚踝,想站起来也站不起来了,连身体也开始变为半透明状,身上的金色光辉开始流失。这便是一条龙,失去龙珠,又没有万龙甲,所要付出的代价——魂魄缕缕消散,直至形神俱灭。

两大护法想追杀敖丙,敖丙得意一笑,白哥再次化身巨型飞龙,驮着敖丙逃走了,巨大的尾巴将阵法上的十位使徒一扫,都被打得从山崖上坠落到海里。山崖上只剩下两大护法。

此时的大船上,小八的八根腕足放在船舵上,正在掌舵。皮皮站在旗杆顶的瞭望台上,认真地看着海底地势。夜叉和水手阿力一前一后,护卫着殷夫人。李靖、龟丞相与石头人奋勇作战。

皮皮喊道:"左边有暗礁,快点右转舵!"

小八慌忙右转舵。一名小妖怪从船上跳到暗礁上,海水刚好没过他的腰,他举起手中的红宝石,晃动着,示意其他船只不得接近。

胆小老头儿却吓得跪了下来:"夫人,哪吒救不回来了,不把他的石像毁掉,龙太子就不会用万龙甲救我们。求您了,夫人,毁了哪吒吧。"

与石头人战斗的李靖,听闻此言,忙回头看了一眼,他想高呼"夫人莫伤我儿",却开不了口。身为总兵的他,在守护百姓和守护爱子间,做着残忍的抉择。当他看见爱妻含泪,举起一块巨石时,心狠狠地疼了起来,再也忍不住,喊了一声:"夫人!"

殷夫人抽泣着,举起一块巨石,对准了哪吒的头,身体颤抖着,汗水夹着泪水,流淌在脸上。泪水模糊了视线,她的脑海中却浮现出哪吒手捧大朵大朵的莲花,笑着献给自己的场景,一时间,心口剧痛,仿佛利刃贯穿身体。

第三十章　化桥

石记长老终于用白色混天绫裹住了彩云,又用骷髅手杖喷出的黑雾,遮蔽了敖凌的眼睛。

敖凌惨呼:"哎呀,我看不见了。"

石记长老大笑:"哈哈,这黑雾能让你在半刻钟内失去视力,够我杀你了!"

石记长老正要攻向敖凌。

敖丙高呼:"不许碰我妹妹!"

白哥巨大的尾巴狠狠将石记长老抽飞了。

敖凌闭目轻声道:"哥。"

敖丙牵着敖凌的手,让她和自己并排坐在白哥身上。

敖凌对着敖丙的手呵气:"哥,你的手为什么这么冷?"

敖丙表情不忍,偏过头去,佯装欢乐:"我掉到了海里,但我们终于胜利了!"

石记长老回到原处,冷冷地说:"谁说你们胜利了?别以为你们打断了阵法就能阻止我,这阵法还能靠两大护法维持半刻钟。半刻钟之内,我能毁了整个人间!龙公主,永别了。"

石记长老一骷髅手杖打来,白哥展开翅膀护住敖丙、敖凌,敖丙也抱紧了敖凌。白哥被打中,身子一偏,坠入海中,敖丙、敖凌也掉在了海里。

泡在海中的敖丙不仅不慌,还凑到敖凌耳边小声耳语了一句,敖凌恬静一笑。

敖凌化身为银龙,腾空而起,又在空中化为了人形。

敖丙用手指着华盖伞,指挥着华盖伞飞到敖凌手边:"凌儿,华盖伞在你左边,抓住它。"敖凌抓住了华盖伞。敖丙命令道:"华盖伞,保护凌儿躲避攻击。"华盖伞上的平安结伞坠将自己自动绑成了人形,对着敖丙鞠了一躬,以示承诺。随后,平安结伞坠缠住了敖凌的手腕,带着她飞来飞去,躲避着石记长老的一次次攻击。

敖凌的小白鲸唧唧地叫着,她背起敖丙,想将他送到船上去。敖丙摸了摸小白鲸的头:"送我到大飞龙白哥那里去吧。"

小白鲸掉头,将敖丙背到了白哥那里。

敖丙心疼地注视着白哥身上血迹未干的伤痕:"白哥,我知道你伤得很重飞不起来,但我不得不拜托你,待会儿用尾巴将我抛到那个方位的两处悬崖间,让我掉进海里。"

白哥看向敖丙手指指着的方向,心中却升腾起悲伤:"老大,你已经折了一条腿,灵魂之力也快耗尽了,再不收回万龙甲……"

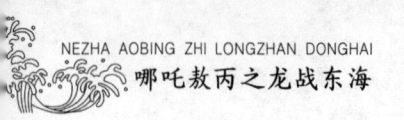

敖丙很着急："听我的！"注意到白哥对自己的关心后，淡然一笑，"谢谢你。"

白哥只得含泪点头，展开翅膀护住敖丙。

敖丙闭上了双目："凌儿，你的体内有我的龙珠，我的心语，你一定能听见。"

敖凌也闭眼笑了："不愧是哥哥。"

敖丙说："听我指令。子时两刻。"

敖凌伸出双手对准正前方偏左一点点的方位，释放了一道土黄色光箭，石记长老慌忙闪躲，光箭击打在一棵树上，竟把树石化了。

石记长老震惊："你竟能使用敖丙的石化术！我说敖丙的龙珠怎么不是金色的，原来在你这儿！"

敖丙孩提时期的可爱模样和稚嫩的声音，出现在敖凌脑海中，她虽看不见，却笑得温柔似水，因为她敬佩的哥哥，始终陪伴着她："卯时两刻。"

敖凌按照敖丙的指令，发动攻击。一时间，石记长老惊呆了，他以为敖凌并未失明，急切地用黑雾攻击敖凌，但都被华盖伞巧妙地躲开。

敖凌回忆起儿时的鲜花岛上，龙珠未被夺走之时，年幼的自己眼睛上蒙着白色绫缎，与哥哥玩捉迷藏的场景。

海天一色，天是蓝汪汪的水晶，海是洒金辉的钻石。海的中央，是美丽的鲜花岛，百花争艳，蝴蝶妙舞。穿着小蓝裙的女孩在兄长的示意下，蒙着眼睛去抓他。兄妹俩的笑声荡响在海天之间，如两串被风追逐的风铃，清脆如玉。

眼看敖凌就要抓到哥哥了，敖丙却坏笑着一侧身，躲过了敖凌，还弹了一下她的后脑勺。

"午时一刻。"

敖凌坏笑着，不转身，手一挥，一道水光打到了敖丙脸上，敖丙狼狈地擦着脸上的水。

"午时两刻。"

敖凌的耳畔传来了石之一族护法的奸笑："就算我们都变成石头，我们的真身本就是岩石，一刻钟后会自动解咒。而洪水，已经被我们召来了，哈哈哈……"

她知道自己又石化了一个敌人，粲然一笑。

"辰时。"

回忆中的小敖凌假装摔倒，敖丙忙去扶，敖凌趁机抱住了哥哥，哈哈大笑。

半刻钟的时间过得很快，敖凌睁开了清亮的眸，见到的，却是敖丙被白哥化身的巨龙一尾巴打得飞了出去，在半空中化作威猛但透明的金色龙形。不远处，大浪涌来，众人惊呼。敖凌明白了敖丙的用意，向着敖丙的方向化身为银龙飞速赶去，泪水横流。眼看银龙就要接近金龙了，两条龙之间出现了两道人影，正是少女敖凌和少年敖丙。少年敖丙微笑着，但眼中含泪，张开双臂想拥抱哭泣的妹妹。敖丙巨大的龙身却于此时被妹妹发射的石化术打中，化作了金色的龙桥。那龙桥昂首挺胸，蔚为壮观，挡住了滔天的洪水。敖凌扑在龙桥上大哭起来。

"再来玩一局捉迷藏吧，捉到哥哥算你赢。"

儿时最爱听的这句话，同时也是敖丙对妹妹说出的最后一句话，敖凌心知，也许再也没机会听了，再也没机会玩捉迷藏了。

鲜花岛，也被海浪吞没了。

阿娘对龙的赞誉，回荡在敖凌心间："龙，能大能小，能升能隐；大则兴云吐雾，小则隐介藏形；升则飞腾于宇宙之间，隐则潜伏于波涛之内。世之君子当如龙，我们都是龙的传人。"

敖凌哭得撕心裂肺："哥哥！"

石记长老挑衅般冷笑："龙太子已死！哪吒，也死了。"

海底居民和人类都痛哭起来，哀声震天。

终章

"哥哥，你怎能抛下我？凌儿舍不得你！"

敖凌抱着敖丙化身的龙桥龙头，痛哭流涕，这时，她才看见绑在龙桥龙角上的龙筋，她含着泪将它取了下来。

石记长老狞笑着："龙太子和灵珠少主已经死得连魂魄都没了。认命吧，有罪的人类。"他举起骷髅手杖，闭目酝酿大招，有隐隐的光球自手杖上方缓缓膨胀。

殷夫人想起了哪吒硬是穿上了自己给他做的不合脚的莲花鞋的场景，又回忆起敖丙所说的"一个人若是连亲人都放弃他，他恐怕真要万劫不复了"。她扔下了巨石："我们不认命！即使我们有罪，我们也要守护值得的人！"

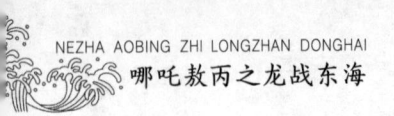

石记长老睁开了眼睛，冷笑着微微欠身："很有骨气呀，长公主殿下。"

夜叉捏紧双拳："我们不会只保护自己，我们还要保护大家。"

敖凌手持龙筋，降落甲板，声音坚定，怒指石记："就算哥哥回不来，我们也会继承他的遗志，与你斗到底！"

石记长老一挑眉："好，很好，送你们一起上西天。"他闭目继续酝酿大招。

人类和海族英勇地与石头怪作战，大部分石头怪都被消灭。

殷夫人蹲下身，单膝点地，抱紧哪吒化身的石像，温声道："吒儿，知道娘为什么喜欢莲花吗？不是因为莲花美，而是莲花的清香就像你出生时的味道，温柔宁谧，沁人心脾。吒儿，我不会放弃你，也不会放弃丙儿。快回来，把万龙甲还给丙儿吧，他还有救，我们不能放弃他。"

殷夫人插在衣襟上的莲花紧紧贴着哪吒的石像，于此时散发出七彩的光芒。殷夫人紧紧抱着哪吒，闭着含泪的眼睛，并未看到这光芒。

殷夫人轻轻呢喃："吒儿，我不会放弃你，也不会放弃丙儿。"

莲花在光辉中融化到了石化的哪吒体内，哪吒的石像也散发出七彩光辉。

殷夫人感觉到了怀中的动静，吃惊地睁开眼，哪吒此时已经复活，白色的衣衫消失了，化作莲花为衣，莲叶为裳，英姿勃勃，神采奕奕。

哪吒自殷夫人怀中跳出："娘，别怕！"

哪吒一挥手，禁锢着石矶娘娘的半圆形结界消失了，化作金色的乾坤圈飞向哪吒，裹住彩云的白色混天绫也化作红色，向哪吒飞来。

哪吒肩挎乾坤圈，身披混天绫，威风凛凛，目光如电。

敖凌手持上好了龙筋弓弦的轩辕弓，向哪吒走来。

皮皮抱着帆柱站在大船的瞭望台上，手指海涛汹涌处："喂！震天箭在那里！被巨石压住了。"

母夜叉等人跳下水，立刻去搬巨石，奈何巨石纹丝不动。

哪吒一乾坤圈打向巨石，巨石碎裂，震天箭被混天绫缠住，哪吒一拉，震天箭被混天绫拉回他的手中。

敖凌接过哪吒递来的震天箭，张弓搭箭，哪吒握住她的手，他的身后，夜叉、母夜叉、小八、皮皮、小蟹一个接着一个，抱着前方的人，一起将轩辕弓拉满。

石记长老酝酿着大招，骷髅手杖上的绿色光球越来越大，终于，他挥出了绿色光球，与射出的震天箭撞在一起，两股冲击波僵持着。

震天箭与绿色光球僵持了几秒，穿透了光球，射向石记长老。

石矶娘娘大喊:"怼怼!"她挡在了石记长老身前,手持骷髅手杖,与石记长老的手杖"双剑合璧",幻化出半球形结界,抵御着已经射到眼前的震天箭。

石记长老突然推开了身侧的石矶娘娘,被震天箭射穿了肩膀。

黑暗的天空一瞬间变得明朗起来,壮美的霞光铺满天际,太阳在霞色中显露,仿佛凤凰涅槃般重生。鸟儿婉转地唱着歌,风中氤氲着淡淡的暗香。苍穹下,水位开始下降,黑棕色的土地缓慢浮现。

石记长老躺在跪坐着的石矶娘娘怀中,石矶娘娘已经哭成了泪人。

石记长老悲伤地看着她:"师姐,不要为我哭泣,没了我,你只会更好。"

石矶娘娘一捶地面:"没了你,我做什么师姐?"

石记长老叹了口气,微笑着闭眼:"这是我早就想好的结局,我的内丹是石之一族最强大的,一定可以救活碧云。"

石矶娘娘抱紧了他:"不!怼怼!"

石记长老轻声唤道:"彩云……"

彩云也是含泪:"石长老……"

石记长老握住了彩云的手:"我把我的灵力传给你,我夺人视力的法宝,叫戳目珠,拥有了我的灵力,你就能驾驭戳目珠。"

彩云想抽出手,手却被石记长老抓得很紧:"不,石长老,这太贵重了!"

待全部功力都传给彩云后,石记长老用最后的力气,扯下了自己的蒙面,又用颤抖的手,轻轻取下了石矶娘娘蒙在眼睛上的丝绸。石矶娘娘那美丽而含泪的眼睛露了出来,楚楚动人。

石记长老哀而不伤地轻声呢喃:"我多想让这双眼睛多看看我,我多想让您的容颜成为世人赞誉的对象,而非魔女和不祥之妖。师姐,谢谢您……"

石记长老的身影慢慢消失,留下了一枚顽石般的内丹飞入石矶娘娘怀中。

石之一族所有人都痛哭起来。陈塘关众人与海底居民也悲不自胜,默默啜泣,只因爱是所有生灵放于心间的神圣之物,对爱的共鸣,足以消弭仇恨。

石矶娘娘站起身,拾起石记长老的骷髅手杖,背在背上,恍惚地说着:"彩云,走吧。"

彩云回头看了看哪吒,二人悲伤地对视了一瞬后,她抹着泪离开了。

敖凌拿着敖丙的龙筋和龙珠来到敖丙化身的龙桥前,将龙筋龙珠放在龙身上,抱住龙头,轻轻抚摸。

敖凌闭目,温柔说道:"你,父王的爱子,我的好哥哥,四海无人不知无人不晓的孩子王,应龙神后裔,东海帅龙敖丙,会用尽一切力量保护宇宙,让石头

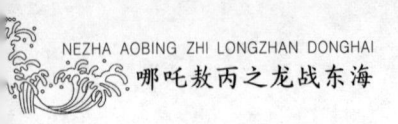

也焕发生机。"

龙桥散发出金色的光辉，龙桥前，一个金色的身影出现了。

金色光芒散去后，敖丙帅气的身姿出现在龙桥前，与含泪的敖凌拥抱在一起，众人激动得鼓掌。哪吒微笑着，身上的万龙甲化作鳞片飞到了敖丙身上，万甲归一，奇伟壮阔，更展现出了敖丙的少年英雄之气。

敖丙放开敖凌，微笑着看着妹妹，随后轻抚龙桥，他的手上，还绑着敖凌系上去的平安结，但黑色的字样却消失了。

敖丙慨叹："好威猛的龙桥，不愧是我。我是龙中首脑，此桥命名为'龙脑桥'。"

龙王粗犷的声音却在他身后响起："本王才是龙中首脑！"

敖丙回想起，自己为了安慰夜叉之母，谎称逼着夜叉干了大恶事，父王气得举起龙杖，刚要打下时，身子却向后栽去，活活气晕了。

敖丙面带愧疚，垂下了头。敖广却冲上前一把抱住他。

敖广的声音有些急促："儿啊，无论别人怎么看你，父王永远是你最坚强的后盾。子不教，父之过，父王该好好认错，反省自身。现在，我们一起去向李靖父子道歉，把殷夫人变回来吧。本王是龙中首脑，如果哪吒要打你，我就水淹陈塘关吓唬他。"

敖丙笑了，回抱敖广："父王，我也要做您最坚强的后盾。"

龙王父子在众人的欢笑中和好。

这便是华夏族的守护者，龙的结局，他们守护我们，我们以龙为荣。

后记

——希望大家思考的几个问题与《龙战》续书

一、孩子最需要的是父母什么样的爱

写《龙战》的缘由，除了我对饺子导演的《哪吒之魔童降世》中哪吒、敖丙二位主角的喜爱，更多的是对父辈教育的反思。我们的父辈大多像我文中的龙王和母夜叉一样，爱着孩子，望子成龙，却不理解自己的孩子真正需要的是什么。

曾见过一句话，大致是说，一个家庭对孩子的态度，预示着这个家庭的未来。如果感激着孩子的到来，以平等尊重、健康向上的态度善待孩子，那么这个家庭的未来，就一定是光明的。如果养孩子只是为了满足自己，养儿防老，以控制贬低、忽视打压的态度恶待孩子，那么这个家庭的未来，必然愁云惨雾。我们现实中的家庭，往往是二者的结合体，既有对孩子体贴入微的关心，也有对孩子过度掌控的伤害，父母不可谓不爱孩子，但却又深深地伤害了孩子。那么，就回到了前面的问题，孩子真正需要的是什么？

比起物质丰盛，孩子更需要的是精神丰盈，即父母的鼓励、理解与适当的放手。

比起成绩攀比，孩子更需要的是发现他优点的眼睛、高质量的陪伴，和理解他感受的心。

比起一时的高分，孩子更需要的是稳定的内在、高自尊，与让自己长久幸福的能力。

这是我写《龙战》希望大人们首要思考的问题。

二、"坏"孩子与希望

什么样的孩子拥有变坏的潜质？

答曰：每个孩子都有变坏的潜质，只要你给他足够的黑暗和错误的指导。

坏孩子不是天生的，即使是被称作天生坏种的反社会人格者（只占人群比例的2%），只要父母在专家的指导下，用对了教育方式，也能使其成为遵纪守法的好人。

我顶讨厌"坏"这种标签被随随便便贴在一个人身上，就像我讨厌我爸爸仅仅因为我儿时的朋友太贪玩就骂她们"街头野孩子"，我讨厌爸爸将我一个因长期受气离家出走的同学骂作"垃圾"。爸爸没想到，他长期在我面前贬低的成绩差的孩子，正是我被校园霸凌时少有的帮助我的朋友之一。想不到吧，我小学时全班成绩最差的同学曾是我三年级前唯一的朋友，现在是小学同学中发展得最好的人之一。

反而是爸爸太爱给人贴负面标签，造成我时常觉得总被人排斥，也爱上网吧、上课看小说的我，是不是也是别人口中的"垃圾"。爸爸伤害了我的朋友，也伤害了不善交际、太敏感的我。

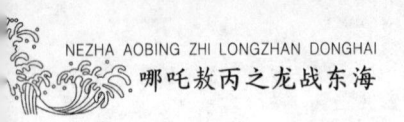

我妈曾说，和我交朋友的人成绩都不如我，是因为我自卑，不敢跟真正优秀的人交往。其实不是，只是对我好的同龄人，刚好成绩差而已，我不觉得他们不优秀，因为除了分数，我始终觉得，对他者的善意、宽容的心、诚实的品性才是真正的优秀。这三点，我甚至觉得自个儿还不够优秀呢，不过正在修炼中。

正是因为每个孩子都有阴暗面，所以"坏"这顶帽子不能乱扣。因为每个孩子同样具有美好的光明面和强大的可塑性。

我是支持将少年犯的入刑年龄改为十岁以上的，但我不支持对"坏"孩子轻易地否定与歧视。

所以在我的笔下，即使是误入歧途的少年，亦能拥有光明的未来，譬如夜叉从拦路打劫者变成了小英雄。

三、该对孩子进行怎样的生命教育

在物质生活已经相当丰富的21世纪，青少年的头号杀手竟是自杀。然而，生命教育在这个时代仍然有所欠缺。我曾给几个遭遇校园霸凌的孩子做过免费心理辅导，有人小学时就天天想自杀，非常令人痛心。

所以我希望，阅读《龙战》，能给每一个读者带来关于生命的思考。

夜叉给敖丙挡乾坤圈的剧情，并未被设定成单纯地为了友情，而是夜叉因为长期被忽视，没有朋友，所以轻视自己的生命。以至于敖丙说宁可夜叉对自己有所图才交朋友，也不希望他轻易牺牲。而敖凌在获得哥哥龙珠前，将万龙甲给了敖丙，自己濒死，同样有因为长期生病拖累亲人让她轻视己命的因素。

与之相对的，敖丙为了救人化作龙桥，则是真正的义重泰山。因为与夜叉和敖凌相比，敖丙得到了妹妹无条件的爱，他能接纳自己的不完美，所以他在"牺牲生命"时没有任何遗憾，还能俏皮地对妹妹说，这是在玩游戏。

我希望每一个父母都能无条件地爱孩子，因为只有被无条件爱着的人，才能无条件接纳自己的所有遗憾。这才是敖丙从敢给自己取一大串名号，却不好意思当众说出来给殷夫人解咒，到敢于说出名号的原因。

我也希望每一个人，无论是否有身体、学业、人际、性格上的缺憾，都能完完整整地爱自己，善待自己。

四、最后

历时三个月的《哪吒敖丙之龙战东海》，终于画上了最后的句点。这篇小说一问世，就因笑点满满与大胆改编，被一位导演相中，想拍成动画电影，剧本和人设图已有，只因资金不足，所以项目处于停滞状态。我期待着自己的作品搬上大银幕的那一天。

我的下一本书是《我的朋友是黑精灵》，这是一本关于校园霸凌的魔幻现实主义小说，从我十二岁时就开始构思了。相比《龙战》，这会是一本更有趣但也更沉重的书，希望能给大家带来更多的思考。

《龙战》当然也会有后续，哪吒、敖丙、敖凌、彩云，能颠覆自己的命运吗？敬起期待《哪吒敖丙之封神大战》。

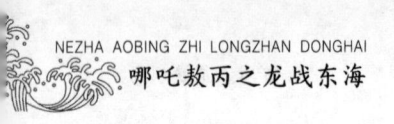

钟馗和小年兽

人世间有善便有恶。

善念多了，人间的大爱便有了来处；恶念多了，便会滋生出它的载体——年兽。

年兽一旦出世，便会为祸人间，为人间带来无尽的灾厄与恐慌。

为了保世间太平，每当有年兽出现作恶，镇守地煞界恶灵的地尊便会赶往人间，将作恶的年兽诛杀。

夜晚，明月高悬。

两道你追我赶的身影在伸手不见五指的密林中若隐若现，前方身形庞大的凶兽忽然回头张开血盆大口，吐了一口浓重的黑色雾气，惊起无数鸟雀逃离，试图以此来阻挡地尊的脚步。

一身黑袍的地尊手里金光乍现，向前一甩，幻化成一根粗壮的锁链打散黑雾，牢牢地套在了凶兽脖子上："岁，你现在收手伏诛，我可让你与你的兄弟年一起留在地煞界为人间赎罪。"

"凭什么让我伏诛？我与年分明是由人间恶念催生！"被唤为"岁"的年兽性情暴躁，粗壮的前爪不断地刨着土踢到地尊衣袍上，脖子梗着一股劲向后挺着，金光锁链被拽得笔直，怒吼道，"若是他们没有恶念，没有贪欲，我与年自然不会出现！地尊，你见过人间的恶吗？"

岁话音落下，无数黑雾由他体内散出将地尊密不透风地团团包围。

像是身边的光瞬间被吸走，地尊能感觉到自己手里依然拽着岁，但眼前却是浓郁到极致的黑暗。

忽然白光一闪，地尊眼前浮现人间诸般恶念。

有明眸皓齿的少女被富家公子强行掳走，最后不堪受辱自尽；有人凭借自己万贯家财，故意克扣奴仆工资，导致一家三口活活饿死街头；甚至有人连年幼小儿都不肯放过，趁四周无人在意，偷偷将其掳走……

地尊看得入神，心中万般情绪翻涌，最后却也只是轻叹一口气，合起手掌，嘴里念着晦涩难懂的经文，朝经受苦难的人们行了一礼："世人皆苦。岁，我可以给你转世投胎的机会。但我要提醒你，若你继续作恶，死后魂魄依旧会坠入地煞界。"

"你上一世作恶太多，即便这一世投胎为人，也会经历无数磨难，望你能够坚守善心，这样才能摆脱年兽的命运。"

岁有些动心，原本不断挣扎的动作也停了下来，歪着头看向地尊，眼里透出浓浓的怀疑："此话当真？你不会半路让地煞使者抓我回地煞界受苦？"

"若你不信，我亲自送你去轮回井。"见他无意再逃，地尊松了手中的捆仙锁。

捆仙锁像是有灵性，在岁的脖子上缠了几圈，化为一道禁锢，防止他逃跑的同时，也可压制他身上的煞气。

此时的轮回井外，一道同岁极其相像的红毛凶兽正踮着脚鬼鬼祟祟地走过来。

这正是和岁一起诞生、一同作恶的另一头年兽——年，只是他跑慢了一步，已经被地尊诛杀，只余魂魄。

看到轮回井只是个普普通通的小水潭，年还觉得有些奇怪，伸出有两个手掌那么大的爪子在水面上点了点，嘴里自言自语道："这轮回井怎么就是个小水潭？"

但是眼见地煞使者就要来抓自己去地煞界受苦，年也来不及思考那么多，屏住呼吸高高跃起，一个猛子扎进了小水潭里。

像是微风拂过，水面仅仅泛起了几道淡淡的波纹，半点水花都没有，随后乍现出几道淡蓝色光辉照亮了夜空。

"糟了。"地尊带着岁来到轮回井旁，远远瞧见转世之光闪烁，心里暗道不妙。

他为了诛杀岁，没有亲自送另一头伏诛的年兽魂魄回地煞界。还没等地煞使者到来，年便已经挣脱了他设下的桎梏，跳入轮回井投胎为人了。

钟家村内，一个接生婆忽然神色慌张地从茅草屋内跑出来，在众人不解的目光里，她颤抖着手指指着身后半掩的门，失声尖叫："他……他们……他们家生

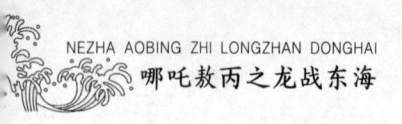

了个红眼珠的怪物！"

"红眼珠的怪物？"

"别是什么孤魂野鬼讨命来了……"

"真晦气。"

众人在茅草屋外围了一圈，叽叽喳喳地讨论着，言语间都是对这户人家的嫌弃。

地尊在岁身上下好压制煞气的禁制，这才将他送入轮回井，随后便追着年的踪迹匆忙赶来。

看着下面的喧闹嘲笑，地尊站在云头略微蹙眉，抬手捏了道法诀，随后印于掌心，朝着屋内那不断哭泣的红瞳新生儿打了进去，用于监视和压制他体内的煞气，也方便若是日后他借煞气之威作恶，可及时来处理。

红瞳是年兽的象征，这新生儿便是抛弃了前尘往事，由年兽转世投胎为人的年。

地尊回到地煞界，看着无数受困于荆棘牢笼中的恶灵咆哮嘶吼，巨大的兽爪不断抓挠着笼门，忽然有些担忧年和岁。

他们虽抛弃前尘往事，转世投胎为人，自己也下了禁制将其身上的煞气封印，但他们毕竟是由恶念所生的年兽，地尊也无法保证他们这一世便能一心向善。

但他们既然有此心，自己引导一番倒也无妨。

地尊思虑良久，伸手画了个繁杂的金色法阵出来，嘴里低声念着经文。

法阵迸发出金色的光辉，一团宛若人形的金光从中缓缓浮起，像是人类婴孩。

"吾赐你名——钟馗。"

地尊伸手点在"金光"的头顶。

金光散去，一个幼童蜷缩着身子躺在空中，嘴里含着自己的拇指，睡得安详。

"我会将你送去年与岁身边，以人类身份成长，陪伴他们。"地尊轻轻挥了挥衣袖，钟馗便化作一道金光飞了出去，"愿有你陪伴，可引导他们向善，不要再做恶事。"

做完这一切，地尊终于可以短暂地休息。

人间历数春夏秋冬，眨眼间便是数年光阴划过。

眼瞧着又是一年春天，太阳爬上云端伸了个懒腰，将光芒洒向大地；房檐上的残雪融化成点点水滴，顺着瓦片的弧度从高空坠落。

"呸！红眼睛的怪物！"

"长得真丑，眼睛还是红的。"

"我娘果然没说错，你就是个怪物！"

一阵嬉笑吵闹声从偏僻的小巷子里传来。

偶尔有路过的村民循声望去，便能看见几个身着粗布衣裳的孩童，将一个同龄的小男孩团团围住，指着他哈哈大笑："哈哈哈，红眼怪！以后我们就叫你红眼怪好不好？"

被称为"红眼怪"的孩童抬起头来，露出一双十分妖异的红瞳。

红瞳是年兽的象征，而他正是转世投胎的年。

年蹲在地上，身上的衣衫破旧褴褛，捂着头小声地分辩："我……我不是红眼怪，这是天生的，我也不是什么怪物……"

几个孩童朝他露出恶意的笑容，为首的阿东一挥手，几个孩童便将他围得更密。

而年似乎已经习惯了被这样对待，瑟缩地抱住了头。

预想之中的嘲笑和殴打并没有到来，反而是一声怒喝吓退了他们："他才不是什么怪物！"

"钟……钟馗……"

几个孩童瞪大了双眼，看着一个身着玄色锦缎的小男孩，手里牵着一个比他略小一些，看起来有些怯生生的，身着淡粉色锦缎、头上戴着玉簪的小姑娘，怒气冲冲地朝这边走过来，指着他们就开始训斥："他才不是怪物！他的眼睛是天生的！你们这些只知道嘲笑别人、欺负别人的，才是怪物！"

见钟馗发怒，那些孩童被吓得落荒而逃。

只因钟馗是钟家村最富有人家的孩子，他们不敢惹他生气，否则回去是要被爹娘打屁股的。而且钟馗发怒的时候横眉冷竖，表情严肃得不似孩童，他们也是真的怕。

见他们都被吓跑了，钟馗满意地拍了拍自己的胸脯，从鼻子里哼了一声，觉得自己像极了那些话本子里拯救世界的大侠。他弯下腰朝着年伸出了手："你放心，有我钟馗在，他们没人再敢欺负你！"

"谢谢你。"年的声音很小，看着他身上顺滑到能反光的衣裳和白净的手，也不好意思去拉，自己从地上爬了起来，"我身上有土，别弄脏你的衣裳。"

"那有什么？我们不是朋友吗？况且弄脏了衣裳可以再洗呀！"钟馗满不在

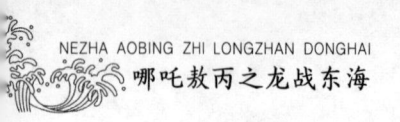

乎，随后推着身旁的小女孩兴致勃勃地向年介绍，"瞧，这是我的亲妹妹——钟月，我爹娘允许她出府，以后我们三个可以一起玩啦！"

钟月生得雪白可爱，活像个糯米团子。

只是胆子有些小，大多数时间都是躲在钟馗身后，远远地瞧着年。

有这两个不嫌弃自己红眼睛的玩伴，年虽说从小受村民的排挤，也不招父母喜欢，更别说受同龄人莫名的恶意，但终究是保留下了几分天真与善意，心中对这个世界还是有一丝期待。

而与他同样为年兽转世的岁就没有这样的好运气了。

虽说岁也顺利投胎至神农村内的一户人家，从小倒也受爹娘疼爱，但由于那双年兽的红瞳，他饱受村民的排挤和冷眼，出门便是漫天谩骂和嘲讽。

日子久了，他便不敢出门，大多时候都是待在家里同爹娘在一起，日子倒也勉强能过下去。

人类欲望不止，人间恶念便不断。

没有作恶的年兽将恶念吸收，它们便会堆积于世，日久天长，竟是催生出了一头新的年兽——夕。

密不透风的森林深处，一团浓郁的黑色雾气升腾在半空中不断扭曲挣扎，直至伸出一只通体为红，其中夹杂着黑色毛发的巨大兽爪。

兽爪砰的一声落地，地面似乎都颤了颤，陷下去一块。

随着黑雾渐渐散去，比以前所有年兽体形还要大上几圈的年兽夕降临人间。

夕身上通体红毛，夹杂着点点浓黑的毛发，似乎在彰显着它强悍的实力，它凶神恶煞地立于山顶，脚踩群山之巅，朝着人间发出了第一声愤怒的咆哮："吼——"

夕的体形比从前的年兽大，智商似乎也高出不少。

它并没有像之前年和岁那般，出生便直冲人间作恶，反而隐匿了身上的气息和庞大的身形，化作娇小且便于行动的兽类，开始游走于人世之间，想要为自己挑选一具合适的躯体。

直到它路过钟家庄附近，被一处奢华无比的宅子吸引了注意力。

夕瞄准那宅子里最显眼的一片金色，从云端跳下，稳稳地立于树梢。

站稳了脚，夕这才发现脚下竟是一棵被养得极高极好、通体金黄的摇钱树。

"谁？"一声细弱的声音从树下传来，隐隐还有几声压抑的咳嗽。

彪少爷身形单薄，瘦弱得像是一阵风就能吹倒，他抬眼向树梢看了一眼，隐约瞧见一只娇小的野兽，只当是外面跑来的狸奴，失笑地摇了摇头："原来是只顽皮的小猫。"

"猫？你居然说我是那蠢猫？！"夕听见有人这样形容他，当即吹胡子瞪眼，从树梢一跃而下，绕着彪少爷走了几圈，查探出他虽然年轻，却已然生命无多，应该是个可以掌控的躯壳。

"喂，我告诉你，我可是年兽！"夕抬起毛茸茸的爪子指了指自己，又指了指彪少爷，"你得听我的！"

"我为何要听你的？"彪少爷有些疑惑地上下打量了一番眼前这只自称为年兽的娇小兽类，"你可知我爹爹是谁？"

"是谁我不管。"夕冷笑一声，身形骤然放大，鬃毛扬起的风甚至吹得彪少爷歪了歪，险些摔倒，幸好他及时扶住了摇钱树，抬眼震惊地看着眼前巨大的红毛年兽。

"你……"彪少爷只在话本子里听到过年兽这种生物，只知它们以作恶为乐，一时间惊惧过度，再加上身子孱弱，竟然就这么双眼翻白，直挺挺地晕了过去。

"啊？这是怎么了？"夕惊呆了，有些发蒙地看着晕倒在自己前爪上的人，不耐烦地动了动脚趾，"喂，你起来，不是谁都能趴在我身上的好吗？"

"你起来！"

"你起不起来？"

夕真的很想一脚把他踹飞。

但是这样好的一具躯壳，若是飞出去磕到撞到，摔坏了怎么办？

于是夕变回娇小的兽型，伸出自己毛茸茸的爪子按在彪少爷的掌心，后爪刨了刨土，张大嘴低吼一声。

夕的身形瞬间爆开，化作无数黑色雾气钻入彪少爷体内。

就在彻底掌控彪少爷身体的一瞬间，夕接收到了他全部的记忆，自然也就了解到他的弱点，以及——年兽最爱的恶念。

"你恨他？"夕引着彪少爷的意识飘入幻境，从彪少爷的记忆里抽了个人影出来，看着彪少爷瞬间僵直的背脊，夕饶有兴致地看向彪少爷，一字一句将他心底的妒忌与恶念撕开，完完整整地铺在两人面前。

"你恨他。

"你恨他与你家世相当，却朋友众多，你却因身子孱弱，不能跑不能跳，连个朋友都交不到。

"你恨他从小身体健康，你却风一吹就倒，吃了那么多苦药也没变好，反而越发严重。

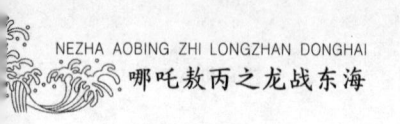

"你恨他家庭美满幸福,你的爹爹却不愿意多看你一眼,不管你做得有多好。"

夕化作一道黑雾,环绕着表情逐渐阴冷的彪少爷。

看着眼前的人影活蹦乱跳地和朋友玩耍,和父母撒娇,彪少爷脸上的表情终于再也绷不住,抬手狠狠地拍向肩膀上的那道黑雾:"你到底想说什么?"

"你想杀了他。"夕咧嘴一笑,"我可以帮你。"

"你可以帮我……杀了他?"彪少爷心动了一瞬,随后立马冷静下来摇了摇头,"杀人会遭报应的,而且是我命不好,与他何干。"

"是与他无关,但你整日都能瞧见他幸福快乐,身体健康,你真的甘心吗?"察觉到彪少爷心神一动,夕立马化成年兽身形,将一只前爪搭在彪少爷的肩膀,低声引诱他,"放心,我不会让你犯下杀孽,只是对他小小的警告。不过有的事情,还得你亲自去做。"

钟家村外的一个小山头上,火把噼里啪啦地燃烧着。彪少爷吸进去几缕烟气,立马用袖口捂住口鼻咳嗽起来,还不忘质疑夕一句:"这法子当真不会害人性命?"

"当然。"夕不耐烦地用前爪刨了刨脚下的土堆,咧嘴一笑,"你只管去放,其余的交给我就好。"

彪少爷犹豫地看向不远处热闹熙攘的钟家村,有几个与他同龄的孩子正在嬉笑打闹,大人们则是坐在树下摇着蒲扇,笑眯眯地看着他们,时不时与邻居聊两句今年的收成。

见他还在犹豫,夕悄悄后退一步。

既然心底的恶念还不够庞大,那不如自己再添一把火。

夕眼里红光一闪,一道极细的黑雾从他身上散发,慢慢钻进了彪少爷的脑袋里。

彪少爷眼前的景象慢慢轮转,他似乎看到了被父母疼爱、好友相伴、众人簇拥的钟馗,而自己则是躲在角落里偷窥,艳羡着这一切的臭虫。

凭什么,明明家世都一样。

彪少爷握着火把的手越来越用力,手背和小臂已经有隐约的青筋暴起。

见自己的法术起了作用,夕伸出爪子,轻轻地在彪少爷的小腿上推了一把:"去吧,让他也尝尝被人孤立、无人疼爱的滋味。"

原本平静的钟家村里,不知是谁先喊了一句"着火了",随后便是一座茅草屋轰的一声,顷刻之间便被烈火焚为灰烬。

不知哪里来的一阵妖风，将那火势硬生生吹大了几分蔓延开来，周边的几户人家都遭了殃。

各家各户瞬间都慌乱起来，甚至顾不得拿起存放的贵重物品，抱起自己的孩子就向村外冲。

夕站在小山坡上，满意地看着这一场由彪少爷亲手制造出来的混乱。

不过……还得给这场火加点东西才行。

夕朝空中又吹了一口气，故意在火场里留下了属于年兽的气息。

彪少爷背对着火场，一步一步地走向他的最终目标——钟府。

他故意先给村子里放了火，就是知道钟家心善，肯定不会不顾村民的安危，见死不救，而等他们的奴仆都出去救人的时候，自己再给钟家放一把火。

这样既不会伤人，也能让钟家得到他们应有的"惩罚"。

彪少爷从钟府后门走了进去，将手里的火把扔在后花园里，随后便转头匆匆离开。

只是让他没想到的是，自己明明只放了一把火，从钟府出来再一抬头，钟家村却已经成了一片望不到边际的炙热火海，除了火焰炸响的噼里啪啦声以外，还有无数村民的哀号和孩童的啼哭。

彪少爷呆住了，扶着门框，脚下像是生了根，呆呆地看着眼前这一片人间炼狱。

"这是……自己做的？"

可那年兽分明答应自己，这火是他炼化过的，不会伤到人，只是会烧毁他们的家财，给他们一个教训。

为什么和自己看到的不一样……

彪少爷还在发愣，完全没注意到身后也已经蔓延出一片火海。

炽热的火舌狰狞扭曲着自己，轻轻舔了一口彪少爷的衣袖，眼瞧着就要缠到彪少爷身上去。

"小心！"钟馗的声音从彪少爷身后响起。

他身上披着床浸湿了水的被子，一把扑倒彪少爷，将他保护在自己身下，随后又扶着他起身，掩面咳嗽了几声，这才向彪少爷解释道："这火来得蹊跷，我先送你出去，有什么事日后再说！"

彪少爷不敢说出真相，任凭他牵着自己走了出去。

一根横梁突然毫无征兆地砸下。

钟馗下意识将身体孱弱的彪少爷护在了自己身下。随着那着火的横梁砰地砸

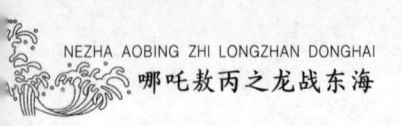

向他，钟馗爆发出一声尖锐的哀鸣："脸！我的脸好痛！"

"钟……钟馗?！"彪少爷被飞散的灰尘呛得咳嗽几声，挣扎着想去推开身上的横梁，救钟馗一命。

"别管他了。"夕不知何时恢复原身，踏着焰火走了进来，低头一口叼住彪少爷的领口，转身带着他向火场外走去，嘴里含混不清地说了一句，"早跟你说了，我这火是被炼化过的，不会伤人性命，最多毁个容。"

"但你是我精挑细选出来的，你可不能有事。"

"哎，对，我们之前说好的，我帮你报复钟馗，你可得让我用你的身体，这个不能反悔呀！"

彪少爷还想说什么，但因为吸入了太多浓烟，头一歪，身体一软，径直晕了过去。

钟家村这火来得蹊跷，去得也蹊跷。

一场大火，烧毁了钟家村大半的田地农户，甚至连钟府都烧了个干干净净，那么庞大的家财基业，竟是半点都没留下。

乐善好施的钟老爷，也在这场大火中不幸离世，只留下孤苦无依的钟夫人和两个年幼的孩子。

可怜钟馗在火场里烧伤了脸，脸上缠着厚厚的纱布，一旁是受了惊吓高烧不退的钟月，两人穿着粗布衣衫，瑟瑟发抖地缩在一旁的角落里避着风。

钟夫人也被烧伤昏迷，如今住在村医家中治疗，凡事只能钟馗自己拿主意。

这让路过的人无不感叹，真是世事无常，这两人昨日还是梧桐树上的金凤凰，有别人八辈子都求不来的荣华富贵，谁承想一场火便将这场繁华烧了个干干净净，他们以后只能沿街乞讨度日。

"阿月，阿月？"钟馗手里端着不知哪儿讨来的一碗汤药，焦急地拍着自己妹妹通红的小脸，"快，把药喝了，喝了就不难受了。"

"苦……哥哥，我想吃蜜饯。"钟月低头喝了一口，皱起了眉头，吸了吸鼻子小声地说，"太苦了。"

"你先喝药，喝完药哥哥去给你买蜜饯，好不好？"钟馗耐心地哄着妹妹，盯着她喝完了药又沉沉睡去，这才放下心来。

一阵嬉笑嘲讽的声音从背后传来，带头的正是前几日欺压年的阿东："蜜饯？钟少爷还有钱买蜜饯吗？"

"阿东？"钟馗立马警惕起来，站起来把妹妹保护在身后，"你想干什么？"

"以前仗着有个有钱的爹娘，不把我们放在眼里。"阿东冷笑一声，朝着身后的小跟班挥了挥手，"如今你爹都死了，你娘昏迷不醒，家里也没钱了，我看你去哪儿搬救兵！"

一旁的茶馆三楼，一扇窗户半掩，彪少爷默不作声地站在窗口目睹了全程，转头看向自己的护卫："你下去……"

"喂喂，你干什么？"夕的声音忽然从脑海里浮现，"你不会要派人去帮他吧？你忘了他从前过的是什么好日子了？如今这才哪儿到哪儿，这点苦都受不了？"

"但你也从未告诉过我，那火会伤人。"彪少爷沉默了一瞬，有些生气地质问夕，"他的父亲因为那场火死了！"

夕发出一阵古怪的笑声，恶意满满地反问彪少爷："那么请问彪少爷，这把火是谁放的呢？"

"我是为你提供了火种，但你可别忘了，这场火是你亲自放的，你烧毁了钟家村一半的家财，将钟府烧了个干干净净。"

"若你执意要去帮他……"一股黑气从彪少爷额间溢出，化作一个娇小的年兽身形，轻轻巧巧地落在彪少爷肩膀上，夕伸出舌头舔了舔爪子，微微一笑，"那你猜，若是钟家村得知这一切的罪魁祸首是你，他们会放过你吗？钟馗会放过你吗？他一定会十分后悔救了你吧？"

被村民们发现的后果绝非彪少爷所能承受，为了不让自己的所作所为被发现，彪少爷默默地关上了窗户，装作无事发生一般坐回桌前，低头抿了口茶水，对着一旁的护卫淡淡地挥了挥手："罢了，你下去吧。"

"这才对嘛，"夕满意地点了点头，看着彪少爷体内的黑气越来越充足，自己的力量也日渐强大，夕继续煽风点火，"钟馗如今这般下场，都是他咎由自取罢了，你什么也没做错，那都是他应得的。"

"是吗？"彪少爷恍惚了一瞬，眼里的光芒黯淡下去。

"当然。"夕轻声应答。

随后无数黑色雾气从彪少爷体内喷涌而出，尽数钻进了夕的体内，而他真身上的黑色杂毛越来越多，象征着他所吸收的恶念越来越多，力量也越来越强大。

夕十分享受这样强大的感觉，但依然不是地尊的对手，再看看窗外那些姑且还算良善的村民，夕心里又有了别的想法。

钟馗牵着阿月的手，带着她走出了钟家村。

自从那场大火将钟府烧了个干净，村民对待他们和从前完全是两个模样。

以前是亲亲切切温言软语的问候和夸赞，如今却将他们两个当成了唯恐避之

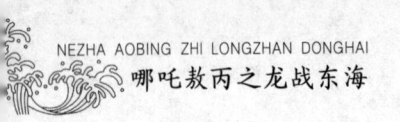

不及的怪物，若不是村里有个村医愿意给钟馗治脸，恐怕他早就活活疼死在了大街上。

但村医的医术终究有限，虽然保下了钟馗一命，但那张脸却无法恢复原来俊俏的容貌，下半辈子只能以留下疤痕的丑陋样貌度过一生。

"哥哥，不疼。"钟月扯了扯钟馗的衣角，从怀里摸出一块村医给她的蜜饯。天真的钟月从小锦衣玉食，以为一块软糯香甜的蜜饯就可以解决一切烦恼，虽然有些不舍，但还是将蜜饯塞进了一向疼爱自己的哥哥手里："哥哥，蜜饯，吃完就不疼了。"

"阿月留着自己吃。"钟馗将蜜饯还给钟月，摸了摸她的脑袋笑了笑，"哥哥带你去别的地方，重新盖一座房子住下，然后我们把娘也接过去，好不好？"

"好。"钟月点了点头，懵懂地跟在钟馗身后。

两人不知走了多久，从太阳升起走到太阳西垂，直到翻过一座小山丘，这才看到了一个小村落，门口还有几个正在玩耍的孩童。

钟馗摸了摸自己脸上烧伤后留下来的疤痕，鼓起勇气牵着钟月走过去，好声好气地向他们询问："你们好，我们是钟家村的人，请问这里是——"

"啊啊啊啊，怪物！"

"他怎么这么丑哇！"

"跟以前那个红眼睛的人一样丑！"

还不待钟馗把话说完，几个孩童就尖叫着四散逃开，躲在不远处的树干背后，小心翼翼地探出头去看："你是什么人？"

"我是钟家村的人，"钟馗抿了抿唇，向他们解释，"我脸上的疤痕是被火烧的，我不是怪物。"

"你当真不是怪物？"其中一个胆子大些的孩童从背后走出来，手里捏着一块石头，扬手朝着钟馗砸去。

"阿月！"钟馗顾不上自己，连忙护住身后的妹妹，有些气愤道，"你们怎么能打人呢?!"

"打的就是你！"见他真的不是怪物，几个孩童的胆子都大了起来，纷纷从树干背后走出来，手里捏着石头，将钟馗当成了活靶子。

钟馗护着妹妹想要离开这里，那几个孩童却得寸进尺，跑过来将他们团团围住，恶意地笑了："你长得这么丑，怎么领了个这么漂亮的妹妹，是不是在别人家里偷的呀？哈哈哈哈！"

"她是我亲妹妹！"钟馗双手死死地护住钟月，不给他们欺负钟月的机会。

眼见那为首的孩童再次举起手里的石头，钟馗和钟月又无处可逃。他抱紧钟月，闭上了眼，生怕他们会伤到妹妹。

但预想之中的疼痛没有到来，耳边反而响起了那些人落荒而逃的尖叫："快跑哇！年兽来了！"

年兽？

钟馗愣了一下，连忙睁开眼睛。

一头面容凶神恶煞，身上披着火红的毛发，身形像是野狼一般大小的年兽出现在他眼前。

他从前在话本子里看到过，若是年兽出世，定会为人间带来无穷无尽的灾难，一定要在他们刚出世时就将其彻底诛杀。

那些孩童已经被吓得四散逃开，年兽则是站立在原地看着他们，钟馗却无比勇敢地弯腰捡起地上的石头，抬手砸了出去。

"吼——"年兽回头，对着他凶狠地吼了一嗓子，但却没有攻击的意思，反而是站在原地看着他，似乎是想让他赶紧离开。

"年兽！我是不会让你为祸人间的！"钟馗怒吼一声，钟月早已小心翼翼地躲进了一旁的灌木丛中，紧张地看着自己的哥哥和年兽缠斗。

"行了行了！我不是年兽！"眼见钟馗跳到自己身上，举起拳头就要冲着眼睛打下来，"年兽"居然开口吐出了人言，随后趁着钟馗发蒙的瞬间把他从身上甩了下去，捂着自己受伤的胳膊站了起来，"我不是年兽，我是人。"

说着，"年兽"抬起前爪，摘下头套，露出一张戴着面具的脸，又脱了身上自己缝制的兽皮，摘了面具，露出一双与年一般的红瞳，指着自己胳膊上的血印子抱怨道："我好心帮你，你却打了我一顿，瞧瞧，我这胳膊怕是要留疤了。"

"对……对不起。"钟馗知道是自己伤了人，一时间有些无措，只知道紧紧地护着身后的钟月，"但我身上没钱……"

"不用你给我钱。"红瞳少年收拾好那身年兽的皮，抬头对他笑了笑，"你是从哪里来的？"

"我是钟家村来的，前阵子村里起了大火，把我家烧干净了……"钟馗想起在大火里死去的爹爹，没忍住声音带上了哭腔，"我娘也被烧伤一直昏迷不醒，在村医处暂住，只是因为我的脸被烧伤，村里那些人也看不起我们，我才想着带妹妹出来走走，看看有没有别的地方可以去。"

"我是神农东村的，我叫岁。"岁手里拿着年兽的皮，一蹦一跳地带着他们往自己家的方向走，时不时踢飞几颗路上的小石子，回头朝着他们露出一个笑容，

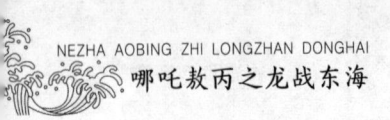

"我和你差不多，因为生下来眼睛就是红色的，所以他们说我是年兽降世，觉得我会和年兽一样为他们带来灾祸和苦难，所以把我们一家子都赶出了村子，只允许我们在村外住着。"

"那你……为什么要帮我？"钟馗摸了摸脸上凹凸不平的疤痕，有些自卑道，"你不觉得我很可怕吗？"

"我看到你被他们欺负，想起以前我被欺负的时候，就忍不住跳出来救你了。"岁悠悠地叹了口气，在一条小溪旁坐下，从怀里掏了个水灵的果子递给钟馗，"给你妹妹吃。"

走了那么久的路，钟月真的饿坏了，拿过果子小口小口地啃了起来，一双亮晶晶的眸子里充满了对岁的感激。

"对了，你呢，你怎么敢和年兽作战？"岁用手指拨动着波光粼粼的溪水，笑眯眯地看向钟馗，"如果今天来的不是我，而是真的年兽，你可能就要死在这里了，真的年兽可是会吃人的。"

"我爹娘和我说过，只有成为英雄才能受人尊敬。"想起爹娘对自己的谆谆教诲，钟馗眼里浮起一抹期待的亮光，"所以如果我能打败年兽，应该就是他们口中的英雄了吧？"

"哈哈哈，你还真是傻。"岁捂着肚子在草地上打滚，没忍住笑出了声，"不过如果以后你真的成了英雄，我一定第一个为你献上花环！"

"真的吗？"钟馗兴奋起来，"那我们这样说好了！一言为定！"

"嗯！一言为定！"岁和钟馗用小拇指拉钩儿，定下了"一百年不许变"的约定。

"对了，你怎么这么讨厌年兽？"岁领着钟馗和钟月继续向自己家的方向走去，"今天在我家里吃饭吧，我爹娘看到我新交了朋友，一定会很开心的！"

"我们家那场大火……可能就是年兽放的。"钟馗回忆起那天自己晕倒前的最后一刻，眼前似乎隐约出现了一头巨大的兽类身影，"我看到它了，它并不惧火，反而踏着烈火离开，所以我痛恨年兽，是它害得我家破人亡，我娘也昏迷不醒，如今我只能和妹妹相依为命。"

"原来如此，"岁赞同地点了点头，"年兽作恶多端，如果你能除了它，一定是天下人的大英雄！"

"还有，我的眼睛……"岁抬手摸了摸自己的眼睛，小心翼翼地询问钟馗，"你真的不觉得可怕吗？他们都说红瞳是邪恶的象征。"

"当然不怕，你可能不知道，我有位好朋友叫年，他和你一样都是红瞳。"钟馗笑着说，"而且你们一样善良！能和你们交朋友我很开心！"

两个同样不被世人待见的少年，思想却在这一刻产生了共鸣。

岁将钟馗和钟月带到自己家里一起吃了晚饭，随后更是留下他们住宿一晚。

"你们现在没有地方可以去了吗？"深夜，岁抱着自己的小被子悄悄从房间里溜出来，坐到在院子里盯着星空发呆的钟馗身边，"如果你和钟月没有住处，不如去我的秘密基地吧？他们觉得我不祥，所以那里不会有人来。"

"你的秘密基地？"钟馗瞪大了眼睛，"那你怎么办？"

"你是我第一个朋友，应该也是唯一一个。"岁仰头看着璀璨的星空，咧嘴笑了笑，"那边存放着的都是我的宝贝，就拜托你替我保管了，我没事了就去找你玩。"

岁的秘密基地是一座荒废了很多年的茅草屋，据说也是岁当年降生的地方，后来村民们看到他是红瞳，认定他为不祥之物，这座茅草屋就再也没人来过，久而久之就荒废下来，不过住人还是绰绰有余的。

看着眼前破旧的茅草屋，钟馗和钟月眼底浮起一抹欣喜。

他们有地方可以住了。

不用再风餐露宿，看别人眼色行事。

还可以把娘接过来，这里没有人会嫌弃他们。

而且最关键的是，他们还交了一个好朋友！

"这样开心的事情，应该让年也知道才行。"钟馗和钟月挽起袖子将房间里大致修整了一番，看着整洁起来的居住环境，钟馗抬手擦了擦脑袋上的汗，忽然还有些担心年，"不知道我们离开了这么久，他怎么样了，还有没有被别人欺负。"

"哥哥，我们回去看看他，顺便告诉村医伯伯，我们找到了住处，可以把娘接过来了。"钟月从外面走进来，她洗净了脸上的脏污，整个人显得越发水灵起来，"如果可以，我们可以让年也一起过来住。"

"这是个好主意！"钟馗有些兴奋。

年与岁不同，他们虽然都是受尽村民白眼与欺凌，但岁有爱他的父母，即便岁被赶出村子也要陪着岁一起。

年的父母却不同，他们和那些村民一样嫌弃这个孩子，看见他被旁人欺凌也只是漠然。

打定了主意，钟馗带着钟月向岁告别，便走上了回钟家村的道路。

钟馗那张布满疤痕的脸太过于恐怖，以至于钟家村的人看了一眼就牢牢记住，大老远看见他就开始窃窃私语。

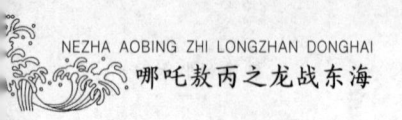

"瞧瞧，那个索命鬼又回来了。"

"真是搞不懂，如果不是他钟家失火，怎么会害得我们丢了一半的家财，算下来他还欠着我们呢。"

"不过他那个妹妹倒是生得水灵，你瞧瞧，一张小脸白里透红的，倒是能称得上一句肤若凝脂。"

听见有人议论自己，钟月有些害怕地抓住了钟馗的衣袖，低着头跟在他身后。

几个手里拿着木棍的人忽然从角落里蹿出，冲散了人群，将钟馗和钟月团团围住，一道略显苍老的声音从两人背后响起："哟，这是哪家的姑娘跑出来了，怎么这么漂亮？快回过头来，让老爷我好好看看。"

"怎么是崇老爷……可怜这姑娘了。"

"这姑娘年龄还小，钟夫人又昏迷不醒，只剩下这兄妹俩互相支撑，怎么就……唉。"

崇老爷虽是富商，但名声可不怎么好，旁人围观的议论声不由自主地小了下去，只是用一种怜悯的目光看着瑟瑟发抖的钟月。

"哥哥……"钟月小声唤了一句，"我有点害怕。"

"不怕。"钟馗将钟月护在身后，自己则直面臭名昭著的崇老爷，大声道："崇老爷，这是我妹妹！"

"原来是钟府小姐，难怪养得如此水灵。"崇老爷膘肥体壮，眯眯眼里泛起一抹恶心人的光芒，色眯眯地瞥了一眼钟月的裙摆，装出一副善人模样，假惺惺地搓了搓手，"你便是钟馗吧？可怜我那钟老弟去得早，你娘如今也昏迷不醒，留下你们兄妹两个孤苦无依，不如与我一同回崇府，我将你们好吃好喝地养着，也算是告慰你们爹爹的在天之灵了。"

你能有这么好心？钟馗眼睛一眯，心里想。

崇老爷打的什么算盘他不是不知道，但目前他寡不敌众，也不知道如何才能平安地护送妹妹离开这里，只能先这样僵持着。

崇老爷像是看穿了他内心的想法，咧开肥厚的嘴唇一笑："你妹妹还小，钟馗，我就算在外面名声多坏，也不可能对一个和我儿子差不多大小的女孩下手是不是？"

但带回府上拘着养个几年就可以了。崇老爷心想。

崇老爷的算盘打得叮当响，钟馗又怎会让他如愿，他打定了主意要护着自己的妹妹。双方一时间僵持不下，崇老爷的耐心也渐渐消磨殆尽。

"把那个小丫头给我带走！"祟老爷大手一挥，几个护卫立马上前一左一右钳住了钟馗的胳膊，让他只能眼睁睁地看着钟月被人带走。

"阿月！"钟馗声嘶力竭地大喊着，挣扎着想要将妹妹夺回来。

"老实待着！"见祟老爷走远，两个护卫随手将钟馗扔到地上，恶狠狠地警告他，"再胡闹，小心我打死你！"

"你们！你们这是强抢民女！"钟馗从地上爬起来，顾不得自己身上的灰尘和疼痛，挣扎着就要追上去。

"老实点！"护卫反手就在他膝盖处打了一棍，"要是再不听话，我就把你的腿打断！"

钟月哭得凄惨，钟馗却被两个护卫死死钳制着，眼睁睁地看着妹妹被人绑进了祟老爷的府中。

还有谁……还有谁能救救阿月。

钟馗瘫坐在地上，大脑飞速运转，寻找着能救出妹妹的人选。

对了……彪少爷！

自己曾经在火场里救过他一命，他肯定愿意帮自己这个忙的！

钟馗几乎是连滚带爬地从地上爬了起来，朝着彪少爷最常去的茶楼跑了过去。

此时的茶楼雅间内，彪少爷手里捏着茶杯，震惊地看向面前的护卫，险些失声："什么？你说我爹抢了个姑娘来？还是钟府的小姐？"

那岂不就是钟馗的妹妹……

钟馗曾在火场里救过自己一命，自己理应帮他想想办法救出妹妹的。

彪少爷捏着茶杯的手紧了又松，一时间有些无力。

只是旁人只能看到彪少爷的风光无限，又哪里知道，他虽然是在祟老爷身旁长大，却从未享受过父爱，反而从小身体羸弱，吃了多少补药也不曾见好，如今更是越发严重，一点风都见不得。

"若是钟馗来找我，就说我病着不见。"彪少爷转头对着身后的护卫吩咐道。

既然一早就知道帮不上忙，还不如直接不见，彻底打消了他的念想。

护卫尽职尽责，拦下了想上楼寻找自家少爷的钟馗，语气冷淡："抱歉，我们家少爷生着病，不见客。"

"求求您，我只想见彪少爷一面，说一句话也行。"钟馗拱手作揖，声音带着哭腔恳求道，"我妹妹被祟老爷掳走，只有彪少爷能救她了！"

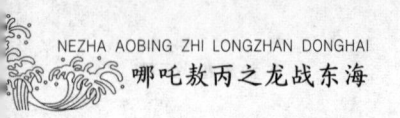

"拜托你搞清楚，祟老爷是我们少爷的父亲，他又怎么会帮你向祟老爷求情？"护卫看起来有点无语，伸手推着钟馗的背，不耐烦地推着他出了茶楼的门，"赶紧走赶紧走，别惹得我们少爷心情不好。"

"你！"钟馗气急，却又无可奈何。

毕竟这护卫说得对，祟老爷是彪少爷的父亲，就算自己救过彪少爷一命，他也不可能为了自己的妹妹去得罪他的父亲……

但是阿月绝不能待在祟老爷的府上，否则一定会受欺负的。

这样想着，钟馗抹了把眼角的泪。

他朝着祟老爷的府邸方向，一步一个脚印坚定地走过去。

如果没人能救妹妹，那就自己去救。

穿过熙攘的街道，耳边是行人对自己丑陋样貌的指指点点，还有些人知道事情的原委，语气里满是唏嘘，却没有一个人愿意站出来告诉他：我可以帮你。

恍然间，钟馗仿佛知道了"世态炎凉"究竟是什么意思。

"钟馗？"

一个小小的声音从身侧响起，钟馗疑惑地回头去看，一双惊喜的红瞳映入眼帘，正是被打发上街买菜的年，手里还挎着一个小菜篮："真的是你，前些日子大火，我听他们说你被烧伤了脸，我在你家的方向找了你很久也没找到你，你去哪里了？钟月呢？没和你在一起吗？"

他不提钟月还好，一提起妹妹，钟馗眼底立马泛起泪光，看向祟老爷府邸的方向，恶狠狠地说："她被祟老爷掳走了！我要去救她回来！"

"被掳走了？！"年大惊失色，"祟老爷可不是什么好人，我和你一起去！"

"谢谢你！"钟馗感激地看着愿意陪着自己的年。

多了一个人，妹妹就多了一点可以逃出来的机会。

钟馗和年来到了祟老爷的府邸门前，几个护卫看到他俩，相互交换了一个眼色，立马有人进去给祟老爷通风报信。

后院里，祟老爷坐在院内的躺椅上，跷着二郎腿，旁边的奴仆恭恭敬敬地跪在地上，轻柔地为他捶着腿。

而钟月被迫换下了那身粗布衣裳，穿了一身米白色的锦缎，泪眼蒙眬地坐在一架古琴前，双手轻抚着琴弦，无数音符从她指尖倾泻而出。

明明是婉转动人的曲子，却被她弹出了无尽的哀思。

祟老爷微微皱眉，挣扎着坐起身子，弹了弹手里的烟灰，不满地看着她："你怎么弹个曲儿都不会？钟府小姐的教养便是这样吗？平白糟蹋我这千金难买的古琴！"

"我早说了我不会。"钟月停了弹奏，垂眸淡淡地说，"是你不信，非让我弹。"

祟老爷像是被气着了，抬起手里的烟枪就要砸过去，忽然瞥见护卫急匆匆跑进来禀告："老爷，钟馗来了，身边还带了个红瞳的少年，在门口叫嚷着要您送钟月姑娘回去。"

"回去？"祟老爷冷笑一声，瞥了钟月一眼，"把她给我关起来，我亲自去会会这个钟馗。"

祟老爷膘肥体壮，摇晃着自己的肥头大耳走出了大门，看着怒视自己的两个毛头小子，冷笑一声，指着钟馗就开始训斥："钟馗！你当真是好没良心，我与你爹娘关系亲厚，如今见你们钟家败落，好心想要收留你们兄妹，你妹妹在我府上过得滋润，你却在门口反咬一口，说我掳走了她。这世道还有没有天理，还有没有王法？！"

"你说谎！如果真是你说的这样，怎么不让钟月出来自己说！"年指着祟老爷大声喊道，一双红瞳吓得祟老爷后退一步。但毕竟只是个孩子，祟老爷很快反应过来，冷笑一声："她自己不愿见这个不成器的哥哥，我又有什么办法？况且，就算是我真的掳走了她，你们又能怎么样？"

"你！你这是颠倒黑白！"年被他这副无赖模样气到了，但碍于一旁众多的护卫，他和钟馗也不敢轻举妄动。

"祟老爷，我妹妹还小。"钟馗按住了想要继续骂人的年，上前一步躬身作揖，恳求道，"如果你愿意放了我妹妹，我可以答应你的任何条件！"

"是吗？"祟老爷眼睛滴溜溜一转。

他后院里的发财树虽然一直吸收着彪少爷的生命之灵，也算得上是生长茂盛，这些年他也是财源滚滚，只是彪少爷的身体一日日弱下去，总得找个人提前预备着替换他。

这钟馗看着不错，人傻也好骗。

祟老爷的算盘打得叮当响，随即清了清嗓子，对着钟馗挥了挥手："让我放了你妹妹也不是不行，跟我进来，你那个红眼睛的朋友留在外面。"

"钟馗……"年有些担心他，但钟馗却毫不犹豫地跟着祟老爷走了进去。

穿过走廊，祟老爷带着他来到了那棵金灿灿的发财树前，指着一旁的石头，咧嘴一笑："只要你撞死在这里，我就放了你妹妹。"

"什么？"钟馗震惊地看向他。

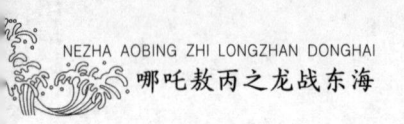

"你不愿意的话，那便算了。"崇老爷一副毫不在意的模样，边说边做样子要离开，"我这树是需要好好养的，前阵子听个江湖道士说可用孩童的灵魂滋养，你若是不愿意，那便换你妹妹来。"

"等等！"一想到妹妹，钟馗连忙喊停了他，指着那块石头，艰难开口询问，"只要我死在这里，你就会放了我妹妹？你若是骗人怎么办？"

"我可以和任何东西过不去，但我绝不会跟钱过不去。"崇老爷挥了挥手，"这棵摇钱树想要养得好，我必须心诚，你大可放心。"

"那我答应你！"钟馗深呼吸一口气。

他毕竟还是孩子，但已经失去了父亲，他对死亡已经有了认知。

如果自己的死亡能换来妹妹平安……

钟馗闭上眼睛，用尽全力冲向了那块石头。

砰——

世界骤然安静下来，只见那棵摇钱树受了鲜血滋养，忽然疯了一样发出震动的嗡鸣，叶片上的金光也越发耀眼。

年在外面等着，本来就不放心，一听里面传来异响，当即不管不顾地推开几个护卫，拔腿冲了进去，大声喊着："钟馗！钟馗你在哪儿！钟——"

年的喊声戛然而止。

他眼前是一片刺目的鲜红，比他眼瞳的颜色更深，也更让人恐惧，因为那代表着死亡，代表着天人永隔。

"钟馗！"年大叫一声，心里忽然涌上一股无端的杀意。

钟馗是唯一一个愿意和他做朋友，也不嫌弃他的人。

但这样好的一个人，就这样让崇老爷害死在了这里！

年的眼睛越来越红，身上溢出了丝丝缕缕的黑雾。

正趴在彪少爷房内软榻上小憩的夕忽然睁开了眼，迅速爬起来到了窗边，用指甲抵起窗户露出缝隙，眯着眼看向院内那个红瞳的身影。

煞气。

同类的气息。

等等，他头上那个金光是什么？

夕眯起眼仔细打量着年头顶那个像是封印一样的东西，随后像是见了鬼一样连着后退了好几步，大脑飞速运转。

地尊的禁制？

他身上怎么会有地尊的禁制？

院落中的年僵硬地扭动着自己的脖子，指甲忽然变尖变长，一双红瞳愤怒地盯着惊慌失措的崇老爷，嘶哑着声音："你害死了钟馗！你也该死！"

地煞界内，正在打坐调养身体的地尊忽然睁开眼，一抹金光于他眼中显现，身形开始渐渐消散成无数金色光点，朝着人间煞气震动的方向飞去。

而随着他的离去，原本已然安静的凶兽们又开始了此起彼伏的嚎叫。

"你……你到底是个什么东西……"崇老爷牙齿打战，扯过旁边一个护卫躲在他身后，声嘶力竭地吩咐，"给我打死他！打死这个怪物！"

吼——年的嗓子里发出一声意味不明的嚎叫。

"定。"一声空灵的嗓音凭空出现，随之而来的还有一道淡金色的锁链，缠在了年的脖颈处，制止了他想要扑倒崇老爷的动作。

地尊的身形由无数金色光点汇聚而成，他蹙眉看着失控的年和死去的钟馗，抬手在空中画了道金色的符文，钟馗已经游走离体的魂魄立马被抓了回来，在年身边站定。

"你为何用煞气伤人？"地尊看向逐渐恢复神智的年，想着他此时应当是不认识自己的，于是蹙眉道，"你可知用煞气伤人，会引来年兽作乱。"

"我不知道什么是煞气！但我知道他逼死了我的朋友！还拐走了他的妹妹！"年理直气壮地解释，但解释完声音就逐渐小了起来，"然后……然后我就很生气，身体就开始不受控制，就成现在这样了。"

"你降生时身带煞气，所以天生红瞳。"地尊向他解释，"我曾在你身上下了压制煞气的禁制，也好保你一生平安，只是如今你身上的煞气已经压制不住，你可否愿意同我前往地煞界修习，做我的弟子。"

"我自然愿意，只是钟馗他……"年有些犹豫，转头看向身旁飘荡在半空中的魂魄，"他还能活过来吗？"

"他一息尚存。"地尊捏了个法诀，抬手打入钟馗额间。

钟馗的魂魄似乎稳固了些，轻飘飘地落在地上，睁开了眼。

"你一息尚存，可否愿意复活？"地尊询问他，"若是不愿，也可像他一样，以我弟子的身份一同前往地煞界修习。"

"我自然愿意，只是我妹妹还在崇老爷手上。"

钟馗看向一旁瑟瑟发抖的崇老爷，刚想开口说些什么，彪少爷忽然从自己的房中冲了出来，挡在了钟馗面前："钟馗，你和他去吧，我会送你妹妹离开。"

"彪少爷……"钟馗愣了一下，"你怎么能看到我？"

地尊若有所思地看了一旁的摇钱树一眼，又转头看向身上散发出淡淡金光的

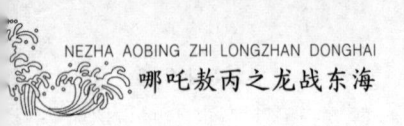

彪少爷："他与那摇钱树通灵，这摇钱树又吸收了些你的血液，自然便能看见你的魂魄。"

"我爹强抢民女本就不该，也当是我报答你的救命之恩。"彪少爷这些日子常做噩梦，梦里皆是那场燃不尽的大火。

他帮钟馗一次，也算是了自己一桩心事。

"我知道你娘在村医处医治，我会送钟月去村医家里，至于我爹那边我会去说。"彪少爷说得言辞恳切，钟馗也放下心来。

"如此我便能安心了。"钟馗嘴角流露出一个心满意足的笑容，转头看向地尊，"我愿意和您离开，只求您能让我日后回来看妹妹与娘一次，确认彪少爷所言不假。"

"好。"地尊点了点头，抬手一挥，凭空变了朵莲花出来，"走吧。"

崇老爷看见那不知何处来的仙人突然消失，还带走了地上钟馗的魂魄，心下也有些害怕："儿子，你和他们说什么了？"

"我和他们说会善待钟月姑娘，否则钟馗的魂魄将会化为厉鬼缠绕着我们，"彪少爷心底其实也没底，毕竟崇老爷一向以自我为中心，所以他便编了段谎话，"钟馗听见我答应了，这才愿意和那仙人离去。"

"放了钟月？不可能！"崇老爷连连摆手，"我不知道你们刚刚说了些什么，但那姑娘长得十分水灵，必定是个美人坯子，我绝对不可能放了她！"

"爹，就算你不怕钟馗的魂魄回来复仇，难道你不怕惹了那仙人生气，断了我们家的财路吗？"彪少爷理直气壮，"钟馗也就罢了，但那仙人来无影去无踪，我们可惹不起。"

这话说得倒是有理。

毕竟崇老爷亲眼看着那仙人一挥手便消失不见，想来是有些法力在身上的，只是不知是何处的仙人，竟会为了钟馗的死降临人间。

崇老爷在心里一琢磨，钟月虽然长得漂亮，但跟钱比起来还是后者比较重要。

就这样，钟馗和年一起去了地煞界，成了地尊的座下童子。而彪少爷连哄带骗，也顺利说服了崇老爷，将钟月送回了娘亲身边。

"你身上的煞气确实棘手，普通的法术已然压制不住。"地尊看向乖乖站好的年，从怀中掏出一本修炼法诀递给他，悉心叮嘱道，"你按照这本书上所说修习，再结合我之前在你身上下的封印，可有效压制煞气，只是你会与普通人一样，灵力也会低一些。"

"多谢师父！"年眼睛亮晶晶地伸出双手，将这本书捧了过来，宛若得到了什么奇珍异宝一般，无比珍惜地贴身放了起来。

"钟馗，你的面容被烈火烧伤。"地尊伸出手，轻轻触碰他脸上的疤痕，心下已然有了决断，"这并非寻常火种，我一时间也无法将它彻底根除。"

说着，地尊从怀里掏出一个面具递给钟馗："这张面具算是法宝，可幻化出你全新的容貌，只是若面具损毁，你就会回到现在的容貌。"

"谢谢师父，我一定会好好保管！"

一听可以恢复正常人的容貌，钟馗兴奋极了，双手接过面具就迫不及待地戴上。

一阵微凉的触感从脸上传来，耳边传来年惊喜的声音："哇！钟馗，你变帅了！这个面具真的有用！"

地尊拿过一面铜镜递给钟馗，看着他不可思议的神情，微微一笑："日后你们要勤加修炼，同我一起镇压这些凶兽才是。"

"是！师父！"钟馗和年异口同声道。

两人也终于开始了自己的修习时光，年以修习打坐为主，钟馗则是以修习身法为主，两人时不时还会切磋一番，地煞界也变得热闹起来，只是那些被囚禁的凶兽却受了苦。

年修炼时，身上的煞气总会震动。

而煞气一震动，那些凶兽身上的煞气就会受到感召，从而一起震动，就会引起一阵凶兽的嚎叫，随后又被地尊提前设下的禁制镇压，禁制入骨，一时间疼痛难忍。

时间久了，那些凶兽被折磨得苦不堪言，甚至已经发展到了看见年过来，就会不由自主地双腿打战，和隔壁笼子里的凶兽一起吐苦水的地步。

"他怎么又来了……"

"完了完了完了，他又要修习了。"

"他是一点都不知道煞气对我们的伤害有多大……"

钟馗因为年是年兽转世，和年开始逐渐疏远。

年虽然一心想要和钟馗修复关系，但钟馗对他的态度却始终淡淡的，像是熟悉的陌生人一般。

不清楚钟馗为何忽然疏远自己，年逐渐养成了忧郁的性格。

两人之间的关系转变，地尊也看在眼里，但学习如何与人相处，这也是每个人成长的必经之路，他也不好直接干涉，只是私下里偶尔和他们聊聊，想为他们

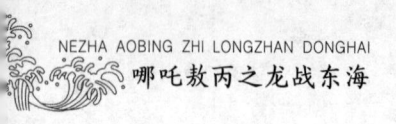

解开心结。

一日清晨，地尊急匆匆地来到钟馗的住所。

"师父。"钟馗连忙穿戴好衣裳走出来，恭恭敬敬道，"师父大清早来寻我，可是有什么事要吩咐？"

"你曾在人间有一朋友，名为岁，可还记得？"地尊表情十分凝重，看得钟馗心头一紧，连忙应声。

"自然记得，弟子还曾和他约定过，若是能成功诛杀年兽成为英雄，他会为弟子送上第一个花环。"

地尊微微叹气："我从宝珠中得知，他遇到了些麻烦，你得去人间跑一趟了，若是能够顺利解决，你也可顺路去看看你的妹妹与母亲。"

"是，弟子领命。"钟馗躬身作揖，踏上了回人间的道路。

钟馗十分担心昔日好友，昼夜不停地赶路，在法术的加持下，终于在第二日傍晚赶到了神农村。

原本一片祥和的神农村此时却哭号与怒骂交织，基本所有人都被绑在了一起，被几个铁链捆在一个大木桩上，只余一个少年模样的男孩背对着钟馗，手里举着熊熊燃烧的火把就要烧死他们。

钟馗连忙现身，上前一步夺过他手中的火把，出声喝止："住手！他们犯了什么错！竟要被你活活烧死！"

"谁？！"

火把被夺，少年愤恨地回过头来，一双满含恨意的红瞳在阳光下熠熠生辉，看得钟馗一愣，后知后觉地反应过来："岁？"

"你认识我？"被人猝不及防地叫出了名字，岁犹豫了一下，但旋即又摇了摇头，他唯一的朋友钟馗已经被钟家村的祟老爷害死了，又怎会出现在这里。

"把火把还给我，"岁伸手就要去夺火把，见他不肯，语气恶狠狠地威胁道，"我念你是路过此处，只要你现在离开，不掺和我的事情，我就饶你不死，否则就将你和他们一并绑了，一把火送你们上西天！"

"岁，我是钟馗呀！"钟馗连忙向他介绍自己的身份，见他一脸怀疑地停下了脚步，钟馗说出了两个人曾经的约定，"你忘了，我们曾经约定好，如果我能除了年兽成为世人的大英雄，你要第一个为我献上花环祝贺！"

这个约定只有他们两个人知道，岁也从未和别人提起过，是唯一能确认此人是不是钟馗的秘密。

"我听他们说，你让祟老爷害死了。"岁相信了眼前的人就是自己曾经的朋友，眼底的敌意也渐渐散去，一股夹杂着欣喜的复杂情绪涌了上来，回头指着那些被绑起来的神农村村民说，"钟馗，看到你没事我真的很开心，但是他们死有余辜，你不能拦我！"

"那你总得告诉我，他们到底对你做了什么。"钟馗紧紧地握着火把，顺着岁有些悲伤的目光看去。

不远处的小山坡上立着两个小小的坟头，看上去是新修的，上面还有一些凌乱不堪的脚印，像是被人踩踏过一样。

岁有些凄厉的声音在耳边响起："他们活活逼死了我的爹娘。"

"我昨日上山去砍柴，不过两个时辰，回来时便看见我爹娘上吊自缢，就挂在这村口！"岁抬手指向捆住村民们的木桩，恶狠狠道，"他们告诉我，我爹娘因为生下我这个怪物，还抚养我多年，昨日终于醒悟，这才上吊自尽，可若不是你们日复一日年复一年的辱骂与欺凌，我爹娘那样好的人，又怎会自寻短见！"

"你们这群人，平日里倒是高高挂起，我为我爹娘修了坟下葬，你们竟又趁我不注意想要挖出来扔进后山！你们活该！你们该死！"

"但也并不是所有人都有罪，而且这样太过于残忍，若是大开杀戒，会引发不好的事情发生……"钟馗试图劝导岁，可岁如今正在气头上，又怎么可能听得进去。

岁见钟馗一直拒绝交出火把，心里也明白过来，冷笑一声："我以为你是来帮我的，没想到你居然是来帮他们的。如今你倒是修复好了容貌，所以就忘了你曾经毁容的时候，他们是如何待你和你妹妹的吗？"

"我是为了救你！"钟馗用身体挡住暴怒的岁，语重心长地劝导，"如此大开杀戒，必将引发世间煞气震动，若是引来地尊，你的灵魂就要被永远镇压在地煞界，永世不得投胎轮回，只能与那些凶兽为伍了！"

"那我爹娘怎么办？他们就活该被他们害死吗?！"岁双目通红，像是失了神智的凶兽一般，嘶吼着就朝钟馗扑了过去："把火把还给我！他们今天必须为我爹娘陪葬！"

"岁！你清醒一点！"钟馗曾在地尊那里学习过，如若遇到这种无法感化的人或凶兽，可采取将其诛杀的方式，随后将他们的魂魄带回地煞界听凭差遣。

但岁是第一个在他毁容后还愿意和他做朋友的人，钟馗实在无法对他下手，只能一边运转功法躲避着岁的攻击，一边紧紧将火把攥在手里，大声劝他："岁！就算是为了你！你爹娘肯定也不想看到你被地煞使者抓走，关进地煞界永世不得轮回的！"

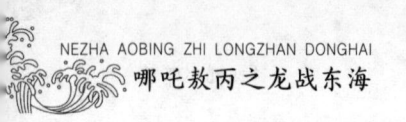

"可他们何其无辜！"岁抬脚朝着钟馗的手腕踹去，想要将火把夺回来，却被钟馗轻轻松松躲开，用一种十分悲伤的眼神看着自己。

"岁，你不是好奇我怎么还活着吗？"钟馗轻轻开口，抬手将火把一抛，那火把竟然直接定在了半空中，"我当初为了救阿月，一命换一命和崇老爷做了交易，但地尊心善，收了我为徒弟。"

"我一直跟随地尊在地煞界修炼，此次前来也是为了劝导你不要开杀戒。"

钟馗额间缓缓浮现出一个淡金色的莲花印记，那正是地尊在他身上设下的不能随意伤人的禁制。

"但你若一定要伤害无辜，我也只能……对你下杀手了。"

"你为了他们要对我动手？"岁不可置信，自己昔日的朋友竟为了一群害死自己爹娘的村民，要和自己动手。

"如果你现在愿意收手，还有挽回的机会。"钟馗的声音渐渐空灵起来，额间的莲花印记也越发清晰，他按照地尊教习的方法在手中结印，在空中幻化出一把淡金色的短剑来。

钟馗反手握住悬浮在半空中的短剑，毫不犹豫地指向岁。

"我如果不呢？"岁像是被逼急了，身上开始溢散丝丝缕缕的煞气，脚尖在地上一点便腾空飞起，衣袍在空中猎猎作响，右手握拳直冲着钟馗而来。

"那我们便只能兵刃相见了！"钟馗怒喝一声，持着短剑便迎了上去，直冲岁的左心口而去。

在地煞界跟随地尊修习多年，钟馗早已不是从前受人欺凌的小少爷，而是成长为一身正气、武艺高强、立志要为人间除去年兽的英雄小少年。

身上只是有些许煞气加持的岁，自然不是钟馗的对手。

岁侧身想躲开钟馗的迎面一击，却慢了一步，被他划伤了胳膊，身形一歪从空中落下，跌倒在了地上的草丛中。

"你居然真的想杀我……"岁捂着自己受伤的胳膊从地上爬起来，不可思议地看向钟馗，眼底满是受伤的神色，"我原以为我们之间的情义要比他们重要得多！"

"我们之间的情义固然重要，但我也绝不会看着你大开杀戒走上邪路。"钟馗轻巧落地，还想继续劝导岁。

谁知岁忽然面露凶光朝着钟馗冲了过来。

钟馗大惊，连忙做出防御的姿势。

谁承想岁的目的根本不在他，而是忽然转变方向凌空一跃，径直夺了半空中飘浮的火把，转身朝着那些哀号的村民扔去，嘴里大喊着："即便你觉得我们情义已尽，今日要杀了我！我也要让他们给我爹娘陪葬！"

"岁！"钟馗大喊一声，双手飞速结印扔了个法术过去想要拦下火把，看着岁狰狞的神色，钟馗终于后知后觉地发现，岁已经被怒火彻底冲昏了头脑，是绝不可能放过这些村民了。

"对不起，岁。"钟馗喃喃自语，看着岁不甘心地朝着火把扑过去，他缓缓闭上了眼睛。

钟馗嘴里念起咒语，短剑凭空飘浮，瞄准了岁的心口。

就在岁握住火把，狞笑着要将神农村变成一片人间炼狱时，心口猛地一痛。

他不可思议地低头去看。

一把短剑刺进了他的心口，意识也渐渐模糊。

在失去意识跌倒在地前，岁还能听见那些村民的喜极而泣。

"得救了！"

"我就说这小子是个怪物，早该烧了。"

"就是！和他爹娘一模一样！"

钟馗抬手施法解了那些村民身上的锁链和绳子，低头一步步走近了岁的身体，从他的袖口摸出一个小玉瓶，将岁昏睡过去的魂魄收了起来，准备带回地煞界交给地尊处理。

"小英雄，谢谢你呀。"几个村民乐呵呵地走过来向钟馗道谢，"还不知你的名字？"

"钟馗。"钟馗看着他们，只觉得心中一腔怒火无处可去，"他的父母真是你们逼死的？"

"哟，小英雄，你可不能让这怪物给蛊惑了心神出去乱说话呀！"村民们七嘴八舌地说了起来，而钟馗也终于得知了岁的父母自尽的真相。

村民们将红瞳的岁视为怪物，那生下他的父母自然也是怪物，否则为何不在岁刚出世时就掐死他。

正是抱着这样的思想，村民们用言语欺压凌辱了岁一家十数年，虽不是对他们进行了身体上的伤害，但言语上的伤害更不容忽视，而岁的父母不堪其辱，选择以自尽的方式让自己解脱。

看着眼前这些村民毫无悔改之意，钟馗暗自握紧了拳头，转身带着岁的魂魄回到了地煞界。

穿过被关押的凶兽群，钟馗急匆匆地来到了地尊的住处，双水将小玉瓶

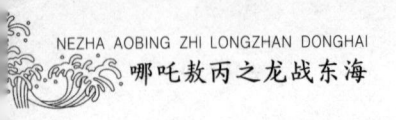

奉上。

"师父，我带岁回来了。"

"还是没劝住吗……"地尊看见那个专门用来盛放魂魄的小玉瓶，有些无奈地轻叹一口气，伸手拿了过来，"这次辛苦你了，你回去休息吧，这几日暂且不用训练了。"

"是。"钟馗点头应道，在出去前还是忍不住回头问了一句，"师父，您会怎样处理他呢？"

"待我了解了前因后果，再做定论吧。"

看着钟馗离去，地尊抬手关好了房门，这才打开玉瓶，将岁的魂魄放了出来。

"好久不见，岁。"地尊在岁身上下了禁制，抬眼看向在空中不断变幻身形的他，"我从前便与你说过，若是这一世心存善念，就不用回到地煞界，但你对他们起了杀心，甚至险些大开杀戒，引发煞气震动扰乱人间和平。"

"我知道，但明明是他们先杀我爹娘在先！"岁恶狠狠地看着地尊，"言语间的攻击欺凌，便不算欺凌了吗？若不是他们爱嚼舌根，我爹娘又怎会自尽。"

"确实是他们有错在先。"地尊点了点头，他刚刚已经从宝珠中看到了一切，"你这一世并无太大过错，事情发展到此也不是你的本意。你便先留在地煞界修习，为人间做些好事赎罪，若是能坚持下来，便可再次投胎为人，如何？"

"我自然是愿意答应的。"岁挠了挠脑袋，小声嘀咕道，"我还以为你要把我关起来，永世不得轮回呢。"

地尊笑了笑，安排好了岁的居所，随后便又回到自己的住所开始打坐修炼功法。

许是一直在镇压煞气的缘故，地尊的身体最近越来越虚弱，往日里轻轻松松便可运转好几轮的功法，如今却变得生涩起来，运转一圈便已经消耗了他大半心力，只能暂且停下来休息。

"也不知这身体还能撑多久……"地尊低头看着自己渐渐失去血色的双手，轻轻叹了口气。

"师父，"年忽然在窗口探头，将一只小竹篮塞了进来，笑着说，"我从人间带回来的吃食，你且尝尝。"

"年？"地尊扶着桌子起身，"你最近好像常去人间。"

"一直在地煞界修炼也无趣，而且我的灵力低微，不如常去人间做些好事。"年笑着解释，背在身后的手却将几颗晶莹剔透的珠子藏了起来。

从地尊住处离开，年回到了自己的房间里。

他房间内陈设简单整洁，唯有书柜上一个雕花的木盒子看起来十分贵重，甚至还上了一把被下了符文的铜锁。

年走过去将盒子取下来放在桌上，嘴里喃喃自语念着解咒的咒语，铜锁上金光一闪，哐当一声掉在了桌子上。

年打开木盒，淡淡的荧光从木盒中散发出来，萦绕着整间卧室。

这些都是他帮人间和地煞界做好事所获得的祝福，年从古籍上看到过，只要攒够一定数量的祝福，它们就会化为传说中的许愿珠，可以实现持有者的一个愿望。

年伸手将新得来的几颗祝福放了进去。

地尊为了炼化他身上的煞气，全然不顾自己的身体一日日虚弱下去，如果真的可以拿到许愿珠，那么他希望地尊身体可以恢复正常，不再为煞气所困扰。

正是抱着这样美好的愿望，年才日复一日地帮助人间那些穷苦贫困的人，也会在地煞界里帮一些凶兽清洗蹄爪，或者给他们喂食，从而获得他们的祝福。

地煞界有钟馗和年陪伴着地尊一起坐镇太平了许多，煞气也不会再轻易震动。

但是人间还有只逃窜的年兽——夕。

夕十分聪明，他知道如果自己以年兽身份扰乱人间，那么必然会引起地尊注意，从而将自己诛杀，但是如果借用一个人类的身份兴风作浪，那最多也就是人间的小打小闹，地尊还管不到这些事情上来。

于是夕借着彪少爷心中觉得人间不公的一丝恶念，在日复一日的聊天中将其慢慢催化膨胀，再加上以夕身强体壮的条件为诱惑，最终彻底将彪少爷变成了自己扰乱人间的棋子。

如今祟老爷强抢民女，仗着家里有钱无恶不作。

彪少爷强收租金，故意哄抬物价借此敛财。

村民们人人自危，生怕他们下一个就盯上自己，也不知谁能来治治他们。

不知是不是他们的祈祷传递到了上天，终于有人不堪其辱，收留了不少同样被欺压的无处可去的人，要和祟老爷战个高低。

彪少爷站在城门之上，低头看着那些手里拿着木棍长枪就想攻破城池的队伍，不屑地笑了笑，随后抬手在空中一指，一缕浓郁的黑色雾气从指尖直冲云霄。

刚刚还晴空万里的湛蓝天空，随着他这一指忽然间乌云密布，狂风大作，城

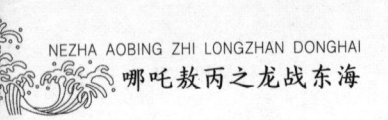

墙上写着"祟"字的旗帜猎猎作响，彪少爷居高临下地看着他们。

为首的人手里举着自己织成用来鼓舞人心的旗帜，冲着城门大喊。

"彪少爷！你和你爹作恶多端！"

"今天我们就要替天行道！"

"替天行道？"彪少爷轻笑一声，摇了摇手中的白玉骨扇，身上散发出丝丝缕缕的黑色雾气，伴随着一声隐约的低吼，"有我在，你们若是强攻，那今日不仅连城门都破不了，甚至还会都死在这里。"

那些黑色雾气在空中汇聚成一头巨大的兽形，鬃毛随风飘扬，张开血盆大口，像是要将这世间一切吞噬殆尽。它脚踩城楼一跃而下，落地时掀起一阵狂风，若不是有盾牌挡着，底下的人怕是要被吹翻过去。

"年兽？这是年兽！"人群中不乏见识渊博之人，只一眼便认出这正是传闻中能搅乱太平、作恶多端的年兽！

"什么？年兽！"

"这彪少爷居然有年兽相助，难怪不怕我们哪……"

"完了，我们要完了，我们会不会被它一口吞了？"

城门外人心惶惶，眼看着就要四散奔逃。彪少爷满意地看着这一切，伸手摸了摸腰间的玉佩。

有夕在，这世上没有什么能拦住他的。

至于城门外那些人……有武艺傍身的都少之又少，又哪里会是夕分身的对手。

随着夕一声震天撼地的怒吼，一部分人被年兽吓得四散奔逃，一部分人被其困于烈火中烧了个干净，即便是侥幸逃脱的，也被年兽几步追上一口吞进了肚子里。

至此，大家忌惮着年兽的威力和第一批出头鸟的惨烈下场，再也没有人敢出这个头，只能任由祟老爷和彪少爷欺压，一时间民不聊生，哀怨之声遍野。

地煞界内，往日里凶神恶煞的凶兽今日却乖顺得像是家养的猫儿狗儿，个个都安安静静地趴在自己的笼子里舔毛或是睡觉，一点声音都不敢出。

听说最近人间动乱太多，导致地尊心情不好，他平日里虽然看着和善，但他身上的威严一点都不容小觑，否则也镇不住这么多凶兽。

地尊的住所内，柔和的白色荧光在室内闪烁，硕大的宝珠散发着自己的光辉，所呈现出的民不聊生的画面却令人身体发寒。

"这可是大难哪，非常人所能制造……"地尊看着眼前的一切喃喃自语，直到画面逐渐定格在一个黑色雾气凝成的巨大兽类的虚影上，他这才恍然大悟般地点了点头，"果然是你，我追查你多年未果，早该想到你寄生于人类的身体里，否则又怎能完美地躲过地煞使者。"

"你不该为人间带来此劫难。"地尊轻叹一口气，抬手扔了两道符文出去，传唤了正在修习法术的钟馗与年一同前来。

"师父。"

"师父。"

地尊看着两个长高了不少的少年，十分欣慰地点了点头，只是两个少年已经许久不曾说过话，平日里哪怕是碰面也只是淡淡地点头示意，更别提像以前一样一起玩闹。

"我知道你们如今的关系不似从前，但终究是有些误会不曾解开。"地尊掩唇咳嗽了几声，努力咽下喉间的一抹腥甜，随后看向他们，"若不是我身体太过于虚弱无法前往人间亲自将年兽诛杀，我也绝不会让你们去冒这个险。"

"诛杀年兽？"钟馗眼睛一亮，为父母报仇的机会就在眼前，他又怎么舍得放过，几乎是立马就应声，"师父，我愿意去！"

"师父，我也愿意。"年紧接着恭敬出声，"您身体不好是为了镇压煞气，我们替您去人间诛杀年兽是应该的。"

"年兽为吸收人间恶念所生，出生时便煞气冲天，又借用人类的身体在人间蛰伏多年，不知吸收了多少恶念，你们二人虽然修习多年，但也不一定是他的对手。"地尊从怀里掏出一本册子，递给钟馗，"这是我亲手撰写的《神农之心》，你们将其护送至人间，便可削弱他的力量，为人间带来光明和勇气。"

"对了，年兽借用人类身体，这个人你们认识。"地尊看向钟馗，轻叹一口气，"他便是之前救了你妹妹的彪少爷，只可惜他被年兽引导，还是丢了心中的一丝善念。"

"彪少爷？怎么会是他？"钟馗有些意外，毕竟他曾救过自己的妹妹，如今人间大乱，若不是地尊亲口所说，钟馗是绝不会相信彪少爷会和年兽勾结，做出这样的事情来的。

"他没有守住本心，这才被年兽所利用。对了，还有一事，当初我为了保险起见，这里只有《神农之心》的上册，下册则被我藏在了黄泉之中，你们需得去黄泉将其取来，一起送至人间，方可起效。"

"是，弟子领命。"钟馗和年齐声道。

他们都曾被人类所欺辱，对人类的好感并不多。

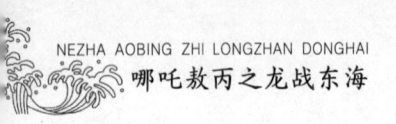

但妹妹和娘亲还在人间，钟馗绝不可能看着她们被年兽再次欺负，这才决定护送《神农之心》，以保妹妹和娘亲平安。

年则是因为地尊的身体，地尊都可以为了炼化自己身上的煞气虚弱至此，那么自己为地尊诛杀年兽也是理所应当。

"此行凶险，我为你们准备了一些法器，可随身带着防身。"地尊伸手在空中一抚，无数神兵利器闪烁着淡淡的荧辉出现，"你们可自行挑选几件称手的法器。"

地尊转头看向年，提议道："年，你因炼化煞气而灵力低微，只能随身携带一件法器，不如选件足以防身的——"

"我选这个吧，师父。"年并未听从地尊的建议，伸手取下了三道符咒收起来，笑着说，"这个就可以，此行凶险，年兽若是发现我们的行动，定然不会坐以待毙，它应该能在关键时刻派上用场。"

这是三道诅咒符，可以用来吸引敌人的攻击。

年心知自己灵力低微，在战斗中没有太大的用处，但若是有了这几道诅咒符，说不定他还可以保护钟馗，在紧要关头也能让他有足够的时间逃生。

见年挑选完毕，钟馗似乎抿了抿唇想要说些什么，最终却没有说出口，而是自己挑了几件趁手的武器，犹豫了一下又取了件护盾下来。

地尊将另一本《神农之心》藏于人间与黄泉的交界处，人与鬼混居的鬼城——酆都城。

虽说人类无法看见鬼魂，但人们依旧会在这里暂居几日送别自己逝去的亲朋好友，而鬼魂们也会在这里待上七天，以安静陪伴的方式与家人好友依依不舍地道别。

钟馗和年带着《神农之心》，日夜兼程从地煞界穿过人间，千里迢迢赶到了酆都城门口。

一路上他们看到了无数生离死别，看到了撕心裂肺的哭号和依依不舍的送别，可当他们到酆都城门口时，当他们看到酆都城内燃着数不尽的白烛与漫天飘零的黄纸时，当他们看见无数飘荡游离的魂魄时，钟馗与年才后知后觉地反应过来，他们是真的到了黄泉边界，再往前走一步，就是阎罗大帝的地盘了。

看着眼前这片悲戚的景象，钟馗不由得想起了自己的爹娘和妹妹。

如果他们知道自己居然是屈服于祟老爷的淫威，撞石自尽而亡，那他们一定会觉得他很没用吧。

也不知道如今母亲的烧伤有没有好转，钟月是否还安然无恙，不再受祟老爷的欺压。

　　钟馗叹了口气，转头看向年，主动与他说话："年，师父可告诉你，另外一册《神农之心》被藏于何处？"

　　这还是自钟馗单方面与年绝交以来，第一次主动与他说话，年虽然有些意外，呆愣了一瞬，但也很快反应过来："师父说，两册《神农之心》之间自有感应，离得近了便会有指引，我们只需在城中寻找一番，很快便能寻到。"

　　"好，那我们便从城东开始寻找吧。"钟馗点了点头，带着年向城东的方向走去。

　　彪少爷房内，两个高大的戴着面具的鬼魅身影受召悄然出现，看着软榻上侧卧着的人类时不由得一愣，视线一移又看到那人类身上戴了个年兽模样的玉佩，立马心有灵犀地对视一眼，齐声道："见过夕大人，不知唤我们前来有何吩咐。"

　　"不错，还认得出来我，不是很蠢。"占用了彪少爷身体的夕满意一笑，从软榻上起身，"牛头马面，此时唤你们来，自然是有要事交代。"

　　"地尊曾经诛杀我未果，后来一直与我作对不说，如今见我在人间的势力越发庞大，他竟然起了想要削弱我力量，再将我诛杀的念头。"

　　"我已得到消息，他的两个弟子已经携带了一件名为《神农之心》的宝贝，如今正在你们管辖范围的内活动。"

　　"我要得到这个宝贝，吸收它的力量，让自己更加强大！"

　　"我们都听大人您的。"看着夕越发疯狂的眼神，牛头马面恭恭敬敬道，"只是我们该如何帮您？"

　　"他门下其中一位弟子，在人间有位母亲和妹妹，你们去将她们掳至酆都城，我要在那里动手，让他们心甘情愿地交出宝贝。"夕走到窗边，看着不远处堆积起来的厚重乌云，得意地邪魅一笑，语气森然，"我倒是要看看，钟馗到底是要这伤害过他的残酷人间，还是要他的母亲和妹妹。"

　　"是。"

　　牛头马面动作很快，短短半日时间便绑走了钟馗的母亲和钟月，和夕一起赶往了酆都城。

　　此时的钟馗和年刚刚在一座破旧的木屋内寻到另一半《神农之心》，还来不及庆贺，便听到门外一阵骚动，随后便是彪少爷熟悉的声音传来："钟馗？我知道你在这里，我也知道你手里拿着的是什么东西，今天你若是乖乖将它交出来，我便饶你不死。"

　　话音落下，两扇木门被人一左一右分别踹开，手里拿着勾魂链的牛头马面气

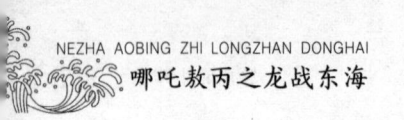

势汹汹地走了进来，站在了钟馗和年的身后。

彪少爷这才慢慢悠悠地从门外走进来，蹙眉挥了挥手里的白玉骨扇，像是十分嫌弃这里。

"彪少爷？"钟馗意外极了，"你怎么在这里？"

"你们是为何而来，我与你们的目标是一样的。"彪少爷身子骨到底虚弱，吸了两口灰尘便掩唇咳嗽起来，不得已退了出去。

牛头马面见状，一左一右将钟馗和年提起衣领，也把他们提了出去，放在街道正中央。

钟馗和年这才发现，整座酆都城依然被彪少爷的护卫密切包围监视，如今就是他们有心想逃，甚至拼尽全力，也有可能是逃不掉的。

"彪少爷，你不如直说。"年上前一步将钟馗护在身后。

"我不与你说，我要和他说。"彪少爷上了自己的八抬坐辇，指了指神色凝重的钟馗。

见他不动，彪少爷笑了笑："牛头，去把那两个人带上来，动作轻些，别伤了她们。"

牛头得令，从彪少爷的坐辇后一手一个提出两个昏迷不醒的人，在钟馗面前晃了晃，随后又放了回去。

只模糊一眼，钟馗并未看清那两个人的容貌身形，只依稀能分辨出是位妇人和少女，这让他想起了自己的母亲和妹妹，心中不由得咯噔一下。

"怎么，只不过数年未见，你就连自己的亲生母亲和妹妹都不认识了？"彪少爷摇着白玉骨扇，直接开门见山地挑明自己的来意，"钟馗，我同你做个交易。你交出《神农之心》，我把你妹妹和母亲还给你，否则她们今天出不了这酆都城，让牛头马面直接收进黄泉吧。"

"娘亲和妹妹……"钟馗不可置信看着彪少爷，胸腔中好像有一团怒火在熊熊燃烧，指着彪少爷神情愤怒道，"难道你忘了，当初还是你从崇老爷手中救下了阿月！亏我还以为你有些善心，如今你却用我娘亲和妹妹的命威胁我！我当真是看错了人！"

"从前救你妹妹，也只是忌惮你背后的靠山，同时也是防止你对我爹下杀手而已。"彪少爷不屑地嗤笑一声，脑海里传来夕催促自己的声音，有些不耐烦地晃了晃手里的扇子，"那《神农之心》，你交还是不交？"

"《神农之心》关系天下人的性命与安危，我们当然不会交给你这个助纣为虐的家伙！"钟馗怒喝一声，从怀里掏出一把柳叶片似的小刀，捏在指尖时甚至能透出手指的轮廓，"彪少爷，回头是岸，年兽的凶残绝非你所能想象，他也绝不是你能驾驭的！"

"我不需要你来提醒我，在我这里装什么好人。"彪少爷冷笑一声，在年兽的帮助下，他早已十分享受权势带来的快感并沉迷其中，于是挥了挥手，对着身旁的牛头马面下了命令，"杀了他们，拿到《神农之心》。"

"是。"牛头马面一把掀起自己身上的黑色斗篷，露出一张马脸和一张牛脸，举着手里的勾魂链在空中晃了几圈，搅起一阵旋风，卷着四周的尘土与黄纸，朝着钟馗和年狂舞而去。

钟馗灵力高强，要躲开这些自然轻松，只踮脚一跃便侧身躲过。但年灵力低微，即便结印召唤出了防护罩，还是被旋风吹得后退了几步，钟馗看见他这般狼狈的模样，心下一紧，趁年没注意到自己，偷偷将自己带来的天女绫朝年身上扔了过去。

天女绫柔软强韧无比，携带者可以抵挡一切物理攻击，是绝佳的防护罩。

年的四周浮现出一圈圈淡白色的绫缎将他护在其中。他一时还没反应过来，仔细端详了一番上面的祥云纹路才认出来："天女绫？我没有选它……"

"笨，是我给你的！"钟馗从房檐落下，抬手朝着牛头马面掷出无数片极其锋利的柳叶刀。

那些柳叶刀像是自己有生命一般，在空中一分二，二分四，很快就成了密密麻麻的一大片，像是瓢泼大雨一般朝着牛头马面倾泻而去。

"这是……神器！"牛头马面有一定的自愈能力，当牛头发觉自己肩膀上被柳叶刀划破的伤口并未愈合时，神情极其惊恐地大喊一声，"马面！快逃！这小子身上带的是神器！若是被伤着要害处，你我兄弟二人今日都要死在这里！"

"夕大人那边……"马面还有些犹豫，因为他们得罪不起夕。

但仅仅这一瞬的犹豫，钟馗已然闪身来到了他面前，手里高举一把极其锋利的长剑，朝着马面的心口狠狠一刺！

鲜血顺着剑刃缓缓流下，见自己兄弟被伤，牛头掌心凝聚起一团黑雾朝着钟馗后背猛地拍下。

钟馗躲闪不及，硬生生扛了一掌。

远处正在悄悄扶起钟馗母亲和妹妹的年后背猛地一痛，仰头吐出一大口鲜血来。

钟馗发觉自己并未受伤，立即反手用短刃划破牛头的咽喉，随后猛踹他一脚。看着他们落荒而逃的样子，钟馗忍不住哈哈大笑："还以为你们有多大的能

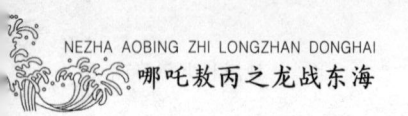

耐，没想到也就是两个不入流的小喽啰！怎么不喊年兽出来和我打？"

"可恶！居然瞧不起我们！"牛头捂着脖子上的伤口后退两步，仰头发出一声怒吼，吐出一口极其浓郁的黑雾来。

那黑雾宛若有实质一般，在空中分成无数头小牛，鼻孔里喷着黑气，用尖利的牛角对准钟馗，直直冲着他撞了过来。

马面也从剧痛中缓过神来，甩起手中的勾魂链，瞄准了钟馗的琵琶骨用力一掷。

钟馗丝毫不惧，抬手凝出一左一右两道淡金色的防护罩，轻松就挡下了那些小牛的冲击。

但马面的勾魂链有些难缠，见无法硬攻，便将钟馗隔着防护罩团团缠起，虽伤不到他，但也让他动弹不得。

钟馗眼里金光一闪，一朵淡金色的莲花花苞在他头顶缓缓浮现。

花苞每打开一层，便有一道冲击波朝着牛头马面气势汹汹地杀去，一层比一层更加强力凶悍，算得上是钟馗的保命杀器。

牛头马面支起防护罩想躲，但金莲的攻势越来越猛，也越来越快，马面不得已之下撤回了勾魂链，和牛头一起用法器护体，仓皇逃窜。

"他有神器护体，撤退。"彪少爷接收到夕的命令，不甘心地眯了眯眼，在心底质问他，"有神器又如何，那神器伤得了牛头马面，又伤不得你，你怎么不现身直接杀了他们，害得我憋屈至此。"

"你当我不想直接杀了他俩？"夕被他气得吹胡子瞪眼，"他俩背后可是地尊，虽说杀了他俩轻轻松松，我也能与地尊一战，但我忌惮他们手里的《神农之心》，若是那东西真能压制我的力量，我一旦现身，你我今天都得死在这里！还不快走！"

"撤退。"彪少爷对着身旁的护卫们挥了挥手，临走时还狠狠地剜了钟馗一眼，"你给我等着！"

年忍着后背的剧痛，将被捆绑起来的妇人与钟月扶进了一旁的房子里，确认了她们平安无事，年这才敢坐下来打坐歇息，运转体内的功法调养伤口。

钟馗确认彪少爷和牛头马面都走远了，这才追着年的步伐走进来。

那妇人与少女瑟瑟发抖地躲在角落里，她们也是刚从昏迷中醒来，不知发生了什么事情。她们前几日忽然被人打晕，再醒来时已经被那个吐血的少年扶进了这里。

钟馗本想先确认她们是不是自己的母亲与妹妹，毕竟十年未见，他也不敢认定对方就是母亲和钟月。

可谁知他刚进入房间,便闻到一股浓郁的血腥气。

"年!"钟馗震惊地看着年胸口处的一大片血迹,连忙坐下来给他输送自己的灵力。

"不必给我,有天女绫在,我没事。"年察觉到钟馗的灵气涌入体内,连忙睁眼制止了他,"你的灵力还有更重要的用处,那年兽这次没有得逞,肯定还会卷土重来,我们护送《神农之心》去人间的危险只会越来越多。我灵力低微,这一路都要靠着你来保护我了。"

年开玩笑地说出这句话,钟馗却伸手摸向自己的背后,扯了张符咒下来。

正是年当时挑选的能将别人所受的伤害转移至自身的法器——诅咒符。

刚刚千钧一发之际,年将这张诅咒符打在了钟馗身上,救了他一命。

"对不起。"钟馗的声音有些哽咽。

年愣住了。

旁人也许会觉得这声对不起有些莫名其妙,但只有他们自己知道,钟馗是在为这些年故意冷淡这段珍贵的友情而道歉。

年自然愿意接受,他伸手拍了拍钟馗的肩膀安慰道:"哭什么,男子汉大丈夫要顶天立地,我也没怪过你,但确实有些不开心,如果你实在觉得良心过不去,就请我吃肉饼吧,还吃我们原来最爱去的那家。"

"请你吃十个。"钟馗抹了抹眼泪,朝着年破涕为笑,"以前是我太小心眼了,你的伤口还疼吗?我带了药,你吃一些,对伤口有好处。"

"好。"

钟馗看着年服下丹药才放心,走向角落里的妇人与少女:"请问——"

少女抬起头来,一张姣好的面容如明月清风,泪眼蒙眬地看向钟馗,起身撩起裙摆就要给他跪下:"多谢两位公子相救……"

钟馗看清了少女和妇人的面容,颤抖着手几近失声。

真的是娘亲和妹妹。

数年未见,钟馗心中有数不清的话想和她们说,想问问她们这些年是如何生活的,问问娘亲和妹妹的身体是否还安康,问问她们如今是否还在受人欺凌……

钟馗有太多太多想说的话。

但此时显然不是相认的最佳时机,彪少爷和牛头马面在不远处虎视眈眈,他们随时都有卷土重来的可能,到时候娘亲和妹妹就危险了。

"不必客气,救人是我们应该做的。"钟馗上前扶起钟月,看着她手腕上一圈

115

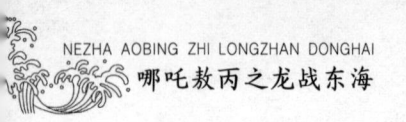

圈红痕，眼里不由得流露出一丝心疼，连忙从袖口取出几个小瓷瓶递给她，"我这里有些药膏，可以祛瘀消肿，你和你娘亲先拿着用。"

"多谢公子。"钟月感激地接过瓷瓶，"能否问公子一句，这是哪里？我和娘亲被人打晕，醒来就到这里了。"

"这里是酆都城，人间与黄泉的交界。"钟馗轻声向她解释，"这里最近比较危险，你们就先跟着我们，我会把你们安全送回家的。"

"多谢公子。"钟月连忙拜谢。

确认了娘亲和妹妹只是受了些皮外伤，钟馗暗自出了口气，抬手在附近布下数道阵法，以此来阻挡彪少爷和牛头马面的突然袭击。

年受了重伤，他们怕是还要在这里休养几日。

趁着年打坐休养的空隙，钟馗取出《神农之心》的上下两册，将其合二为一。

一股淡淡的金光由书册内散发出来，柔和又充满力量，吸引了远处少女的注意。

"这是什么东西？"钟月小心翼翼地走过来，赞叹道，"好神奇，还会发光，是夜明珠一类的东西吗？"

"不是，是《神农之心》，可以庇护人间的宝物。"钟馗伸手轻轻一抚，书上的光芒黯淡下去，随后伸手将其打开。

书里是一张铜镜一样的纸帛，隐约可以透出钟馗和少女好奇的身影。

"一张……铜镜？"钟月有些意外，"人间靠它庇护吗？"

"我也不清楚。"钟馗摇了摇头，抬手将书册合上，"但师父说过，这本书一定要安然无恙地送到人间，否则年兽与彪少爷勾搭，人间将永无宁日。"

鬼城一栋豪宅的后院，彪少爷气定神闲地靠在躺椅上，斜着眼看夕骂骂咧咧地训斥着落荒而逃的牛头马面。

夕从彪少爷体内脱离，化作猫一般大小，站在石桌上恶狠狠地看着牛头马面："你们两个没用的东西！还是黄泉鬼差！居然让钟馗那个毛头小子打败了！还敢丢下我逃跑！"

"夕大人，您看见了，那钟馗手里有神器，"牛头马面身上的伤口还未完全愈合，几道白色绷带胡乱捆绑了两下，看起来十分滑稽，"神器在我们身上制造出来的伤口并不会愈合，我们还得回黄泉泡个澡才行。"

"去去去！"夕不耐烦地挥了挥手，一句话都不想和这两个没用的东西多说。

看着他们匆匆离去的背影，彪少爷悠然自得地从躺椅上起身，从桌上掂了个水蜜桃拿在手里："现在怎么办？不要那宝贝了？"

"宝贝自然得要，但这次我会亲自去。"夕眯了眯眼，回头看向彪少爷，"我帮你得到了健康和财富，如今也该是你回报我的时候了。"

"你想要什么？我的身体？"彪少爷微微一笑，朝着夕张开了双臂，缓缓闭上了眼，"交给你了。"

夕嘶吼一声，朝着彪少爷扑了过去。

一阵黑雾将两人包围旋转，待黑雾散去，眼里闪着红光的彪少爷侧头咬了口水蜜桃，舔了舔变长的尖牙，对着身后的护卫沉声吩咐道："去，召集所有护卫，把这酆都城……给本少爷围了，所有人都控制起来，关到那座空着的院子里去，上次和本少爷作对的那两个也一并抓来，带到我面前。"

"是。"护卫领命退下。

他们训练有素动作极快，没一会儿门外便响起了吵嚷声，那些被控制起来的人都很不乐意，但又惧怕这些护卫手里的利剑，于是一边不满地嘀咕着，一边被塞进了空着的院落里。

至于钟馗和年，还有钟夫人和钟月，都被那护卫押到了彪少爷的后院里。

夕已经等候他们多时了。

瞧见钟馗和年一脸警惕地走进来，夕咧嘴一笑，大摇大摆地走到他们面前："还是那句话，我要和你们做个交易，只是不再用那对母女。"

夕指了指隔壁院子里的那些无辜群众，心里的小算盘打得叮当响："这次用他们。听闻地尊一向良善，也不知今日他会如何抉择，是用《神农之心》换来一城人的生，还是用这一城人的亡来换天下人的生。"

"你！他们都是无辜的！"钟馗上前一步，怒视着夕，"你如果还有一点良知，就放了他们！大不了我和你们堂堂正正地打一架！"

"你有神器护体，我哪儿打得过你。"夕啧啧两声，摇了摇头后退一步，有些不耐烦地催促道，"快些做决定吧，我的护卫们如今已经让利剑出鞘，就等我一声令下了。"

"交给他吧，钟馗。"年听到隔壁有婴儿啼哭，妇人低语，还有长辈对晚辈的安抚和玩笑，一时间有些于心不忍，劝说道，"他们是因我们才卷入这场争斗，我们不能对他们的生死视而不见哪！"

"但是如果把《神农之心》交给他，他一定会毁了《神农之心》！"钟馗死死护住怀里的《神农之心》，十分抗拒地看向夕，"你休想得到它！"

"既然你执意如此，那我们也没什么好谈的了。"夕颇为遗憾地摇了摇头，对

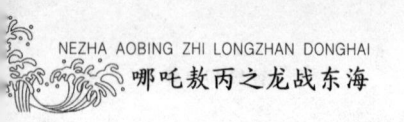

着一旁的护卫下了命令，"去，杀了他们。把他俩带过去好好看着，还说什么要保护人间，连一座城的人都保护不了。"

"等等！"眼看护卫举起利剑，随意抓起一个孩童的头发就要刺过去，年大叫一声，从钟馗手里夺过《神农之心》，转头看向夕，语气十分决绝，"你放了他们，让他们安全地离开鄌都城，我就把《神农之心》给你！"

"你没有和我讨价还价的资格。"夕不悦地皱了皱眉，但为了确保宝贝能顺利到自己手上，还是挥了挥手下了命令，"放了他们。"

突然得救的人们四散逃开，向着城门口一窝蜂似的涌了过去。

年确认了他没有骗人，抬手将《神农之心》捧了起来。

《神农之心》散发着淡金色的光辉缓缓飘向空中，夕的指尖溢出一抹黑色的雾气，将《神农之心》裹挟着送到了他面前。

"真是个好宝贝……"夕十分满意地打开《神农之心》，期待着里面能是些对自己有用的记载或者功法。

他的满心期待在翻开书页的瞬间化作泡影。

夕不可置信地用指尖捏起那张宛若铜镜一般的纸张，狐疑地看向钟馗和年，语气中有些许愤怒："你们两个竟然敢骗我？拿一张纸就想糊弄我！当我是傻子吗?！"

"没有骗你。"钟馗摇了摇头，"它确实就是这样。"

"还以为是什么稀罕宝贝，没想到破纸一张。"夕十分嫌弃地撇了撇嘴，伸手就要将《神农之心》撕个粉碎。

"不能撕！"钟馗运转功法，一个闪身来到夕的身前，伸手就要去夺《神农之心》。

"敢跟我抢东西？"夕不满地眯起眼睛，朝着钟馗打了一掌。

钟馗侧身躲过，脸上的面具却出现了裂缝。

"钟馗！"年惊叫一声，"你的脸！"

"我的脸……"钟馗抬手摸向自己出现数道裂痕的脸，心下一惊。

地尊给自己的面具被夕打碎了。

他马上就要恢复真容了。

不……不行！

怎么能以这样丑陋的面孔示人，这样一副会遭人唾弃和嫌弃的面孔……

面具一片片从脸上剥落，露出原本被火烧伤而疤痕遍布的脸庞，钟馗想要伸手去挡，却被夕用扇子按住了胳膊，像是发现了什么好玩的东西一样，啧啧惊叹道："瞧瞧，我还以为地尊收了个何等俊俏的弟子，没想到居然丑陋至此，只能靠着面具出门！哈哈哈哈哈！"

"你给我闭嘴！"钟馗愤怒至极，这张被大火烧伤的脸是他内心最脆弱的存在，而造成这一切的始作俑者正是眼前的年兽，他却还敢嘲讽自己！

钟馗最脆弱的地方被人嘲讽，不由得怒火中烧，身边金莲浮现，一层层泛着金光的莲花瓣朝着夕打过去，夕向后闪身躲避，脸上依旧嘲讽："怎么，被我戳中心窝子了，气急了就要打人了？"

"我这一切还不是拜你所赐！我今天一定要收了你！"钟馗气势汹汹地朝夕逼近，手指间夹杂着数不清的柳叶刀，抬手猛地掷了出去。

一大片柳叶刀密密麻麻铺天盖地地飞过来，夕连忙双手撑起一层防护罩。

柳叶刀触碰到防护罩的瞬间，竟然又直接反弹回去，钟馗一时也没料到，想撑起防护罩时已经晚了，那柳叶刀已然逼近眼前。

"钟馗！小心！"年怒喝一声，一边运转灵力打向夕，一边甩出手中的天女绫缠在钟馗的腰间，用力将他向后拽进了天女绫的保护范围内。

夕反手化解了年的攻势，眼瞳却猛地拉长一瞬。

他从刚刚的攻击中嗅到了一丝同类的气息。

这个人也是年兽？

夕眯起眼仔细打量了一番钟馗身后的少年，眼里蒙上一层淡淡的黑色雾气，这才发现他的眼睛是用了障眼法装成了常人模样，实际上是独属于年兽一族的红瞳，想来应该是地尊为了掩盖他的真实身份下的禁制。

若是能杀了他，吸收他身上的煞气，自己的力量应该能再上一个台阶。

夕舔了舔嘴里的尖牙，一个计划在他心中悄然形成。

就在他准备对钟馗下杀手时，脑袋忽然一阵恍惚，彪少爷的身体似乎脱离了他的掌控。

"你在干什么？"夕有些不满，在心底质问彪少爷，"难道你对他起了同情之心？还是你不想和我合作了？"

年兽虽然煞气冲天，但若是想霸占人类的身体作为己用也是有条件的，其中最重要的一点便是要对年兽完全顺从，不能有半点动摇。

彪少爷和夕是合作关系，两人之前相处得一直很好，从未发生过这样的事情。

"抱歉。"彪少爷面上神色不明，语气淡淡道，"并非同情他，只是看到那张疤痕遍布的脸……就会想起那场由自己亲手放的大火。"

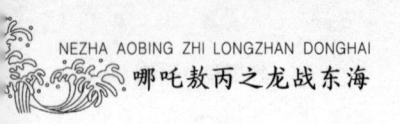

是自己害了钟馗全家，让他父亲活活被烈火烧成灰烬，让他的脸成了如今这般模样。

那场火他并不后悔，只是钟馗是他生命中唯一对他善良以待的人，甚至不顾自己的生命危险把他护送出了火场，他心中对钟馗难免存了几分愧疚不安。

再加上前不久祟老爷醉酒时，他听到了一些本不该知道的事情。

他家后院那棵枝繁叶茂的摇钱树，是用活人的生命之灵献祭，才得以转变祟府的风水，让祟府变成了一块聚财的宝地，保了他爹一辈子数不清的荣华富贵。

但被献祭的活人不是别人，正是彪少爷自己。

这让彪少爷产生了一丝迷茫。

他自幼不受父亲疼爱，虽说吃穿用度不缺，但从小身体孱弱不能出门，可以说是找医师拿药材吊着一口气，指不定哪天风一吹就散了。

但自从他遇见夕，可以帮他爹引来更多的财富时，祟老爷开始重视起了这个儿子。

他后来愿意将身体交给夕也是希望可以多得到一些父爱，只是没想到……他早就是被抛弃的那个。

彪少爷陷入了迷茫和困顿之中，心神开始不定，夕也无法好好掌控这具身体，正是手忙脚乱之时，钟馗已然再次重整旗鼓朝他杀了过来。

"可恶！"夕见自己无法躲避，连忙抬手在钟馗身体周围布下阵法。

随着阵法完成，钟馗眼前一黑，身体像是不受控制一般自由下落，直至重重地摔在一个漆黑到伸手不见五指的平台上。

这是年兽惯用的招数——幻境。

钟馗手里捏着柳叶刀，警惕地环顾四周，提防着夕的偷袭，却听见他的声音由后方传来。

钟馗猛地转身做出防御动作，却只见一道虚幻的影子在他面前缓慢地踱步，语气里带着浓浓的疑惑。

"钟馗，我有时候真的觉得你很可悲。"

"明明被人类伤害过那么多次，甚至包括你从小宠爱的妹妹，她也会觉得你这张脸过于丑陋……都这样了，你还看不清他们的真正面貌吗？"

"只是跟随地尊修习几年，你便忘了他们对你做过的一切，想要守护这恶念丛生的人间吗？"

虚影停下脚步，幻化成无数光点升入半空。

这些光点组成一道道熟悉的画面，展现在钟馗面前。

钟家村里，大火过后他抱着昏迷不醒的娘亲哭得声嘶力竭，求求过路的人们救她一命却被无视，最终还是他抹干眼泪去求村医，这才让母亲捡回一条命。

他脸上伤疤纵横交错，看起来宛若恶鬼，那些平日里玩得好的朋友伙伴，以拿他取笑为乐，经常莫名其妙指着他辱骂大笑。每当他想要让他们停下或者辩解，便会遭遇一些不太友好的对待。

甚至还有钟月。

年幼的钟月第一次看见哥哥拆下脸上的纱布时，竟被吓得哭了起来，钟馗无奈只能把纱布缠回去，抱着钟月哄了好一会儿才停下。

是这样的吗？

钟馗愣在原地，颤抖着抬起手摸了摸自己脸上的疤痕。

"连阿月……也是嫌弃我的吗？"

幻境外，年看着钟馗身上的灵力波动越来越乱，几乎是毫无章法地横冲直撞，这让他察觉到了一丝不对劲，连忙起身走到那个少女身边："钟月，跟我来。"

"你怎么知道我叫钟月？"忽然被陌生人喊出名字，钟月愣了一下，下意识地跟在他身后，朝着空中那个不断抽搐的人走去。

"我是年哪，你忘了吗？"年笑了笑，抬手拂去自己眼睛上的障眼法，又神情凝重地指了指钟馗，"那是你哥哥，钟馗。"

"哥哥？！"钟月没忍住惊呼出声，不可置信地瞪大了双眼，声音带上了哭腔，"哥哥没死！我一直……一直以为哥哥……"

"呃……理论上来说，他死了。"年挠了挠头，一时间不知道怎么跟钟月解释，但眼下救钟馗比较紧急。

年神情凝重地看向钟月："他现在被困在夕制造出来的幻境，我不知道他看到了些什么，但一定是让他十分痛苦的事情，这些年他最放心不下的就是你，现在需要你把他呼唤回来。"

"哥哥……"钟月看着飘浮在空中痛苦挣扎的钟馗喃喃自语，年用天女绫护住毫无灵力的钟月，将她送到了钟馗身边。

"哥哥！"钟月握住钟馗颤抖的双手，看着他那双无神的眼睛，焦急地呼唤道，"我是阿月，哥哥！你看看我，我是你妹妹呀！"

"阿月……"听到妹妹的声音，钟馗喃喃自语，下意识地回握住钟月的手，眼神似乎也清明了一下。

"哥哥，你认出我了吗？"钟月一阵惊喜，连忙继续道，"当初我的腿被大火

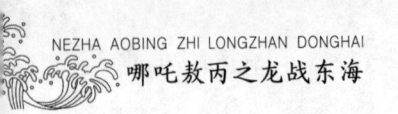

烧伤，是哥哥帮我去求了药，为此耽误了你脸上的烧伤留下疤痕，我……我一直很愧疚，后来我被祟老爷掳走，你为了我撞石自尽……"

钟月的声音带上了哭腔，钟馗的神色也越发清明，他喃喃自语："阿月，你不嫌我脸上的疤痕难看吗？你不害怕我吗？"

"你是我哥哥，我怎么会害怕你，我只恨自己那时年幼，害得哥哥自尽而亡。"钟月伸手抱住哥哥，泣不成声，"快点清醒过来呀哥哥，娘还在等你回家。"

夕察觉到自己的幻境开始不稳，眼瞧着钟馗神智逐渐清明，幻境就要崩塌，夕本想借用彪少爷的身体继续掌控崇府的护卫，可谁知彪少爷忽然夺回了自己的身体，将夕挤了出去。

"你想造反吗？"夕化作一团黑雾飘浮在半空，暴躁地看向彪少爷。

"我之前答应你，是想要获得父爱。"彪少爷暗自握了握拳头，嘲讽地笑了，"可我爹一心想让我死，我出生时命运就已经被他定下，因为他要拿我去供养那棵破树！拿我去换他的财富！我也想活着，我不想成为那棵树的养分。"彪少爷喃喃自语，神情中多了一丝坚毅。

他查过古籍，只要能推倒那棵树，剩余的生命之灵就会回到自己体内。

"你没了我，你会死得更快！"夕暴怒地大喊道，"你的生命之灵已经快被那棵树吸光了！"

"那又如何？"彪少爷淡淡一笑，毫不在意自己已经大限将至，"至少这一次是为了我自己而活。"

钟馗已然清醒，扶着妹妹缓缓从半空中降落。

夕没了彪少爷的身体，只剩下一团由煞气组成的灵体，凶神恶煞地看向钟馗。

即便夕只剩灵体，但钟馗和年加起来也绝不是他的对手，他完全可以将其诛杀，但若是地尊忽然赶来，夕又只剩灵体，怕是只有死路一条。

夕暗自在心中盘算着，舔了舔口中的尖牙，悄悄后退一步。

虽说彪少爷背叛了自己，但他还有个眼里只有金银财宝的爹。

选定了新的人选，夕悄然化作一阵黑烟逃窜而去，只留彪少爷站在原地，欲言又止地看向钟馗。

"你和年兽的话我都听见了。"钟馗拍了拍妹妹的肩膀，让她躲到自己身后去，随后上前一步走到彪少爷身前站定，神情复杂地看着他，"但你残害无辜百姓是事实。"

"我知道，你们不会放过我。"彪少爷笑了笑，眼神十分坚定，"但我还要回去砍断那棵树，等我做完了这些，我任凭你们处置。"

"我已经知道了当年钟家村大火的真相，我师父告诉了我一切。"钟馗轻叹一口气，"我虽然恨你害得我家破人亡，但这一切终究是年兽惹下的祸事，你也只是被他蛊惑。如今你既然已经认识到自己做下的错事，可否愿意和我们一起对抗年兽？"

"他实力十分强大，仅凭你们二人怕是不够。"彪少爷摇了摇头，"我虽有心帮你，但也只能告诉你们，年兽如今只剩灵体实力大减，急需一具新的身体，他现在应该去找我爹了。"

得知了夕的去处，钟馗和年决定先将钟月和娘亲送至一处安全的地方暂且安置下来，待一切事情解决了，再把她们接回钟家村。

而彪少爷目标明确，带着护卫浩浩荡荡地回了崇府直冲摇钱树而去。

眼前高大的摇钱树比从前更加枝繁叶茂，它散发出来的金光也越发强烈，堪与太阳争辉，而这一切都代表着滋养它的生命之灵即将油尽灯枯，这已经是回光返照之势。

彪少爷神情复杂地看着它。

小时候他很爱坐在这棵树下看书嬉戏，总觉得这棵树让他备感亲切。

能不亲切吗？

这是用他的命养出来的。

他的生命之灵就埋在摇钱树下，只要自己砍断这棵树，将生命之灵挖出来并摧毁它，崇府的财路便算是断了，而他自己的生命也会瞬间凋零。

彪少爷拿起一旁的斧头朝摇钱树走去，对准树根，抡起斧头狠狠地砍了下去。

嗡——

摇钱树察觉到了威胁，枝叶震动，身上的金光也越发强盛，似乎是在求饶。

没了年兽的帮助，彪少爷的身体又回归从前，抡起斧头这样一个简单的动作对他来说十分艰难，但即便如此，他依然咬着牙一下一下地砍过去，直至摇钱树露出一株淡金色的根系。

"这便是我的生命之灵。"彪少爷喃喃自语，一时间思绪万千，"它原来可以如此强盛，如果不是我爹的贪念，我原本可以过得如此快活。"

"只要砍断你，这一切便算是终结了。"

彪少爷蹲下去，伸手捏住了自己的生命之灵。

生命之灵十分脆弱，只是轻轻一捏，便碎成无数金光闪闪的碎片，朝着彪少

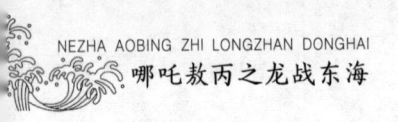

爷的体内涌入。

之前有着年兽的力量帮他维持健康，如今生命之灵归体，虽说还是比正常人孱弱不少，但好歹也有了一线生机。

彪少爷还在感受身体里的变化，背后忽然传来一声声嘶力竭的怒吼："逆子！你居然……居然敢挖了我的摇钱树！"

崇老爷怒气冲冲地走过来，举着手本想教训他一番，却突然看见摇钱树的根系被毁，原本埋着的生命之灵也不翼而飞。

"你……你都干了些什么？"崇老爷被气得有些喘不上气，看着彪少爷比从前红润的脸色，心中已经有了猜测，仰头喷出一口鲜血来。

"爹，"彪少爷扶着摇钱树残余的树根，从地上缓缓起身，对着崇老爷露出一个笑容，"你用我这条命换来的财富，用着可还安心吗？"

"你怎么知道？"崇老爷一愣。

这件事除了那头年兽，应该没有其他人知道。

是年兽告诉了他，这才断了自己的财源？

"当然不是我，是你喝醉了酒告诉他的。"夕只剩灵体，显露巨大的兽形，踩着一层黑雾缓缓落地，冲着崇老爷咆哮一声，见彪少爷已经不受控制，便将主意打到了崇老爷身上，开始循循善诱，"如今你的摇钱树已毁，财路已断，不如答应了我的条件，将身体借我一用，待我打败地尊和他那两个徒弟，便让你成为这一方的霸主！届时你将有极大权势和数不清的荣华富贵，一棵摇钱树又算什么。"

"一方霸主……"崇老爷有些心动。

这些年他仅仅是拥有了钱，都可以在这一片横行霸道，若是再拥有了权势，岂不是可以为所欲为，将所有漂亮姑娘和珍贵财宝都收入囊中！

"只要你心甘情愿地让出身体……"夕低头死死地盯着崇老爷，巨大的嘴巴一张一合，吐出几团黑色烟雾缓缓渗入崇老爷的身体，彻底掌控了他的神智。

崇老爷一颗心满是恶念，甚至都不需要夕用煞气催化，轻轻松松就掌控了这具身体。

虽说比不得彪少爷的身体年轻，但总归是一具还不错的身体。

"你爹比你明智多了，彪少爷。"夕成功霸占了崇老爷的身体，抬眼对着彪少爷古怪一笑，"你如今身体孱弱，怕是活不了多久，只希望你还能活到我亲手杀了他们的那一天，亲眼看着我如何搅乱人间，让这里成为一片炼狱。"

"你怕是等不到那一天了！因为你今天就要死在这里！"背后传来钟馗的怒喝，一并传来的还有利刃破空的嗡鸣。夕操控着崇老爷的身体踮脚跃起，在空中转了个身躲避朝自己袭来的柳叶刀，轻轻松松地落到了一旁的房檐上："你们来得倒是快，只可惜来晚一步，我已经不再是灵体之身，且现在实力大增，你们与其白白送死，不如把地尊喊出来与我一战！"

"就凭你，还想见到我师父？"钟馗抬手召唤金莲，嘴里念着催动金莲的法诀，待金莲的花苞缓缓打开，钟馗将金莲扔向空中，怒喝一声："攻！"

他一声令下，金莲花瓣化作无数利刃，乘着疾风极速追杀在夕的身后。

夕不怕钟馗，但对于地尊的神器还是有些忌惮，抬手召出煞气防护罩，将那些花瓣挡在数米之外。

与其缠斗不是上策，夕一手撑着防护罩提防着神器的攻击，一手将煞气与恶念融合，制成一把充满了人世间所有恶意的长剑，趁钟馗不备直接撕裂身前的空间朝他而去，直接将剑刃刺进了他的胸口。

夕妄图将钟馗一击必杀，以绝后患。

可谁知钟馗毫发无损，甚至反手打了他一掌，将他震飞出去，整个人都砸进了崇府的房间里。

反倒是一旁的年忽然喷出一口鲜血，身上覆盖着的一层金光忽然破碎成星星点点在空中消散，身体周围被一层黑色的煞气所笼罩，身后缓缓浮现出一个同夕原型有八分像的兽形影子，那双象征着年兽转世的红瞳也第一次暴露在了世人面前。

年将另外两张诅咒符制作成了一张转伤符，在出发前夕偷偷放在了钟馗和自己的身上，将钟馗所受的一切伤害都转移给了自身。

幸好有地尊的禁制在，夕那一击打碎了禁制，震碎了年的心脉，但没要了他的命。

只是禁制被破，他的年兽身份也暴露无遗。

"哈哈哈哈哈！我的同伴！你终于醒了！"夕也没想到自己一剑下去，居然会有这样意外的惊喜，当即向年抛出了橄榄枝，"我们同为年兽一族，你为何要帮着他来打我？不如我们联手杀了他，再杀入地煞界杀了地尊！从此称霸人间，享尽无数荣华富贵，如何？"

"年兽？我是……年兽？"年茫然无措地抬起手，看着手上隐隐出现的兽爪，以及身上不断外溢的煞气，还有那些看热闹的围观村民们窃窃私语和略显恐惧的眼神，心中无端泛起一阵惶恐和惊慌。

年从小便听村民提起过有关年兽作恶的传说。

它们浑身冒着黑气，看见人类便烧杀抢掠无恶不作，身上携带着的恶念和煞

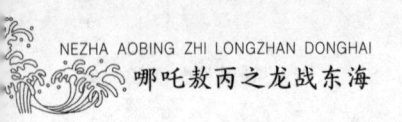

气可以轻松杀死一整座城池的人，见到它们一定要赶紧逃跑，否则就会被它们嘴里的尖牙撕成碎片。

所以年从小便有些害怕年兽，后来跟随地尊修习，有了武艺傍身，这才好了许多。

"我怎么会是年兽转世，钟馗。"年抬头看向不远处神色复杂的钟馗，忽然明白过来，"你和师父是不是早就知道我的身份，我身上的煞气也不是天生携带，而是因为我是年兽……"

"年，你听我说，我和师父不是有意瞒你……"钟馗想要向他解释，却被夕开口打断。

"是呀，我的同伴。"夕一步步向年靠近，身后跟着一头和年身后一样的兽形虚影，朝着眼神迷茫破碎的年咧嘴一笑，抬手安抚似的拍了拍他的肩膀，"你这一世虽为人类，但身上的煞气强盛，想来实力应该十分强大吧？"

"不，我不可能是年兽！"年一遍遍地否定着，猛地抬头一把推开夕，警惕地看着他，大声怒吼道，"我若同你一样为年兽，为何我没有半点作恶的念头！说！你到底使了什么障眼法！休想骗我！"

"我为何要骗你？"夕被推得踉跄后退一步，神色间有些不耐烦，抬手指了指一旁的钟馗，"既然你不信我，那他是你朋友，你总该信了，不如你问问他，你到底是不是年兽。"

"钟馗！告诉他，我不是年兽！"年转头朝着钟馗怒吼一声，神情间满是惶恐，"快告诉他！我不是年兽！我是人！"

"年，你听我说，"钟馗走上前试图安抚年激动的情绪，"他说得没错，你确实是年兽，但那是你的前世，与这一世的你没有半点关系！而且师父身负诛杀年兽的使命，若你与他一样无恶不作，师父怎么可能放你入轮回井投胎转世！你不要被他迷惑了！"

"你们哪，还是天真，地尊怎么可能放过年兽，只是没能成功将你杀得魂飞魄散而已。"夕啧啧两声，摇了摇头，抬手点在年的眉心，注入一缕煞气进入他的大脑，"还是让我来带你回忆一下，你的前世今生。"

年眉心一痛，身体周围霎时间变得一片黑暗。

年感觉自己似乎在被什么东西扯着下坠，他想挣扎却动弹不得，只能眼睁睁地看着自己仿佛坠入了一个漆黑无比的洞穴一般，快速下坠。

不知过了多久，眼前终于浮现出一抹光亮。

他看到地尊手持明光剑，毫不留情地刺向一头凶恶年兽的咽喉，那年兽躲闪不及，被刺个正着，他的咽喉也猛地疼痛起来，就仿佛画面里那个被地尊诛杀的年兽不是别人，正是他自己。

画面一转，一头年兽的灵体鬼鬼祟祟跳入了轮回井，降生在钟家村一户村民家里。

而他降生在钟家村那日，地尊追来，在暗处看了他很久，最后也只是下了一道封印煞气的禁制，随后转身离去。

"你在想什么呢，师父？"

年沉默地注视着地尊离去的身影，任凭自己在黑暗中下坠，慢慢合上了双眼，心中不由得想：

"是在考虑要不要杀了我吗？

"那最后为什么又放过了我？"

年的思绪渐渐混沌，意识被猛地拉回身体，一双红瞳明亮异常，身上的煞气也不再躁动，而是乖乖听从年的指挥。

"我真的是年兽，钟馗。"看着一脸担忧的钟馗，年脸上浮现出一抹苦笑，"我想起来了一切，前世的我……是被地尊亲手诛杀，他本想押我回地煞界镇压，但我不想被压在地煞界一辈子，所以我挣脱了禁锢，跳入了轮回井。"

"你从前告诉我，那场害你家破人亡的大火是年兽所放，你后面忽然疏远我也是因为这个原因吧？因为我是年兽的转世。"年声音苦涩，后退一步和钟馗拉开了距离。

"年，那件事我向你解释过……"钟馗上前想要抓住年的手，却被夕挡在身前，抬手凝聚煞气将他轰了出去。

"你奉地尊之命前来诛杀年兽，"夕走到年身后，轻轻拍了拍他的肩膀，脸上扬起一抹得意的笑，"如今他与我同样是年兽，你以一敌二，怕是打不过吧？"

"年和你不一样。"钟馗冷冷道，"他前世虽为年兽，但这一世生性善良，与你截然不同，更不会与你为伍！"

"地尊不会放过你的，年。"夕放肆大笑起来，"你转世降生时他没有杀你，也仅仅因为你已经是人类，他没有理由杀死一个人类孩童，但如今你记忆恢复，身上的煞气也任你调遣，他又怎么会放任一只年兽为祸世间呢？不如你和我联手，我们杀了他，再毁了《神农之心》，从此这世间再无可以限制你我的东西。"

"杀了他吗？"年神色平静，朝着钟馗抬起了手，"如今我是年兽，我总得给自己找一条能够活下去的路，钟馗。"

一团黑色的煞气在年手中凝聚成形，朝着钟馗砸去。

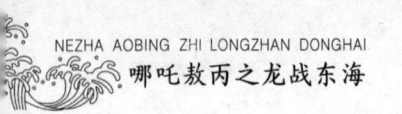

天女绫护主，在年决定对钟馗出手时便已经回到了钟馗身上，为他拦下了一击。

"就是这样，我们联手！"夕得意地看向钟馗，一声怒吼召唤出自己的兽形虚影，和年的虚影一起将钟馗团团包围。

天女绫再强，也挡不住一起袭来的四道强大攻击，钟馗警惕地环视四周，金莲浮于身侧，花苞微绽，时刻准备拼命一搏。

"他不是常人，你这样杀不死他。"年忽然淡淡开口，瞥了夕一眼，看着他略显警惕的神色，解释道，"你既然借用彪少爷和祟老爷的身体，那自然应该知道，他数年前在那棵摇钱树下撞石自尽的事情吧？"

"我知道。"夕点了点头。

"他的魂魄被地尊收走，却没有身体。"年从怀里掏出一把匕首，刀刃上浮着一抹淡金色的莲花纹，"只有神器才能杀了他，这是用明光剑同块材料所铸成的匕首，用这个。"

"你这话当真？不会是和他一起骗我吧？"夕有些警惕，并未立即接过匕首，只是似笑非笑地看着年，"既然你说得头头是道，不如你亲自动手杀了他，就当是你对年兽一族表忠心了。"

"好。"年答应得干脆利落，抬脚朝着钟馗走去，"那你跟上来看好。"

夕半信半疑地跟在年身后。

他本以为策反年要多费一番口舌，没想到竟如此轻易，这也让他心中存了疑心。

如今他既然要自证，倒也正好。

抱着这样的心思，夕紧跟在年身后。

年瞄准钟馗心口，高高举起匕首用力——

向后一刺。

鲜血从胸口喷涌而出，夕不可置信地看着自己胸口的匕首，手指颤抖着指着年，嘴唇哆嗦了半天也没能说出一句话。

"我跟随地尊修炼数年，还不至于被你诓骗了去。"年干脆利落地拔出匕首，转身想再补一刀时，却被夕一巴掌拍在胸口同样的位置，当即整个人飞了出去，砸碎了一片围墙。

"和我作对……年，你真是自不量力！"夕怒吼一声，兽形虚影立马同样嘶吼着朝年扑了过去。

年的影子上前想要阻止夕，却因刚恢复力量还没有完全掌握，再加上夕这些年一直在人间修炼,也吸收了不少人间的恶念,实力自然比年强上许多,一巴掌便将他踩在脚底,一口咬上了年的脖颈。

"呃……"

年挣扎了一下,这比上一世被明光剑刺穿咽喉还要痛上许多。

钟馗扔出金莲想要将年救下,夕的影子松开年,转头一口咬住了正在旋转的金莲,随后便被金莲放出的花瓣给打成了筛子,嘶吼着散为黑雾回到夕的体内。

"哟——不愧是神器,打得我真疼。"影子所承受的伤痛会转移一部分到本体身上,夕疼得倒吸一口凉气,目光定在了趴在地上难以动弹的年身上,满意地咧嘴一笑,"你何苦和我作对,即便你我同为年兽,但我修炼多年,又岂是你能对抗的。"

"我警告你,离他远点,不然可就不是打成筛子这么简单了。"钟馗展开双臂挡在年身前,金莲在一旁浮动着提醒夕不要轻举妄动,天女绫也时刻准备着护主,可夕似乎没了想要继续进攻的意思,只是低头摸了摸祟老爷的身体,随后抬眼看向倒地不起的年。

祟老爷虽然听话,但这具身体终究还是有些年迈,并不能很好地承载自己的灵体,彪少爷身体孱弱,自己还要时刻担心他会因无法承受自己的煞气而亡。

如今正有个合适的身体躺在他面前。

夕把主意打到了年身上,只是钟馗有些麻烦。

"我不会杀了他,他毕竟是我的同族。"夕虚情假意地说着,皮笑肉不笑地一步步向他们靠近,右手却悄悄藏在身后,聚集出一团浓郁的煞气,"年如今恢复记忆与力量,那些人不会放过他,不如让他和我离开,对谁都好。"

"你作恶多端,年绝不会与你为伍!"钟馗怒喝一声,抬手凝出一团金色的光球狠狠砸向夕,夕早有准备,扔出一团煞气吞噬了他的光球,随后闪身向前一把揪住钟馗的领子,恶狠狠道:"当年地尊都没能将我诛杀,也不知他如今是哪儿来的底气,居然会认为你们两个能杀了我。我还以为你有多厉害,原来也不过如此!"

夕甩手将钟馗扔到一旁,低头掐住了奄奄一息的年的脖颈:"你背叛同族,我本想杀了你,但你的身体我很感兴趣,它能很好地承受我的力量,乖乖让出来吧。"

夕伸手点在年的眉心,将自己的灵体传输进去。

年受了致命伤本就奄奄一息,自然无法与夕再拼上一拼,只能眼睁睁地看着自己的魂魄被夕挤出身体,宛若浮萍一般飘浮在空中。

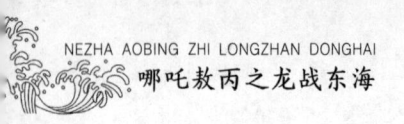

而夕有了更合适的身体，实力更加强大，但年并不是自愿让出身体，所以夕想与之完全契合还需要时间，此时并不是与钟馗决一死战的最佳时机。

"这具身体很合我意，不愧是年兽转生的身体，可以很好地承载我的一切。"夕满意地点了点头，忍着气血上涌的不适，故作正常地转头看向一旁的钟馗，"回去还麻烦转告地尊，多谢他为我培养出来如此合适的身体，改日我自当亲自道谢。"

看着夕离去的背影，钟馗本想追上去。

但年的魂魄如果离体太久，会被黄泉的鬼差带走转世，且长时间在人间飘荡，魂魄也会更加虚弱。

"年，我先带你回地煞界，我们去找师父！"钟馗火急火燎地拿出一个盛放魂魄的小瓷瓶，将年半透明的魂魄装进去，匆匆忙忙地赶回了地煞界。

地尊像是有所感应，听见脚步声便睁开了眼，风轻云淡地问了一句："失败了？"

"是，师父，而且年也被他杀害……他夺走了年的身体逃窜，为了年的魂魄不会被鬼差带走，我先将他带回来了。"钟馗神色愧疚地低下头去，双手将小瓷瓶奉上，"还请师父救救他！"

"我来照顾年的魂魄，"地尊轻叹一口气，接过小瓷瓶，"你也受了重伤，去里面泡了药泉，疗过伤再来见我吧。"

"是，师父。"

钟馗退下，地尊这才打开瓷瓶，将年放了出来。

年的魂魄飘飘荡荡，轻柔落地："师父。"

"回来了，想必你都知道了。"地尊点点头，像从前一般仁慈地看向他，"你与他同为年兽，且他所言不错，前世我确实是打算将你诛杀带回地煞界，你为何不和他走？"

"师父，我本就该入地煞界赎罪，"年笑了笑，身上没有半点年兽的模样，只是一个前来认错的孩童，"只是我怕受罚，更怕在这地煞界会遭受千百年的孤独与痛苦，这才选择了偷偷转世投胎，希望成为人类便能逃离你的追杀。"

"但如今我已经想通了，即便是在地煞界赎罪，那也是我应得的下场。"年从身上取下一个小香囊，虔诚而又隆重地将它递给地尊，"师父，这个你收好。"

"这是……什么？"地尊接过来，"香囊？"

"这里面装的是许愿珠，是我这些年为地煞界和人间做好事换来的，他们送给我的祝福会化作许愿珠。"年笑了笑，"我知道您为了镇压地煞界的凶兽和煞气，所以身体情况愈发不妙，我之前查阅古籍，得知只要攒够一定的许愿珠，愿望就可以实现。"

"谢谢你，年。"地尊心口仿佛一股暖流滑过。

"待师父你的身体好起来，不如去人间走走。"年提议道，"我如今的力量不算太弱，可以替师父镇守地煞界，师父也不用太过操劳。"

"你已经重获新生，又何必为了我将自己困于这一方天地。"地尊笑着摇了摇头，"我镇守地煞界，其实也不单单是为了镇压这些恶念与煞气丛生的魂魄，我希望自己可以超度他们，让他们意识到自己的错误，然后悔改自己的罪孽。"

"就像你一样，我希望他们可以重获新生。"地尊转头看向年，嘴角挂着淡淡的笑容，"我相信一个人即使有罪，也不意味着毫无希望。"

地尊在年的注视下使用了许愿珠，却不是许愿自己的身体能好起来。

地尊将许愿珠捏碎，里面蕴含的无数祝福照亮了半边天空，而正是在这些祝福的照耀下，年半透明的魂魄逐渐凝为实体。

"师父?!"年伸手抓住了地尊的胳膊，震惊道，"这是我送给您的祝福！您怎么能……"

"我的身体如何，我心中自有分寸，你不必太过忧心。"地尊反握住年的手腕，微微一笑，"而且已经送出去的东西，哪里有可以收回的道理，许愿珠也不允许我反悔吧？"

"年，生命是最伟大的馈赠，从前你因父母抛弃而妄自菲薄，如今你既然已经重获新生，那么我希望你不会再轻视自己，而是好好地活下去。"

年重新获得了身体，半透明的身体逐渐转为实质。

恰巧钟馗也将自己收拾好了，从药泉里走了出来，看见重获新生的年和地尊，不由得心下一喜，连忙走过来："年，你现在感觉怎么样？身上的伤口还疼吗？"

"已经不疼了。"年摇了摇头，转头看向地尊，"师父，我的身体已经恢复，我愿再去与年兽一战，替您保人间太平安康。"

"我也一起去！"钟馗连忙开口，有些不好意思地挠了挠头，"之前因为我的容貌险些失控，但与妹妹和娘团聚时我便已经释然，这些年她们一直念着我想着我，哪怕是我丑陋如恶鬼也依旧爱我，我不会再因这副容貌而自弃，还望师尊准行。"

"你们二人能够想开便是好事，"地尊点了点头，微笑着看向钟馗，"有一事我并未告诉你，那日你撞石自尽，其实并没有死亡，只是因心结太重，厌恶人

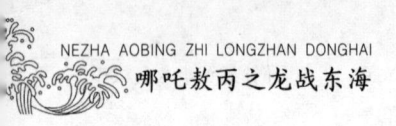

间，所以身体一直陷入昏迷之中，如今你心结已解，对人间也有了眷恋，自然可以苏醒。"

"多谢师父！"钟馗连忙道谢，膝盖一弯就要跪下去，随后被地尊轻轻扶起，抬眼看向人间的方向，"去吧，他作乱多年，也该有人治治他了。"

钟馗与年向地尊道别，重新回到了人间。

夕霸占了年的身体，也不再需要崇老爷和彪少爷，便直接霸占了崇府，让往日高高在上的崇老爷给他捶腿递茶，彪少爷因为背叛了夕一次，被他报复似的五花大绑，捆了在了摇钱树的树根上，只留一个侍女每日监督，确定他还活着就行。

夕如此种种行为，天怒人怨。

钟馗和年刚踏入人间时，夕便已经有了预感。

"还是回来了，年居然没死，不过也正好，这次杀了他，刚好可以将他的煞气通通吸食干净，届时便是地尊也不再是我的对手了。"夕优哉游哉地放下手里的茶盏，斜眼看着崇老爷，大爷似的抬脚踹了他一下，"去，让你的护卫把崇府的门守好了。"

"是是是！"崇老爷点头哈腰地跑出房间外，对着一旁的护卫们耳语几句。

夕在房间内沉思了一会儿，随后张口吐出一团黑雾，缓缓凝结成了人形，随后更是直接变成了年母亲的模样。

夕满意地点了点头，将自己幻化成年父亲的模样，佝偻着腰背，走出了崇府。

年和钟馗远远便看到一对老人坐在崇府门口的大树下唉声叹气，一见他们眼睛都亮了，连忙起身跟跟跄跄地走过来，一把抓住年的手腕，大声哭号起来："我苦命的儿啊——"

"这是……你爹娘？"钟馗茫然地看了一眼年，语气有些犹豫，"他们不是……"

在钟馗的印象中，年的父母并不喜欢他，甚至可以称得上是厌恶，哪怕村里的村民欺负羞辱年，他们也不会出来帮自己的儿子多说一句话。

而且年和地尊入地煞界修习，过了那么久，他的父母都不曾找过他一次，怕是早就将他忘了个干净，如今这副模样，倒是在钟馗的意料之外。

"看着确实是我爹娘。"年小声说道，"但我与他们多年未见，且其间一直不曾有书信来往，他们是如何一眼就认出我的？"

"我和你爹只以为你丢了，直到前些天你在崇府大闹一场，露出这双红色的眼睛,我们才知道原来你还活着,只是这些年为何不曾回来看我们?白叫我和你爹担心。"老妇人用袖口抹着眼泪,哭得情真意切,"后来看到你被那年兽杀死,我和你爹吓坏了,一直坐在这里想向崇老爷讨个说法,但他们一直闭门不见……"

"我没死,我师父救了我。"年抽回自己的手,神情略有些僵硬。

他年幼时不曾享受过父爱母爱,对亲情血缘之类的概念自然也十分淡薄,眼瞧着他的亲娘都哭得上气不接下气,成了泪人,他的内心也没什么触动,只是一心想要找夕报仇。

"你们回家吧。"年劝说道,"崇府已经不是从前的崇府,里面有年兽肆虐,容易伤人。"

"对,我们来正是要说这个的。"年的父亲抹了把眼泪,语重心长地劝导,"年,我与你娘生你养你,俗话说养育之恩大于天,如今这年兽在人间横行霸道,我和你娘也深受其害。"

"我此番回来,就是为了诛杀年兽。"年淡然道,"还人间一个安宁。"

"可你打得过他吗?"年的父亲神色焦急起来,"上次一战你们败北,崇老爷在年兽的授意下搜刮我们的存粮,如今整个钟家村叫苦不迭,若是你们真有心杀死年兽,我倒是有一个法子,或许可以一试。"

"什么法子?"钟馗总觉得这对老人不太对劲,也走了过来,微笑道,"不妨说来一听。"

"前些日子村里来了个道长,说是如今这年兽霸占了我儿的身体,若是我儿愿意自散魂魄,那他的身体就会受到极大的损伤,霸占了他身体的年兽将会失去大半力量,甚至只剩下灵体!"

年的父亲说得慷慨激昂,随后殷切地看向神色平静的年:"我儿,你觉得这个法子如何?"

"我不同意,"钟馗冷笑一声,"你这是让你儿子去送死!天底下没有你这样狠心的父亲!"

"胡说八道!我这还不是为了和你们一起对抗年兽!"年的父亲被气得吹胡子瞪眼,怒气冲冲道,"若是他一人身死能换来人间安宁,也不算是枉死!"

钟馗怒气冲冲,似乎还想说些什么,却被年伸手拦下。年淡然一笑,看向自己父亲的神色无比平静:"若是你早些和我说这样的话,或许我就听了。但我这条命是师父给的,他让我领悟到生命的可贵,无论什么时候都不能再轻视自己的生命。还有你,爹。"

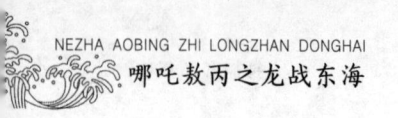

年伸手掐住老人的脖颈，手上骤然用力，不顾老人的垂死挣扎，语气冷漠道："虽然你仿着我记忆中的爹娘样貌，但你忘了我爹娘从未读过书，大字都不识几个，也绝不会像你这般舍己为人，来劝说自己的儿子去送死！"

察觉自己被年认出，夕古怪一笑。

原本的两个老人身体像是融化了一般，化作黑色的脓水从年的掌心流下，落在地上缓缓凝为了一摊黏稠的液体，随后凭空蒸发消失不见。

"跑了？"钟馗手持金莲，看着那两个古怪的身影消失不见，后知后觉道，"他们是……"

"年兽，他幻化成了我父母的模样。"年若有所思地盯着夕消失的地方，"他霸占了我的身体，应该也承载了我的记忆，所以才会知道我父母模样，只是我与他们不甚亲近，否则我也破不了他的把戏。"

"原来如此。"钟馗点了点头，忽然发觉自己脚下的影子轮廓有些模糊，天色似乎暗了些，"你有没有觉得，天色似乎有些不对劲？"

两个人抬头去看，赫然发现云头里立着一只身形无比庞大，一只爪子就能踩塌半个钟家村的凶兽——夕。

因为他与年的身体融合得极好，便拥有了能化成年兽兽形原貌的能力，而不是化作猫儿般大小，或是一团模糊不清的黑雾。

"糟了，我们同为年兽，他与我的身体融合得很好。"年神情凝重地望着空中那双如同烈火燃烧一般的红瞳，以及那一身威风凛凛的火红色鬃毛，"他这是年兽的完全形态，激发了自己所有的力量，我们……恐怕难以与之一战。"

"但现在的你我也并非从前，你有了新的身体，可以完全掌握体内的煞气，而我解开心结，实力自然也大有长进。"钟馗瞧见空中那巨大凶兽仰头一阵怒吼，竟是朝着地上吐出无数火球来，像是要将人间变成另一片炼狱。

钟馗朝空中扔出金莲幻化出一道淡金色的屏障，又反手扔出天女绫护住不远处的钟家村，随后踮脚跃起，体内功法运转，毕生所学的灵力通通奔涌起来，朝着空中的年兽袭去。

年紧随其后，脚下踩着煞气幻化出的平台，手里幻化出煞气凝成的短刃，直冲年兽的眼睛而去。

同为年兽，他自然知道夕的弱点。

年兽有煞气护体，皮毛下还隐隐覆盖着一层光滑坚硬的鳞片，唯一暴露在外的弱点便是那双红瞳。

年直冲红瞳而去，钟馗看出了他的意图，抬手扔出无数片柳叶刀朝着年兽的红瞳扎去。

夕怒吼一声，巨大的声波震倒一片森林，无数火球狠狠砸向地面，虽然在半空被防护罩和天女绫拦下大半，但仍有一些火球穿透层层屏障，在地面砸出一个又一个大坑，坑底燃起熊熊烈火。

附近村子里的村民发现空中的年兽，惊慌失措地抱起孩子四散奔逃，却又被眼前巨大的火坑拦住了去路。

"让地尊亲自来与我一战！"夕怒吼着震开钟馗与年的攻势，身上的鬃毛迎风猎猎作响，尾巴一扫将钟馗与年横扫出数十米开外，看着他们在半空中狼狈地稳住身形，扬扬得意地大笑道，"你们两个修行时间尚短，如今绝不是我的对手！还不回地煞界喊你们师父来！"

钟家村被大火呼啸着包围，村民们无法逃脱，只能眼睁睁地期盼空中两个少年能将年兽赶走，可如今看来似乎胜算极小，等待他们的似乎只有被烈火焚烧的凄凉下场。

"大家别愣着！虽然我们帮不上忙，但是我们可以替他们祈福！"一个少女的声音突然从人群中响起，钟月手里拿着一对红色的春联，上面写着祝福的话语，字体竟隐隐可见金光。

更让人称奇的是，在钟月将春联一左一右贴在家门口，低头为钟馗和年祈福时，春联上的金光竟一跃而出，朝着年兽身上袭去。

村民们惊呆了，窃窃私语起来。

"这……这是什么东西？"

"原来我们的春联有这样的作用，难怪之前多少年都没有年兽……"

"那大家还愣着干什么！快回家把自家的春联都拿出来贴上！再把鞭炮拿出来，扔到那火坑里去炸个响，吓吓那年兽！"

不知是谁喊了这么一句，大家如梦初醒，连忙小跑着回家，纷纷拿起提前准备好的春联，将它们贴在了家门口，又低下头去，嘴里念着祈福的话语。

"请保佑两个英雄能赶走年兽。"

"保佑我们一家老小平平安安。"

"保佑……"

在大家齐心协力的祈祷之下，无数金光从春联上一跃而起，气势汹汹地朝着年兽袭去。

夕被打得猝不及防，想躲也没处躲去，只能眼睁睁地看着自己被那一道道的金光袭击，就像是什么封印一般，自己的身体居然越来越小，力量也越来越弱。

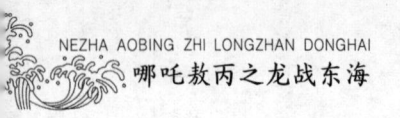

"可恶……"夕愤恨地看着人间的点点金光,张开嘴刚想再喷出火球,脖颈间忽然一紧,竟是被什么东西勒着向后踉跄了几步。

原来是钟馗挥舞着天女绫追了上来,直接勒住了夕的脖子,而年则手持短刃,朝着夕的红瞳猛扑而上。

"不……不行……眼睛!我的眼睛!"

夕眼睛剧痛,怒吼一声,庞大的身躯不断扭动挣扎,直接将钟馗和年甩了下去,随后闭着眼睛开始横冲直撞地奔逃。

夕看不见东西,耳边却能听见噼里啪啦的巨响,还以为是钟馗和年又拿出了什么神器要杀了自己,连忙扭头朝着反方向跑去。

"它害怕我们了!"

"大家冲啊!别让它跑了!"

村民们见年兽仓皇逃窜,纷纷举起火把乘胜追击,与钟馗和年一起,将夕五花大绑地捆了起来。

"收!"钟馗拿出地尊提前准备好的小瓶子,将夕的魂魄收了进去。

正在地煞界带领无数凶兽一同为他们祈祷的地尊有了感应,无比欣慰地睁开了眼,从莲花座上走下,满意地看着漫天飞舞的点点金光。

这就是《神农之心》的用处。

它不是什么纸帛,也不是经文,只是能将大家希望的信仰转化为对抗年兽的力量。

钟馗与年做得很好,自己也算是后继有人,不用担心无人可以承载起地尊的责任与担当。

地尊察觉到自己生命的飞速流逝,低头看了看自己逐渐透明的手,释然一笑。

这下,是真的要说再见了。

村民们瞧见那么大的年兽,在他们面前越来越小,越来越小,直至被那看起来十分不起眼的小瓷瓶给吸了个干净,惹得众人不由得讨论起来。

"这是什么法宝,竟然能收服年兽。"

"是呀是呀,那么大的年兽,就这样被吸进去了?"

"还不是这两个小英雄救了我们!是他们厉害!"

"感谢两位小英雄!"

"感谢哥哥们!"

村民们你一言我一语,纷纷上前向钟馗和年道谢,握住他们的手,十分感激地看向他们："谢谢！谢谢你们！"

"这是我们分内之事，大家不用言谢。"

钟馗连忙弯腰扶起几个要下跪道谢的村民，年翻身跃上一块大石头，大声喊道："各位！麻烦大家安静一下，听我一言！"

村民们当即好奇地看向这个红瞳少年，人群安静下来，年这才开口缓缓道来："我们能打败年兽，也要感谢大家的祈祷和祝福，其实大家更应该感谢我们的师傅——地尊，他为守护人间的和平安康，一直在地煞界默默关注人间，发现人间有凶兽作乱便会亲自阻止，将那些能毁天灭地的凶兽都关押在地煞界，以自身的灵力将其镇压感化。"

"但地尊镇压煞气多年，身体逐渐虚弱，还请大家能够为地尊祈福，许愿他的身体能够恢复如初。"

随着年话音落下，人们纷纷开始为地尊祈福。

祝福化作无数道金色光波从每个人身上跃起，带着人们对地尊最美好的祝愿，划过天空朝着地煞界的方向而去。

钟馗和年见此情景，心底不由得松了一口气。

"这下我们可以放心了，"钟馗长出一口气，宽慰似的拍了拍年的肩膀，"有这么多祝福给师父，师父的身体一定会好起来的。"

"那我们快回去看看吧。"年心中的大石头总是悬着放不下，和钟馗匆匆赶回了地煞界。

地尊正坐在莲花座上，微笑着等他们回来，虽有无数道祝福涌入他的体内，但他的身体仍有一半透明，看起来随时都会破碎。

"师父！"年和钟馗匆忙跑到地尊身边，大惊失色地握住他半透明的手掌，神色焦急道，"师父！我们收服了年兽，还为您找到了那么多祝福……这些对您的身体都没用吗？"

"有用的，只是我被煞气侵蚀多年，早已油尽灯枯，如今即便是再怎么想办法，也终究是无力回天了。"地尊轻咳两声，身形又透明了几分，缓言道，"如今你们已经可以独当一面，我很放心。"

"我走后，地煞界还需一人管理镇压。"地尊从腰间取下心底莲花样的玉佩，交给了年，"年，你本就是年兽，身体不会受煞气侵蚀，我便将地煞界交给你，希望你可以替我镇压地煞界，感化这些凶兽，也要保护人间平安。"

"是，师父。"年低下头去，颤抖着双手接过玉佩，语气已然哽咽。

地尊的身体缓缓消散，化作点点金光回到天地间。

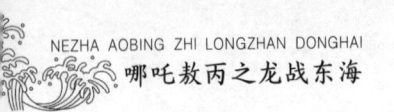

年承担起了镇守地煞界的重任，钟馗虽有辅助之责，但也不用日日留在地煞界。没有凶兽作乱时，他便回到神农村，陪在母亲和妹妹身边，也算是弥补这些年不在她们身边的时光。

神农村一座小院内，钟馗身上系着围裙站在锅灶旁，案板上放着几碟热气腾腾的家常菜。钟馗一边端菜一边朝着屋内喊了一声："阿月，喊娘出来吃饭了！"

"来啦！"钟月应了一声，去井口旁洗了手才过来端菜，看着桌上色香味俱全的菜肴，不由得赞叹一声，"哇，哥，你的手艺真棒！"

"洗手了吗？"钟馗递给她一双筷子，又扶着自己的母亲坐下，"娘，尝尝我做的菜。"

"好，好哇。"钟夫人欣慰地拍了拍钟馗的手背，感叹道，"我们一家子终于又团聚了，又能一起坐下来吃饭了。"

"对了，哥，你还记不记得岁？"钟月忽然笑着开口，在钟馗疑惑的目光里解释，"当时彪少爷将我送回钟家村，我带着母亲来了这里，被神农村的一些人欺负，还是他出手相救呢。"

"我当然记得。"钟馗捏紧了手里的筷子，不由得想道。

岁如今应当还在地煞界赎罪吧？

自己倒是前去看过他几次，想和他敞开心扉地聊聊，只是他扭着头装睡，并不愿和自己说话，甚至不愿看到自己。

也不知他如今怎么样了。

钟馗轻叹一口气，在心底暗暗决定，过几日再回地煞界看看岁。

年执掌了代表地尊身份的莲花佩，为了能够熟练运用煞气提升自身的灵力，经常在屋内闭关修炼。其余凶兽虽不信一个少年能够镇压得住自己，但年能够以自身吸收炼化煞气的能力还是让他们恐惧，倒也不敢趁此作乱。

但被《神农之心》击溃的夕不甘心。

"钟馗和年联手都无法将自己诛杀，他们的灵力甚至还不如自己拍下一巴掌的威力大，要不是有地尊的《神农之心》从中作梗，自己早就把他们两个踩成了肉饼，再一口吞掉了。"夕愤愤不平地用爪子挠了挠身旁布满符咒的牢笼，两旁的凶兽听到动静，不满地回头来看是哪个不长眼的东西在吵自己睡觉。

"看什么看？"夕十分不耐烦地低吼一声，露出一嘴尖利的白牙和身上的威压，吓得它们又立马转过头去闭眼装睡，心里暗自嘀咕着："年兽哇……年兽他们惹不起。"

夕继续研究着禁锢自己的牢笼，默默在心里盘算着："年隔几天就会闭关修炼一次，每次闭关的时候都会提前来加固这些牢笼上的符咒防止他们出逃，而年闭关时，就是自己逃跑的最佳时机。至于这些牢笼，自己只需要动动手指，就能将它们轻松破开，根本不足为惧。"

这日清晨，年照常来加固牢笼上的符咒。

他今日本该闭关修炼，但钟馗昨日来了信，说钟月一直闹着想来地煞界看看，所以今日他想带妹妹回地煞界。

为了防止凶兽见了生人暴动，年这才想着多加固几层符咒。

夕却误以为他是要去闭关了，悄悄用几缕煞气缠住了身旁的牢笼，一点点将上面的符咒侵蚀吞噬，让原本坚不可摧的牢笼变成了一堆破藤条。

夕满意极了，伸出利爪在门锁上一弹。

哐当一声，笼门弹开了。

夕狰狞一笑，抬步跨出了笼门，随后化作一缕煞气想要逃出地煞界，去寻那传说中的轮回井，想要学前世的年转世投胎为人。

但他还没到地煞界门口，身后就传来一声年的怒喝，伴随着一道纯白的绫缎，直接缠绕住了夕的灵体："夕！你想要逃到哪里去？！"

"你放开我！你我同为年兽，我也只是想学你前世那般，投胎为人而已！"夕被天女绫缠了个结结实实，不甘地挣扎着，"你能走这条路，凭什么我不行！"

"我从未说过不让你投胎，"年蹙眉看着夕不断挣扎，"留你在地煞界也只是让你为之前的所作所为赎罪，日后自然会让你重新投胎。"

"真的？"夕半信半疑地看着他，"你真的会让我转世投胎？如果是真的，你怎么不早说，能投胎那我还跑什么。"

"当然是真的，但也是等你赎清罪孽之后了。"年点点头，随后放开了夕。

夕的灵体在空中飘荡，缓缓化为兽形。

就在年以为夕会乖乖回到牢笼中时，空中的兽形却骤然变大数倍，一爪子朝着年拍了下来，怒吼出声："你都不曾在地煞界赎罪，为何偏偏要我赎罪？我不服！"

年扔出天女绫缠住夕的前爪，飞身上空拉紧天女绫，蹙眉警告道："夕，你现在收手还来得及！我师父仁慈不愿让你们永久被囚于地煞界，但你若是一意孤行……"

夕不愿听他说这些，猛地收了兽形，化作一缕黑烟开始逃窜。

地煞界煞气遍布，年一时间竟无法判断出夕的逃亡方向，只能连忙派出地煞使者去四处搜寻，同时也向钟馗发出一封信件，告诉他夕逃跑的事情，让他暂时

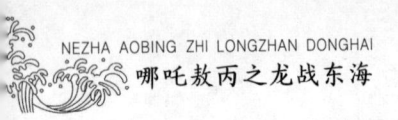

将钟月和母亲安置在神农村保护起来。

夕诡计多端，早知道年会派出地煞使者搜寻自己，所以并未离开地煞界，而是悄悄藏匿在了其余凶兽的牢笼间，警惕地躲避着年的追踪。

忽然，夕嗅到了一缕熟悉的气味。

"你也是年兽？"夕悄悄潜进了一间屋内，看着坐在床上闭眼修炼的少年，饶有兴致地询问道，"你也是被地尊抓进来的？"

"不是。"少年睁开了眼，露出一双红瞳来，语气十分平静，"我被昔日好友所杀。"

"那你更惨。"夕嘲讽大笑，随后向他抛出了橄榄枝，"你我同为年兽，我也不忍心看你在地煞界受苦，要不你和我一起逃吧。"

"不用。"岁神色十分平静，看都不看他一眼，仿佛他只是一团空气。

"这可不行，你必须跟我走。"夕古怪一笑，将一缕煞气悄悄送入岁的身体里。

他没有那么好心，会顺手救下自己的同族。

只是他被《神农之心》重伤，实力大幅度下降，急需大量的煞气为自己补充力量，没想到刚好在这儿碰到了一个同族。

待自己将他骗出地煞界，便找个地方杀了他，再将他身上的煞气通通吸收掉，自己便能实力大增，那时钟馗和年便完全不再是自己的对手！

夕心底的小算盘打得叮当响，满意地看着岁陷入沉睡，脸上逐渐露出痛苦的神情。

幻境是他的拿手法术，可以让人看到自己最痛苦的一段记忆，从而激发出他们心底最大的恶念。

只是不知道他到底看见了些什么，神色居然如此痛苦。

只有岁知道，他又回到了这辈子最后悔的那天。

他手持火把要让那群村民为被他们逼死的爹娘赎罪，却被自己最信任的好友钟馗拦下，甚至为了那群村民和自己反目成仇，还将自己囚禁于此。

"他们都该死……该死……"

"你要去杀了他们……杀了他们！"

岁的耳边萦绕着不知名的低语，引得他体内煞气震颤，身后缓缓浮现出一抹隐约的兽形。

也不知过了多久，岁才缓缓睁开了眼，眼底一片猩红，面上浮着阴狠的杀意，看也没看夕一眼，直接显出兽形，破窗朝着人间的方向逃去。

夕紧随其后,一边跟着他向外逃,一边在心底思索着如何将他一击毙命。

人间阳光明媚,岁已经很久没有见过这样的好天气,一时间有些愣怔,却也给了身后的夕绝佳的下手机会。

"想杀我?"

察觉到身后的煞气涌动,岁冷漠回头对上夕充满杀意的视线,随后抬手聚起一团煞气,猛地冲上去与之对撞!

夕被《神农之心》重创,实力大减,完全不是岁的对手。

两拳相撞,夕只觉得一阵冲击波袭来,胸口一阵剧痛,整个人向后飞去,直接被砸进了不远处的山头里,喷出一口鲜血来,震惊地看向岁:"你……你竟有如此力量……"

"我在地煞界修炼多年,自然要比你强上一些。"岁收回手,神情淡漠地看向夕,朝着他一步步走去,"你使用幻境逼我想起那些事情,让我和你一起逃出地煞界,是为了杀我,然后吸收我体内的煞气吧?只可惜你太张狂。"

说罢,岁朝着夕抬起了手,巨大的吸力让夕身体一震,身上的煞气朝着岁奔涌而去。

岁神色平静,看着他在不甘地挣扎中缓缓咽气,身形也渐渐透明直至消失:"既然如此,你的力量我就收下了。"

夕虽然实力大减,但毕竟是恶念所生的年兽,体内的煞气不容小觑。岁吸收了他体内的力量,身体周围的煞气浓郁几近实体,呼出的气体都掺着淡淡的黑色。

彻底平息了体内汹涌的煞气,岁深呼吸一口,脑海里又浮现出爹娘惨死的模样,心中不由得一痛,随后毅然决然地抬步,朝着神农村的方向而去。

临近新年,神农村家家户户都在喜迎新年。大人们忙着在门头贴大红做底的春联,挂着大红明亮的灯笼,小孩子们都穿着新裁的衣服,手里举着烟花在院子里玩耍。

岁还未走到近前,远远便看到一幅阖家欢乐的景象,胸口不由得一阵刺痛,怨恨地看着他们。

"凭什么?凭什么这些逼死了自己爹娘的人,可以如此欢庆新年,而自己的爹娘如此心善,事事忍让,从不与他们争辩一句,却落得如此凄凉的下场?"

岁仰头怒吼一声,身后缓缓浮现出一头巨大的年兽虚影,而他自身也隐隐可见年兽身形,原本的红瞳已然变为细长的兽瞳。

岁抬手朝着神农村一指,对着身后的虚影下令道:"去!"

虚影得了指令,仰头怒吼一声,撒开四条腿冲着神农村奔去,同时岁原地打

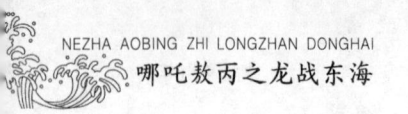

坐，抬手结印，召唤出无数火球从天而降，要将神农村烧成一片火海。

"如此，便当是你们为我爹娘赎罪了。"

岁睁开眼，满意地看着神农村的村民们惊慌失措地四处逃窜，绝望地看着空中降落的火球和巨大的年兽黑影，或是吓得紧紧闭上了眼，或是抱紧怀里的孩子想要逃避这场突如其来的天灾。

就在第一枚火球将要砸落地面，千钧一发之际，一道纯白却散发着淡淡金光的绫缎忽然从远处铺开，那火球落在绫缎之上，瞬间便被金光吞噬殆尽。

岁发觉不对，猛地起身，一眼便看出了那绫缎的来头，喃喃自语道："天女绫？是谁来了？是新任地尊，还是他？"

"岁，我奉地尊之命前来诛杀逃亡的年兽。"钟馗的声音从岁背后响起，他对岁失望至极，语气淡淡道，"但我没想到会是你。"

"这一次，你还要阻止我吗？像之前一样，杀了我？"岁背对着钟馗，平静地看着年兽虚影与那天女绫缠斗，垂在身体两侧的双手暗自握紧了拳头，迟迟没等来钟馗的回应，这才冷笑一声，"钟馗，我吸收了另一头年兽的煞气，你已经不是我的对手了。"

"是或不是，总要打了才知道。"钟馗抬手召唤出一把短刃，直指岁的咽喉，"我还是之前那句话，收手吧，岁，我不想再杀你一次，和我一起回地煞界赎罪。"

"他们害死了我的爹娘，钟馗，我绝不会就此收手，哪怕是死。"

岁冷笑一声仰头怒吼，身体骤然间开始膨胀，四肢变成了巨大的兽爪，在地上踩出几个巨坑，身上象征着力量的鬃毛比岁更加浓密，身形也更加庞大，仅口中一颗利齿便要比钟馗整个人还要大。

钟馗见势不妙，嘴里不住地念着经文，运转体内灵气飞升上空，手中的短刃金光遍布经文环绕。

这是地尊消散之前，教给钟馗的术法。

此术法会消耗他大部分灵力，可将任何凶兽一击毙命。

地尊曾叮嘱过，不到万不得已时，千万不能使用。

岁并不想和他缠斗，他此次的目标是神农村，是为了给爹娘报仇，于是毫不犹豫地转头朝着神农村跑去。

岁一边奔跑一边催动体内的煞气，只听轰的一声巨响，他身边瞬间升腾起无数黑红交织的火焰，所过之处带起一阵滚烫的热浪，土地焦灼，寸草不生。

"去！"钟馗怒喝一声，双手金光涌现，用尽全力将手中金光遍布的短刃推了出去。

那短刃直击岁的后脑，在触碰到岁的瞬间，化作点点金光渗入他的体内。岁被控制得动弹不得，只能感觉到四肢百骸都是剧痛，肉身缓缓消散，他却看着已经千疮百孔的天女绫咧嘴一笑："钟馗……你……还是输了……"

"什么？"钟馗诧异地看着岁的肉身轰然倒塌，魂魄却抽身而出，在空中卷起巨大的旋涡，一头通体漆黑却散发着火光的年兽恶灵从旋涡中踏步出来，转头朝着钟馗发出一声怒吼，随后调动全身力量朝他扑来。

巨大的恶念让岁的魂魄化为失去理智的恶灵，只想杀尽天下一切阻止他为爹娘报仇的人。

看着巨大的兽形离自己越来越近，灼热的火浪像是要将世间一切吞噬，钟馗心知这次已是避无可避，抬手召唤出能使恶灵魂飞魄散的桃木剑，飞身迎了上去。

一大一小两个身影在空中相撞，巨大的冲击力让远处的山头都为之一震。

钟馗看着刺中岁身体的桃木剑，只觉得额头上的天眼一阵剧痛，身上其他地方却完好无损，钟馗震惊地看着岁，一时间心情酸涩无比："你为何……"

"你是第一个……不觉得我可怕的人……你是我的……"岁的魂魄开始消散，他强撑着力气，也只来得及说完最后两个字，"朋友。"

看着空中年兽的身影开始消散，诛杀了年兽的英雄安然无恙地回来，村民们开始欢呼庆贺，纷纷双手捧起花环，要将花环献给诛杀了年兽的英雄。

钟馗看着簇拥而上举起花环的村民们，不由得想起从前自己曾与岁约定过，如果自己能诛杀年兽成为英雄，那么他将第一个为自己献上花环祝贺。

只是没想到，自己诛杀的年兽竟然就是岁。

想到这里，钟馗鼻头一酸，看着周围前来为他祝贺的村民们，忽然一把扯下了自己的面具，人们惊愕地看着钟馗丑陋的容貌。

钟馗大声说道："各位！你们心中的英雄是我，但我心中的英雄却是岁，那个因为红瞳被你们厌恶的岁！你们只是因为我有用有恩才尊敬我，岁却是因为我弱小而保护我。你们的冷酷迟早会让这世间再次诞生年兽，他会卷土重来，但我却不一定次次都能战胜他。"

村民们听到钟馗这一番话，不由得想起了岁一家人曾经的善行。

他们曾在雨天帮邻居收起晾晒的衣裳，帮老人收割田地里的麦子，而那个被村民厌恶，视为不祥之物的孩子，似乎也从未因村民的恶意而做出一些欺负别人的事情，反而是村民一直在欺负这家善良的夫妻和孩子。

想到自己曾经的恶语相向和所作所为，人们心中愧疚不已，纷纷流下了忏悔的眼泪。

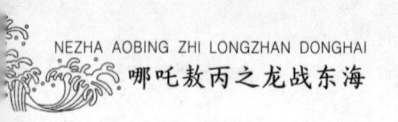

钟馗看着他们忏悔的眼泪，胸口处忽然一阵温热，隐隐有金光亮起。

钟馗连忙拿出衣服里的《神农之心》，忽然发现《神农之心》居然自己打开了，里面的祝福之力和人们忏悔的眼泪交织在一起，化作了一颗晶莹剔透的许愿珠，轻轻落在了钟馗手里。

"许愿珠？"钟馗惊讶地看着手里的温热的珠子，它的光芒越发强盛，随后忽然碎裂成无数片细小光点，朝着空中飞去，缓缓聚拢出一个人影。

"岁……"钟馗诧异地看着空中岁的魂魄，忽然发觉自己额头上的天眼已经不疼了，不由得想起了地尊，喃喃自语道，"难道是地尊，地尊一直知道岁困于心中的执念，所以早就为他安排好了后路。原来他不仅没有放弃年，也从未放弃岁。"

岁只剩魂魄，身形比从前小了一些。

"岁！"钟馗连忙上前扶住他，小心翼翼地询问，"你现在感觉如何？"

"我很好，钟馗。"岁看着自己有些透明的身体，"我这是……魂魄？"

"是，村民们意识到了自己的错误，他们忏悔的眼泪和《神农之心》一起幻化出了许愿珠，修复了你的魂魄。"钟馗指了指自己的天眼，笑了，"我的天眼也被修复了，岁，今天是年夜，我带你去我家过年吧。"

"好哇。"岁的执念已解，只觉得自己前所未有地轻松，但他还有些犹豫，"我这副模样，会不会吓到你娘和妹妹？"

"当然不会。"钟馗带着岁朝自己家的方向走去，笑着说，"他们的胆子没有这么小啦，对了，一会儿年也来呢，你这一世有善有恶，他是来接你回地煞界的，但等你'服刑'期满后，我会亲自送你去轮回井，还是可以回到人间。"

"谢谢你，钟馗。"岁真心实意地向他道谢，两个人看着不远处升起的烟火相视而笑，和年一起在钟馗家里过了一个快乐的年夜。

祟府却与这一片热闹喜庆格格不入。

彪少爷挖断了自己的生命之灵，变得年老体虚，躺在院中的软榻上，看着空中绽放的烟火，安详地闭上了眼，也算是寿终正寝。

祟老爷就没有他这样好的结局，他一心认为摇钱树能够死而复生，不甘心地用泥土将摇钱树糊上，试图让它重新焕发往日的光芒。

但这一切终究是徒劳，祟老爷颓废地坐在摇钱树下叹气之时，摇钱树轰然倒塌，将他活活压死，同时一直笼罩在钟家村上的阴霾终于散去。

而村民们听说祟老爷被摇钱树压死，便纷纷奔走相告，传的人多了，便衍生出一种在年夜给小朋友发钱便可抵抗邪祟的说法，这便是压祟钱，后来被称为压岁钱的来历。

小恐龙的彩虹色新年愿望

第一章　祈雨

　　传说在遥远的东方国度，有一个神秘的恐龙岛，那里住着许多恐龙。听说有慈母龙、霸王龙、角龙、剑龙等等，种类可谓是丰富多样。而我们的奇妙探险也从恐龙岛的八只小恐龙开始。

　　这八只小恐龙分别是独龙侠、小酷龙、小霸王龙、懒龙龙、小美、壮壮龙、大角龙和小角龙。他们从慈母龙老爷爷那里听说，如果在新年的前三天，天空出现了彩虹，那在彩虹的尽头，会有一个彩虹精灵。彩虹精灵可以满足一只小恐龙的愿望，而且不管什么愿望都能实现。

　　八只小恐龙知道了以后，立马决定去找彩虹精灵，因为他们都有想要实现的愿望。可是他们又担心新年的前几天不会下雨，如果不下雨的话，彩虹也不会出现了。他们忧心地看着艳阳高照的天空，一张张恐龙脸都皱了起来。

　　"小美，你别皱眉啦，再皱眉就要变丑了啦！"小酷龙拍拍小美的肩膀，嬉皮笑脸地想逗小美开心。

　　小美，龙如其名，是只非常漂亮的恐龙，也是只非常爱漂亮的恐龙。她一听到小酷龙这么说，立马恢复了正常的表情，不过言语上还是有些沮丧："小窟窿，你看这个太阳，没有一点要下雨的迹象啊。"

　　小窟窿是小酷龙的外号，是懒龙龙给他起的，说是小酷龙叫起来和"小窟窿"一模一样。听到这个奇奇怪怪的外号，小酷龙本来心里还有点不高兴，他身上也没有窟窿啊，为什么叫他小窟窿。不过后来小美说"小窟窿"这个名字听上

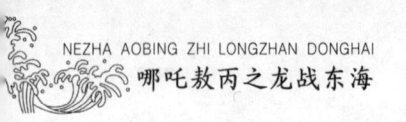

去非常可爱，他也慢慢妥协了，谁让小美是他最好最好的朋友呢。

"要不我们祈雨试试？我听我的爸爸妈妈说过，以前的龙祖先们，可以用特殊的仪式，祈祷雨精灵的降临，这样就可以下雨了。"小酷龙边想边说。

"小窟窿，看来你知道得还挺多的呀。"大家的沮丧都被小酷龙新提的点子给转移开来，懒龙龙懒洋洋地调侃小酷龙。

"那你知道具体的仪式吗？"小霸王龙加入了三人的对话。

"这……我不知道，但是大龙们总说心诚则灵，我相信只要我们真心想求雨，用自己的行动去让雨精灵感应到我们的心声和诚意，她应该会降下雨水吧。"

"好，那我们比比看，看谁先成功！"壮壮龙说完就一溜烟跑回家了，因为他想先成功，证明自己真的很厉害，然后他就可以当小恐龙里的老大了！壮壮龙想想就觉得很幸福。

"欸，小角龙，你肯定跑不过我的，哈哈哈！"大角龙又在和小角龙比赛了，他边回头边说话，接着又越跑越快，生怕小角龙趁他不注意，一溜烟超过了他。

其他小恐龙也陆陆续续回家，开始准备他们的祈雨仪式了。

不过你们有没有发现，八只恐龙里的一只小恐龙，好像从头到尾都没有说话呀。他一直站在恐龙们的身边，默默地观察其他小恐龙在干些什么，做些什么，说些什么，但就是不加入他们，他就是独龙侠。独龙侠是一只性格和名字十分匹配的小恐龙，他的名字里有个"独"字，在行为处事上他也总是独来独往，基本不和其他恐龙有什么交流，更别谈玩耍了。其实呀，他的内心十分孤独，他也很向往和朋友在一起玩，但他有点不善交际，不知道怎么去告诉其他恐龙他内心的真实想法。不过他真的真的好希望有朋友哇！

所以这次祈求下雨，他一定要努力一点！因为独龙侠他想许愿："我想要好多好多的朋友！"

独龙侠回到家里，拿出自己的恐龙画本，开始在上面用彩笔画着漂亮的彩虹。为什么要画彩虹呢？因为独龙侠觉得，彩虹那么漂亮，雨精灵应该也和他一样喜欢彩虹吧。他准备画好了彩虹，然后把画挂在屋顶上，幻想着可以给雨精灵看看。当独龙侠开始沉浸式画画时，他并没有发现，半天就这样悄无声息地过去了。

懒龙龙，虽然龙如其名有些懒惰，但他也有自己的独特魅力。他回到家懒洋洋地休息了一小会儿后，决定制作一个"懒人版"的雨舞。他简化了平时妈妈晚上跳舞的动作后，就开始在家门口轻松地晃悠着，看上去很是滑稽。不过懒龙龙自己是不知道的，他沉浸在自己"曼妙"的舞蹈中，似乎在告诉雨精灵"就这样就好了"。但是不一会儿他就因为太懒，跑回屋子里睡大觉去了。

而大家都不知道的是，其实雨精灵早已经感受到了大家渴望下雨的心情，而且一直都在天空中注视着他们呢。她想先看看这些小恐龙祈雨的创意能有多大！

当雨精灵看到独龙侠一直专心画画，还把画挂在屋顶的时候，心里高兴极了。她和独龙侠一样，很喜欢彩虹，而独龙侠的彩虹也画得非常好。

她也看到了懒龙龙懒洋洋的舞蹈，有些滑稽但也有些可爱，还看到了懒龙龙舞了一会儿，就跑回床上睡觉了，她不禁哈哈大笑。

而此时小美正在用自己独特的方式——将之前收集了很久的美丽七彩的纺织线编织成彩虹色的网，之后把网挂在了家门口的大树上。七彩的网随风轻轻摇晃，耀眼极了。

"雨精灵，希望你能喜欢我做的七彩梦幻网。"小美十分认真地站在大树旁祈祷。她的双眼闭得紧紧的，生怕因为自己不够虔诚，雨精灵就不肯降下雨来。

而住在小美家不远处的小酷龙，此时正在干什么呢？他这个时候正在和爸爸妈妈一起做糕点呢，爸爸妈妈做的糕点最好吃了。不过小酷龙担心其他人的进度太快了，求雨结束了，就直接加入了爸爸妈妈的糕点制作中，希望能少花一点时间。

"雨精灵应该也会喜欢我们做的糕点吧！这可是我们最喜欢的恐龙糕点呢。"小酷龙心里想着，说不定雨精灵吃了觉得好吃，就降雨了呢！不过他还要留一点，等会儿给小美带去。

而第一个就跑回家的壮壮龙在干什么呢？虽然壮壮龙是第一个跑回家的小恐龙，但是他实在没想出来有什么好办法可以求雨，只好等其他小伙伴回到家，再和他们一起商量怎么祈求下雨。不一会儿，住在他隔壁的大角龙就回来了，壮壮龙赶紧跑到家门口，和大角龙聊了起来。

"大角龙，我实在是不知道怎么去祈求雨精灵下雨，你可以在祈雨的时候带着我一起吗？"说这话的时候，壮壮龙感觉自己有点没面子，因为他可是立志成为小恐龙中老大的人，可是现在他连一个祈雨的主意也想不出来。

可是如果不下雨的话，壮壮龙想要成为小恐龙中老大的愿望也没法实现了。

"嗯……要不我们唱歌吧！我唱歌可好听了，雨精灵要是听着开心，说不定就降下雨水了呢！"大角龙说得很是自信，其实小伙伴里熟悉他的人都知道，他唱歌老是跑调，跑调跑到了什么程度呢，夸张来说是这样的，他唱歌的调都可以跑到很远很远的人类世界去了。一般情况下，没人知道他在唱哪首歌，当然除了他自己。

"噗……好的好的，那我们一起唱歌吧！"看到大角龙对自己的歌声如此自信的样子，壮壮龙一时觉得憋笑很是困难。不过唱歌祈雨确实是个好主意，因为他记得大角龙唱歌，歌声总能传得很远很远。希望可以远到雨精灵也可以听见，大角龙暗暗地想。

"下雨吧，雨精灵下雨吧！哗啦啦啦啦啦啦啦啦下雨吧！"大角龙起着不知道是从哪来的调，唱得十分沉醉，而壮壮龙听到大角龙"悦耳"的歌声，憋笑憋得顿时发不出声音。

"哎呀，壮壮龙，我们一起唱啊。"大角龙唱着唱着突然发现空中响起的歌声只有自己的，一时感到疑惑，赶紧把壮壮龙拉入合唱团中。

"噗……好的，我也来啦！哗啦啦啦啦啦啦啦啦啦下雨吧！"壮壮龙有模有样地学着大角龙唱着。不过说实话，他并不知道这个"哗啦啦下雨吧"的歌词里到底有几个"啦"。

雨精灵听到他们洗脑的歌声，笑得一时没有停下来："这是什么歌呀？哈哈哈！"

不过恐龙岛的壮壮龙和大角龙是听不到天空中雨精灵说的话的。

"你们在唱什么呀！老远就听到你们在唱歌，但是没听出来你们到底在唱什么。"大角龙和壮壮龙的歌声的穿透力实在是太强啦！临街的小角龙也听到了，他赶紧跑了过来，想看看这边发生了什么。

"我们在唱下雨歌呀，下雨吧，哗啦啦啦啦啦啦啦！"大角龙边唱还边摇晃着他的身体。

"我也要加入你们！"说完，小角龙也开始加入了两人的跑调下雨歌阵营，现在合唱团的人数变成三人了。

"好哇，不过小角龙你肯定唱得没我好听，我可是恐龙岛麦霸呢！"大角龙依旧非常自信，而且他一向就把超过小角龙当成自己的人生目标。

"你可拉倒吧，哈哈哈。"小角龙笑着说。虽然大角龙和小角龙总是和对方比较谁更厉害，但他们是非常好的朋友这个事实是不会变的。只是他们两个的相处模式是喜欢和对方比较而已。

看完这一场三龙"演唱会"的雨精灵准备去看八只小恐龙中的最后一只——小霸王龙。小霸王龙想出的祈雨主意又是什么呢？

小霸王龙他呀，为了吸引雨精灵的注意，竟然决定表演一场特技秀！雨精灵可是第一次看到小恐龙表演杂技呢！他把慈母龙老爷爷今天给他准备的葡萄当成杂技球，丢到空中，再用爪子接住。要是没接住落到了地上，他就把皮剥干净，再吃掉——杂技也表演啦,葡萄也吃到了!他本来还想表演用头顶碟子,但又害怕把碟子摔了会被慈母龙老爷爷骂,最后还是作罢了。

"希望雨精灵会喜欢我的葡萄杂技表演。但碟子表演应该是表演不了。不过如果雨精灵你想看的话,我以后可以多加练习,成功了之后再表演给你看!"小霸王龙十分虔诚地对着天空说道。

雨精灵看着小霸王龙努力地表演杂技的样子,开心地笑了。这是她第一次看恐龙表演杂技呢。

"小霸王龙,你真棒!"雨精灵在天空中说道。

到了晚上,小恐龙们因为白天各式各样的祈雨仪式,都很是疲惫,早早地就进入了梦乡。当然这其中也包括懒龙龙啦,虽然懒龙龙的懒人版"雨舞"没有耗费他多少体力,但他最爱躺在床上睡大觉了!对他来说,觉当然是睡得越多越好!不过小朋友们可不要向懒龙龙学习哦,睡眠也是要适度的。

除了懒龙龙的爸爸妈妈外,其他恐龙的爸爸妈妈们都还很疑惑呢,怎么平时晚上总是耽误时间要玩耍、不睡觉的孩子们,今天竟然睡这么早!不过这也省去了他们很多哄孩子睡觉的精力啦!而孩子们睡得早,对身体成长也是很好的。

就在恐龙岛的大恐龙小恐龙都陷入沉睡的时候,没有龙发现在柔和的月光下,有一抹蓝色的身影从天空降临到恐龙岛。她悄无声息地带走了独龙侠家房顶上的彩虹画作、小美家门口大树上挂着的七彩梦幻网和小酷龙家摆放在门口的美味的糕点,她还悄悄地在八只小恐龙的额头上印下了轻轻的吻。

"小恐龙们,谢谢你们的礼物和表演。我很喜欢,我也很久没有这么开心过了,谢谢你们。"

随着雨精灵从恐龙岛返回天空,雨水也慢慢从上空的云层降落下来。

而睡梦中的小恐龙们,好像看到了雨精灵。他们看到雨精灵笑着对他们挥手,温柔地对他们说着:"谢谢你,我很久没有这么开心啦。"

第二章　彩虹的出现

第二天一大早,八只小恐龙从梦里醒过来的时候,都有些恍惚。他们好像都记得,昨天晚上看到雨精灵了,雨精灵可真漂亮啊,而且雨精灵好像还笑着向他

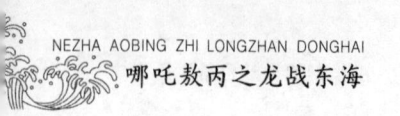

们挥手,还感谢他们了呢!可这是梦,还是现实呢?八只小恐龙很是疑惑。

而此时哗啦啦的雨声将独龙侠带回了现实世界。

"啊,下雨啦!"独龙侠是第一个发现外面下雨的小恐龙,他很是震惊,"难道是我们的祈雨仪式成功了吗?"但他突然想到了什么,拿起家里的雨伞跑了出去。

"我的彩虹画不会被雨打湿了吧——咦,我画的彩虹怎么不见了!"独龙侠跑到家门口,踮起脚向屋顶上看去,却发现上面空无一物。

"爸爸,我画的画是你收起来了吗?"独龙侠问爸爸。

"没有哇,我早上起来发现下雨了,还想帮你收起来呢。可没想到不知道哪里去了。"爸爸回答道。

"哦,好的。谢谢爸爸。"独龙侠看上去有些沮丧又有些疑惑,"我的画跑到哪里去了呢。"他心中暗暗想道。不过想了很久还是没想明白,他准备去其他的小恐龙家看看。

"欸,独龙侠,你要去哪里呀?"也带着雨伞的小酷龙突然叫住了他。

独龙侠有点不知所措,这还是第一次有小恐龙主动跟他说话呢。

"我……我想去其他小恐龙家看看,因为我准备给雨精灵的礼物好像消失了……"独龙侠的声音有点颤抖,他说话的时候也不敢抬头直视对面的小酷龙。

"啊,我的也是!我给雨精灵准备的糕点也不见了!我还以为是哪个贪吃的恐龙给偷吃了呢!不过我现在准备去小美家看看,你要不要一起呀?"

"好……好哇!"独龙侠的表情虽然有些紧张和不自然,但是他的内心是十分喜悦的,他希望能和小酷龙成为好朋友。

"小美,小美,你在家吗?"小酷龙十分熟悉地敲着小美家的房门,嘴里还边大声地喊着。

"我在!来啦,来啦。"小美打开门,"哎,小酷龙、独龙侠,你们怎么带着伞哪!哦,原来是下雨了呀!我还没发现呢!不过这肯定是我们的祈雨仪式起作用啦!真是太好啦!"小美兴高采烈地将小酷龙和独龙侠带到了自己的房间里。

"小窟窿,我们是不是很快就能见到彩虹精灵了呀!"小美说话的语气里满是喜悦。

"应该是这样。不过小美,你有没有发现你家里丢了什么东西呀。"小酷龙提出了自己的疑问,"爸爸妈妈和我给雨精灵做的糕点消失了……独龙侠给雨精灵留的礼物也消失了,我怀疑恐龙岛是不是出现了偷礼物的贼呀。"

"哎呀,不好。你这么一说,我刚刚打开门的时候发现我之前挂在大树上的七彩梦幻网也不见了！"

"会不会是雨精灵把它们带走了呢？"独龙侠脑海中突然出现了这样的想法，"我昨天好像还梦到雨精灵感谢我了。"

"啊！我也是，我还梦到了雨精灵和我挥手呢！"小美接着说。

"啊！我也是。不过这么看来，大家都做了一样的梦了，那礼物也很有可能就是像独龙侠说的，被雨精灵带走了。"小酷龙接着说。

"独龙侠，你真聪明！之前好像都没看你怎么说话，这次一说，一下就点醒我们了！我们都没想到有可能是雨精灵带走了礼物呢！"小美开心地拍了拍独龙侠的肩膀。独龙侠有点受宠若惊地看着小美，也慢慢地笑了起来。

"不过不知道其他龙怎么样了，不如我们也去找找其他恐龙吧。"小酷龙提议道。

之后三只小恐龙前往了八只恐龙平时的集合基地——恐龙岛的小型乐园，那里有一些小恐龙爱玩的娱乐设施。

可还没走到乐园，小美、小酷龙和独龙侠就听到那边吵吵闹闹的声音。

"肯定是我昨天唱歌唱得好，雨精灵才降下雨水的！"大角龙大声说道。

"明明是我唱得更好！"小角龙大声争辩道。

"我唱得也很好！"壮壮龙补充说道。

"都别争啦，肯定是我跳舞跳得好！"懒龙龙懒洋洋地打断他们的争吵。

"也可能是我表演的杂技表演得好！"霸王龙也不甘落后。

"大家都别争啦！肯定是因为大家都表现得很好，雨精灵才会降下雨水的！"小酷龙赶忙过来打圆场。

"对呀，对呀，现在我们只要等雨停，彩虹出现就好了！"小美补充说道。

"好吧，就听你们的！不过我的歌喉可是恐龙岛第一的，谁也别想比过我！"大角龙骄傲地说道，其他小恐龙都默默憋住笑。

可快乐的情绪没持续多久，八只小恐龙又开始担心新年的前三天雨要是不停的话，那彩虹也不会出现了。

他们顿时又变得焦虑起来。

"要是雨不停的话，我们该怎么办哪。"壮壮龙很是焦虑。

"要不我们先回家问问爸爸妈妈，有没有什么能阻止下雨的办法。然后我们下午再在这里集合？"小酷龙提出建议，他目前也想不到什么好的止雨办法，只能先回家问问爸爸妈妈了。对于孩子恐龙来说，父母龙总是什么都知道、什么都能做到的。

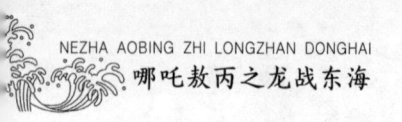

"好！那我们下午再在这边集合！现在各回各家，各找各妈！"大角龙表达了同意意见，而在他说完之后，大家也都陆陆续续回家了。

到了下午的时候，雨还在下着。不过这个时候八只小恐龙已经从家里带来了消息，在乐园讨论着呢。

"我妈妈说，要想停雨的话，得让空气中的水汽减少。"小酷龙说。

"我爸爸也是这样说的，不过我不明白，什么叫作让水汽减少？水汽又是什么呢？"壮壮龙说。

"我妈妈说，陆地和海洋表面的水会蒸发成水蒸气。水蒸气上升到一定高度后，遇到冷冷的空气就会变成小水滴。而这些小水滴慢慢地聚在一起，就变成了漂亮的云朵。而剩下的小水滴在云中相互碰撞，慢慢就会融合成大水滴。而大水滴越来越大，大到云朵们托不住它们的时候，它们就会掉下来，变成雨水，降临到我们这里了。"小美说。

"哇，小美，你妈妈真聪明，知道得真多！"小酷龙为自己有这么一个见多识广的朋友，感到十分自豪。

"那这么说，水汽应该就是刚刚小美说的水蒸气了。水蒸气的来源是陆地上的水和海洋里的水，我们是不是让这些水变少，雨水也可以变少了？"独龙侠想了很久说道。

"哇，独龙侠，你也好聪明啊！说得好有道理！"小酷龙现在又开始夸独龙侠了。

"那怎么才能让这些水变少呢？"大角龙提出了自己心中的疑问。

大家又陷入了沉默中。

不过众小恐龙没想到的是，第一个打破沉默的竟然是平日里最懒——懒得动、懒得想，非常爱睡觉的懒龙龙。

"要让水减少，那我们就多喝水呗！我们多喝点水，水不就减少了吗。"懒龙龙随口一提，没想到之后大家都对这个想法表示赞同。

"听起来很不错耶！我们把水喝掉，水就不会到空气中去了！"壮壮龙第一个表达意见。

"好像是这样。"小角龙也觉得懒龙龙说得有道理，"要不我们试试？"

"我也觉得可以！不过我肯定比你喝水喝得多，哈哈！"大角龙又开始要和小角龙进行比较了。

"那我们快去喝水吧！"

八只小恐龙去了不远处的一个小湖，开始喝起水来。可最后每个小恐龙肚子都喝得鼓鼓的，雨还是在下着。

"嗝，我的肚子怎么这么大，我这样好丑哇！"小美是第一个发现自己喝水把肚子喝得非常鼓的小恐龙，说着说着，小美伤心地哭了起来，"嗝，我现在好丑哇，嗝，呜呜。"这是因为喝了太多水，边打嗝边哭的。

其他小恐龙看到小美在哭，也停下了喝水的动作，看向了自己同样圆滚滚的肚子。

"小美……嗝……你别哭啦，你看大家肚子都圆鼓鼓的，嗝，我觉得还挺可爱的呢，嗝！"小酷龙赶紧安慰小美，看到小美哭，他心里也变得有一点点伤心了。不过他也是因为喝了太多水，也打嗝儿打个不停。

"哇啊啊，嗝，大家都变丑了，嗝，呜呜。"小酷龙没想到的是，小美听了他的安慰反而哭得更厉害了。

"哎呀，嗝，小美你别哭了。眼泪也是水呀，嗝，你看你这都要流成河了呀，嗝。"懒龙龙因为喝了太多水，此刻已经撑得躺在地上了，他本来还想睡一会儿的，但是被小美的哭声给吵醒了。

小美一听到懒龙龙说的，抽噎了一会儿，就没再哭了，虽然她心里还是非常伤心。不过好不容易喝了这么多水，要是白费了可就不好了。

不过神奇的是，雨竟然慢慢停了。小恐龙们本想站起来好好庆祝一番，却发现自己已经撑得没有力气了，一个一个都和懒龙龙一样躺在了草地上，不过倒下去的时候，他们一个一个都拿恐龙手比了个胜利的姿势。

"谁跟你们说喝水可以不下雨的呀？当时求雨的是你们，要停雨的也是你们，你们这些小恐龙真是不让人省心哪。不过看在你们这么用心的分儿上，我就满足你们停雨的愿望吧！"雨精灵在天上注视着恐龙岛的这一幕，表情有些无奈。但她心里还是十分喜欢这一群活泼可爱、古灵精怪的小恐龙的。

雨停下来没多久，小恐龙们的面前出现了一道绚丽的彩虹，它跨越了整片天空。彩虹尽头的光芒明亮耀眼，仿佛是通向奇幻世界的门户。

"是彩虹！"独龙侠是第一个发现彩虹的小恐龙，而在草地上休息了一会儿，他的肚子也没有那么撑了。

"啊！彩虹出现啦！"八只小恐龙都站了起来，竞相欢呼着。

"当时慈母龙爷爷说，彩虹的尽头会出现彩虹精灵，我们快快过去吧！"小酷龙说道。

"我还从来没有见过这么漂亮、这么大的彩虹呢。"独龙侠感叹道。

八只小恐龙欢呼雀跃，竞相冲向彩虹尽头，期待着遇见彩虹精灵。

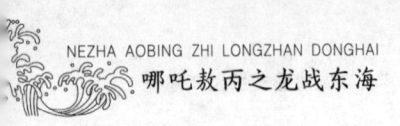

"小角龙，你肯定跑不过我哈哈！之前慈母龙爷爷说，彩虹精灵只能满足一个小恐龙的愿望，肯定是跑得最快的我的！"大角龙边跑边挑衅在他后面不远处的小角龙。

"谁说的，我跑得肯定比你快！"小角龙不甘落后，冲刺一般跑上了前。

而其他六只小恐龙也努力地向前跑去，毕竟彩虹精灵只能满足一只小恐龙的愿望。

"哎，你们慢点跑，我要追不上了。"懒龙龙在后面气喘吁吁地说道，他的心中也在默默叹息，"唉，都怪平时太懒了，现在跑个步，都跑不动了。这样看来，我想睡个三天三夜大觉的愿望，实现不了了。"

没错，懒龙龙爱睡觉，他的愿望竟然也是想睡个三天三夜的大觉。不过他现在十分遗憾，毕竟其他七只小恐龙已经领先他很远了。

而在前往彩虹尽头的路上，懒龙龙不知道的是，大角龙好像要和小角龙打起来了。起因是大角龙之后仍在挑衅小角龙，而小角龙不满地站了出来，他认为大角龙总是欺负自己，而大角龙则自信满满地准备挑战小角龙，似乎想要在这个时刻证明自己的优越性。小角龙和大角龙陷入了激烈的对峙。

而在大角龙和小角龙争执越来越激烈，快要到无法收场的时候，一个温柔的声音突然出现了："朋友之间就别吵架啦。每个小恐龙都有自己独特的价值，你们也不必争斗谁更厉害，因为比起谁更厉害，友情和团结是更为重要的。你们也不想失去对方这个朋友，不是吗？"

第三章　小恐龙们的愿望

"是彩虹精灵！"壮壮龙惊喜地叫了起来。

"哇，彩虹精灵可真漂亮啊！"小美由衷地感叹道。

大家的目光都被彩虹精灵给吸引了，小恐龙们一个个都紧紧地盯着彩虹精灵看，也包括刚刚差点打起来的大角龙和小角龙。

"大角龙、小角龙，你们千万不要打架哦，也不要因为小事，就失去彼此这个朋友。友情和团结真的是非常重要的。不要等失去了，再追悔莫及哦。"彩虹精灵的话语十分温柔，像是春风一般拂过了大角龙和小角龙浮躁的内心。

"您说得对……我们以后不会这样了。"大角龙说完这句话后,也跟小角龙道起歉来,"小角龙,本来我也不想这样的,我只是想比你跑得快一点而已……可是刚才也不知道怎么了,我就很想跟你打一架。真是对不起,小角龙,你可以原谅我吗?"

"没事的,每只恐龙都会有冲动、控制不住情绪的时候。我刚刚也没控制好自己的情绪,我们之后都努力控制好自己就好了。"小角龙说道。

"那我们还是朋友吗?"大角龙满怀希望地看向小角龙,希望能得到肯定的答案。

"当然啦,我们一直都是好朋友!只是有时候会争吵而已。"说完,大角龙和小角龙的手紧紧握在了一起。

彩虹精灵的出现平息了大角龙和小角龙之间的争执,而此时她的目光也充满了宁静和友善。彩虹精灵的话语仿佛有一种魔力,让小角龙和大角龙的心情都变得平静,他们互相理解,也在这一刻达成了某种默契。

"这样才对,好朋友之间就要和和善善的。现在请你们跟着我,前往彩虹尽头的奇幻世界吧。路程不是很远,马上就会到了哦。"

八只小恐龙紧紧跟在彩虹精灵的身后,这次没有一只小恐龙在和其他恐龙比谁跑得更快了。大家都老老实实地走着、跳着,也边欣赏着周围的风景。

小恐龙们此时走在他们有史以来看到的最大的彩虹上面,而彩虹周围的云朵也是七彩绚烂的。云朵呈现出各种形状,有动物形、水果形,甚至连椅子形的都有呢。

"我还是第一次看到七彩云朵呢!"独龙侠小声地感慨道。

"我本来以为恐龙岛的晚霞已经够漂亮了,但和这里的七彩云朵一比,压根就没得比呀!"壮壮龙有点目瞪口呆地看着周围的七彩云朵。

"哎呀,不会呀,那朵云怎么和我家的椅子那么像啊!"懒龙龙看着不远处的椅子云,惊讶地大叫起来,"不过我还是最喜欢沙发啦!在沙发上睡觉最舒服。"没错,在如此美景面前,懒龙龙此刻最想做的事情还是躺在沙发上睡觉。

"哈哈哈,懒龙龙你是真的喜欢睡觉噢。"小角龙打趣道,"不过我看到这些云朵倒是怪想吃的。五颜六色的,看着就好好吃的样子。"

"我也是,哈哈!出门这么久,肚子倒真有些饿了呢!这些七彩云朵好像七彩棉花糖啊!我最喜欢吃棉花糖啦!"大角龙和小角龙在想吃云朵上达成了共识,不过目前吃不到云朵,退而求其次,只能回去再买棉花糖了。

"小角龙,我们回去之后一起去买棉花糖吧。"

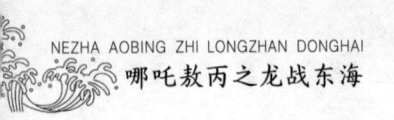

"好哇！"小角龙脑子里回忆起棉花糖甜蜜的味道，心里也变得幸福甜蜜起来。

"哇，你们去吃的时候也记得带上我呀！"小霸王龙跟在大角龙和小角龙的身后，也加入了他们关于云朵像棉花糖的对话，"我也最喜欢吃棉花糖啦！"

"哇哦，小美，那朵云好像你呀！"小酷龙凑到小美的旁边，十分开心地说道。

"哪里呀，我怎么没看到。"小美有点疑惑，眼睛在云层中寻找着，却没找到小酷龙说的和自己很像的云朵。

"喏，你看！"小酷龙指向右前方的某一朵轮廓很像小恐龙的云朵，"你看那朵云的身形和你一模一样，不过最像的还是它头上的轮廓。你看它的脑袋上凸出来的部分，是不是和你的头上别的小花一样啊！"

"哇，还真的是呀！那也让我看看，天空中有没有小窟窿云吧！"小美开始左顾右盼起来，她希望小美云的旁边，也有一朵小酷云和她做伴。

"好！我们一起找找吧！"小酷龙也希望天空中的云朵也有一朵是自己，不过他还希望如果有小酷云的话，一定要待在小美云旁边。这样的话，天空中的小酷和小美也要是最好的朋友啦！

时间就在几只小恐龙的聊天打闹中悄然过去了，而他们也终于到达了彩虹的尽头。只是他们没想到的是，刚刚彩虹上的七彩云朵已经够惊艳、够突破他们既往的认知了，而彩虹尽头的景象更让小恐龙们大吃一惊——那里有璀璨的水晶瀑布、五彩斑斓的花海，还有闪烁着光芒的奇幻生物。

"那个晶莹剔透的是水晶吗，天哪，我只在书里看过水晶的样子！现实中压根没见过，更别说水晶瀑布了！真的太壮观了呀！"小霸王龙大声地喊着，来表达内心的震惊。

"哇，还有和之前的云海一样漂亮的花海！五颜六色的，真是漂亮极了呀！"小酷龙感慨道。

"哇，我还是第一次见到这么多花呢。真漂亮啊！"小美摸了摸自己脑袋上的小花。一朵花的美丽和花海相比，倒是逊色多了。

"欸，我还发现花海里竟然还有不同季节的花。"独龙侠小声地说着自己内心的疑问，没想到被一旁的小角龙给听见了。

"什么叫不同季节的花？"小角龙提出他心里的疑问。

"就是你看哪，左边的小饺花、柏蓝花、玲珑花、翠芝花、粉霓花应该是春天才会开花的，一个月左右的时间就会凋谢了。而它们旁边的霞阳花、丹糕花、杞子花、露杨花是夏天才会有的,而绿翠花、彤晶花、雪绒花、冰石花是秋冬季才有的。不同季节的花竟然在这里竞相开放,争奇斗艳,而且花海里还有好些是我叫不出名字的花,还有的是压根见都没见过的花朵。真是太神奇了。"

"哇,独龙侠你懂得真多呀!竟然能记住那么多花的名字和样子!这么多花里面,我好像就只认识玲珑花。"

小角龙由衷的称赞让独龙侠的心里变得暖暖的。

"我只是平时喜欢多观察和记东西而已啦。小角龙,你也多看看,多记记,一定可以的!"几句话的工夫让独龙侠和小角龙熟络了不少,独龙侠说话的声音也比刚才大了一点,自信了一点。

"哇,你们看,花海里面是有水母吗?"大角龙说道。

"还真的是呀!可水母不是在海里的吗,这边是陆地,是天上啊!天哪,它们还发着光呢,五彩斑斓的,也太漂亮了!"壮壮龙看到水母之后,眼睛瞪得更大了。

独龙侠也震惊了,水母竟然像蝴蝶一样,在花海里飞舞着。

"那些长着翅膀在飞的,是萤火虫吗?"懒龙龙加入了众人的讨论之中。他看着花海里飞着的发光的虫子,感觉应该是爸爸妈妈给他讲故事时讲到的萤火虫吧。

"萤火虫不是一只很小的虫吗,这个好大呀。"小霸王龙想起来自己在绘本上看到的萤火虫,书上画的萤火虫比他们面前花海里飞着的要小得多。

"这个应该是荧光蝶,我在书里看到过。书上说荧光蝶是一种会发光的大蝴蝶,翅膀上还有花朵的图案。你们看,它们的身上也有。"独龙侠想起来自己前段时间看到的蝴蝶百科全书。

"哦哦,原来如此!不过独龙侠,你懂得是真多呀!有你和我们一起真好!"小霸王龙也由衷地夸赞着独龙侠。独龙侠感到很开心。

"好啦,孩子们。我们现在已经到达彩虹的尽头了。你们之前努力求雨,和努力求雨停我都看到了。我也知道你们每只小恐龙一定有着很渴望的非常需要实现的愿望。但按规则,我只能满足一只小恐龙的一个愿望。"

"啊,只能实现一只小恐龙的一个愿望吗?那其他小恐龙怎么办呢?"八只小恐龙的表情有点沮丧,虽然他们从慈母龙爷爷那里得来的消息就是一个愿望,但他们希望小恐龙的愿望都能实现。

沉默持续没多久,就被懒龙龙的声音打破了。

"既然只有一个愿望,我有个好主意,那我们许愿——所有小恐龙的愿望都

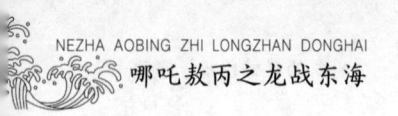

实现好了。这不也是一只小恐龙许的一个愿望吗？"懒龙龙说道。

"哇，好主意！"大角龙为懒龙龙想到的好点子感到开心，这样大家都可以实现愿望了！

"这样是不行的。刚刚我忘记补充了，这只小恐龙也不能许愿说，希望大家的愿望全部实现，许愿只能是一只小恐龙的一个愿望。愿望的内容也是一个，不能包含其他小恐龙的愿望。"彩虹精灵的一番话，将大家的希望再次击碎。

"好吧。"刚刚被懒龙龙好主意活跃起来的气氛又低沉了下去。八只小恐龙都耷拉着脑袋，不想说话。

"你们还是先说说自己有什么愿望吧，这样大家都来看看，实现谁的比较好。"

第一个开口的是懒龙龙："彩虹精灵，我希望我可以睡个三天三夜、舒舒服服的大觉！而且这三天三夜里没有任何恐龙打扰，妈妈龙也不行！而且我还要做个美梦，梦里的我也在舒舒服服地睡大觉！"懒龙龙一想到自己如果能睡个三天三夜，就幸福得想跳起来。

其他小恐龙听到懒龙龙的愿望，都觉得不可思议。不过这确实是懒龙龙可以做出的事情。

第二个开口的是小美，她有点害羞地说道："我希望我可以成为恐龙岛最美的恐龙。"

"小美，你一定会成为恐龙岛最美的恐龙的！在我看来，你已经是恐龙岛小恐龙里面最漂亮的一个啦，以后也一定会是的！"

"小窟窿，谢谢你！不过你的愿望是什么呢？"

小酷龙的愿望是，做小美唯一的朋友，但他不好意思当众说："我不太好意思说，我可以只跟彩虹精灵说吗？"

"好吧。"小美很尊重她的好朋友小酷龙的意愿，就没有再追问下去。

第三个开口的是小酷龙，不过他是跟彩虹精灵单独说的。

第四个开口说愿望的是小霸王龙，小霸王龙的愿望是，再次见到牺牲的爸爸妈妈，告诉他们，自己成了勇敢的恐龙之王。

其他小恐龙听到小霸王龙的愿望，都变得伤心起来。原来小霸王龙已经没有爸爸妈妈了，别人伤心的时候可以去找爸爸妈妈撒娇哭诉，可小霸王龙他去哪儿找呢，他又该找谁呢。

第五个说愿望的是壮壮龙，他想做所有小恐龙的孩子王。他想当小恐龙们的老大！每天带着小恐龙们玩耍，并且像他的名字一样强壮起来，保护其他的小恐龙。

接下来开口的是大角龙，他的愿望是小角龙永远比不上自己。

其他小恐龙听到这个愿望的时候都蒙了，本来以为大角龙和小角龙之间可以不用再比来比去，和睦相处了，可没想到大角龙的愿望还是小角龙永远比不上自己。

可友谊本来就很复杂的，不是吗？每只小恐龙和朋友相处的方式也不太一样。大角龙和小角龙确实是每天都得黏在一起玩耍的好朋友，可两个人就是很喜欢和对方比较，可能这种比较也是他们维系两个人友谊的一部分吧。

小角龙的愿望是希望妈妈以后再也不用喝苦药。最近小角龙的妈妈生病了，每天都得喝很苦很苦的药。每次小角龙问妈妈苦不苦的时候，妈妈总是说不苦。可他每次都是看着妈妈皱着眉头把药喝完的，怎么会不苦呢？

"我的愿望是……"到说愿望的时候，小角龙犹豫了。他真的很想许下妈妈再不用喝下苦药的愿望，可他见大角龙许下了自己永远比不过他的愿望，冲动之下，也改了自己的愿望，"我的愿望是——大角龙永远比不过我！"

当大家以为所有小恐龙的愿望都说完的时候，彩虹精灵注意到了站在一边的独龙侠。

"独龙侠，你的愿望是什么呢？"

"彩虹精灵……我……我没有愿望。"独龙侠低着头，他不太好意思告诉大家，他的愿望是希望自己有很多很多的朋友，他不想再孤独了。

"怎么会没有愿望呢？祈雨的时候我和雨精灵都看到你用心画的彩虹画了，真的画得很好呢。独龙侠你是不是不好意思说出来呢？没关系的，你可以和小酷龙一样，偷偷告诉我，我是不会告诉其他小恐龙的。"

独龙侠走到彩虹精灵身边，轻声地告诉了彩虹精灵自己的愿望。

彩虹精灵说："好了，现在八只小恐龙的愿望我都已经知道了。每只小恐龙的愿望都很好，我都想实现。但事实是我只能实现一个小恐龙的愿望，我也不知道该实现哪只小恐龙的愿望更为合适、更为公平。这样吧，从现在开始你们前往海边，去收集赤、橙、黄、绿、青、蓝、紫七种颜色的海螺吧，明天这个时候，我会去恐龙岛公园找你们。你们当中谁找到的海螺最多，我就实现谁的愿望。"

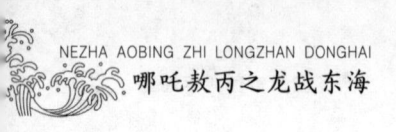

第四章　小美的冒险

听到彩虹精灵的话后，八只小恐龙即刻前往海边寻找海螺。

"我有一个疑问，我们为什么要收集赤、橙、黄、绿、青、蓝、紫这七种颜色的海螺呀，其他颜色的海螺不行吗，而且海螺有那么多颜色吗？"小角龙提出心里的疑问。

见没有小恐龙回答小角龙这个问题，独龙侠斟酌了片刻，提出了自己的见解："我也不知道海螺有没有这么多颜色，不过这七种颜色应该是指彩虹的颜色吧。这些颜色或许是彩虹精灵降下了魔法，将海螺变成七种颜色的呢？"

"你说得有道理！可是我们有八只恐龙啊，就算一人一个的话，也需要八只海螺。可彩虹精灵让我们收集赤橙黄绿青蓝紫七种颜色的海螺，这是不是意味着会有一只小恐龙没有海螺呀？这怎么办哪？"

小角龙的表情变得凝重起来。

其他小恐龙听到了小角龙的话，表情也变得凝重起来，他们的脚步也不自觉地加快了。毕竟谁也不想做最后一只到达海滩的小恐龙，更不想做找不到海螺的小恐龙。

不过紧张凝重的氛围被懒龙龙的声音给打破了，他指向不远处的一个蜂窝，兴奋地说："哇，是蜂蜜！你们闻这甜蜜蜜的气味，我真的好想吃哦。"

"我听妈妈说，用蜂蜜做面膜可以变漂亮呢！我要去取一点蜂蜜回去做面膜！"小美说完，就向蜂窝走去。

"欸，小美，我们还是先去海滩找海螺吧，到时候再回来取蜂蜜也不晚哪！"小酷龙跟在小美身后说道，他希望他的话可以劝阻小美取蜂蜜的行为。

此时小美和小酷龙面前是一个挂在大树上的巨大的蜂窝，而蜜蜂们正在它们的家里辛勤地劳作着，它们并未发现有一只小恐龙正想要拿走它们辛辛苦苦的劳动成果。

"小美，还是算了吧。你看这蜂巢里蜜蜂这么多，到时候它们发现你了，一窝蜂地全出来了，那可就大事不妙了。我听大恐龙们说，蜜蜂叮恐龙可痛了，我们下次还是找专门养蜂的恐龙伯伯买一些蜂蜜，再拿来做面膜吧。"

小酷龙拉住了小美的手,想要阻止她进一步向蜂窝走去。

"小窟窿,我从来没有闻到过这么香的蜂蜜。如果把这种蜂蜜做成面膜,效果肯定是最好的!虽然说买来的蜂蜜会比较方便,但买来的蜂蜜肯定比不过这个!不过小窟窿,你要是害怕的话,你就回去吧,我自己来。"小美的决心丝毫没有被小酷龙的话语和行动动摇。

说完,小美伸手掏向蜂窝,只是她没想到的是,本在辛勤劳作的蜜蜂们竟然立马发现了她的存在。它们放下了手里的活,以最快的速度冲向了小美。

"啊,救命啊!"小美吓得呆住了,还没来得及转身快跑,就被一大群蜜蜂包围了起来。蜜蜂们愤怒的嗡嗡声充斥着周围的空气。

现在谁也看不出小美的样子了,他们只能看到一个棕色的恐龙形状的移动物体。而蜜蜂嗡嗡的喊声也掩盖了小美呼救的声音。

"小美!"小酷龙想要帮忙,却发现无从下手。他不知道怎么进入蜜蜂堆里将小美救出来。小酷龙着急地在地上跺着脚。

"你们快过来救救小美呀,小美现在被蜜蜂包围了!"小酷龙冲不远处的其他小恐龙喊着,希望他们可以过来帮忙。

听到小酷龙的呼喊后,其他恐龙也跑了过来。但他们也不知道怎么把小美从蜜蜂群里救出来。

"你们有办法驱散蜜蜂吗?"小酷龙着急地问。

其他小恐龙都摇了摇头,一脸焦急地看向小美的方向。

只有独龙侠开口:"我在书里看到过,说是烟可以驱散蜜蜂。但需要有火才能有烟,我们又到哪里去找火呢?"

"对不起,对不起,我以后再也不会了。"小美边哭边喊着。

众小恐龙都在想主意的时候,小美已经快走到道路边缘了。没过多久,小酷龙看到了。

"啊!小美,你别往那边走!"小酷龙大声喊道。

小美被蜜蜂的攻击吓得手忙脚乱,而蜜蜂的嗡嗡声也阻挡了外界的声音,她压根没有听到小酷龙的话,也没有发现自己已经走到了道路的边缘,而道路的下方是一条湍急的小河。

"啊!"小美一脚踩空坠入了河里。

不过幸运的是,蜜蜂没有再追着小美攻击了,不幸的是,水流很是湍急,很快就要将小美带出七只小恐龙的视线。

"小美,小心!"

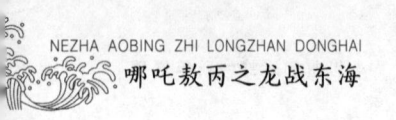

危急时刻，小酷龙毫不犹豫地跃入水中，顺着水流的方向游向小美。他急忙伸手抓住了已经吓到昏迷的小美，并抓着河流里的树干，慢慢游向了岸边。

"小美，我来了！"

然而，小酷龙没想到的是，这时壮壮龙也紧随其后，试图在紧急情况下展现自己的英勇，帮助小酷龙将小美救上来。

"我也来帮忙！"可是壮壮龙跳水的方向没有掌握好，竟然直接撞向了小酷龙的手，而这只手本来紧紧抓着昏迷的小美。

巨大的撞击力让小酷龙的手一松，他本想再次抓住小美，可此时的水流突然变得更加汹涌湍急，小美就这样被水流冲走了。

"壮壮龙，你干什么呀！小美——"

小美顺着水流的方向急速向下游漂去。

不知过了多久，小美从昏迷中醒来的时候，她发现自己躺在一个陌生的地方，周围是一片茂密的森林。

"我这是在哪儿啊。"小美看向周围陌生的景色，心里有一点害怕。

"我刚刚不是还在河里吗。小窟窿，懒龙龙，独龙侠，你们在哪儿啊？"小美站起身向四周喊叫着，但森林里除了她的回音，没有一点其他的声音，这让她更加害怕了。

"对不起，我下次再也不偷蜂蜜了，呜呜，我下次再也不会了，呜呜呜……"小美不由自主地哭了起来。

"要是我没有去招惹蜜蜂，也不会掉入河里，也不会到达这里，也不会和同伴们走散了，呜呜呜。"

小美哭着哭着，突然想起来小酷龙跟她说过，哭多了就不好看了。她抽搭了几声，就没再哭了。

小美觉得在森林里干等着不是办法，就准备摸索一下，看看哪里可以回到原来的路上。

"我要自己想办法，去找伙伴们！"

可探索的结果并不乐观，小美不仅没有找到回去的路，而且在森林里迷失了方向。她看着周围的大树，它们长得好像都一模一样。

"怎么会这样呢，刚刚醒来的时候周边的环境多少都是有区别的呀……现在怎么就一模一样了呢……"小美在森林里绕圈似的走来走去，可兜兜转转，还是回到了最初的位置。

"小窟窿，你们在哪儿啊……"小美越发地感到孤独和害怕。不过她并没有放弃斗志，而是用从恐龙电视里学来的东西去尝试找到路。

她开始在周围的大树底下捡木棍，并且按照一定的规律放在她经过的大树旁边以做记号。她试图根据记号，来排除错误的路，以此找到正确的路出去。

"小窟窿，你们等等我。我很快就会过来的！"小美在心里给自己打气。

这个找路的效率虽然不是很高，甚至说很费时间，但起码有些效果，小美慢慢地不在森林里打转了。

走着走着，突然，一只漂亮的月白色小鹿慢慢地向小美跑来，它的周围也萦绕着淡淡的月白色光芒。

"哇，好漂亮的小鹿哇！我从来没有看到过这么漂亮的鹿！要是我也能和你一样发光就好了，那我肯定会变成恐龙岛最漂亮的小恐龙的！"

"你已经很漂亮了呀。"月白色小鹿跑到了小美面前，两颗水晶似的眼睛，亮晶晶地看向小美。

"啊，你竟然会说话！"小美几乎要迷失在小鹿水晶般的眼睛里了，因为实在是太漂亮了。可是小美忘记了爸爸妈妈曾经跟她说的，不要轻易相信陌生恐龙，当然也包括其他陌生的动物了。

"是呀，我会说话。我是月色森林的守护者白月小鹿，你现在需要帮助吗？我看到你在森林里已经兜兜转转很久了。"

"是的！你能带我走出去吗，我在森林里迷路了，现在需要出去，找到我的朋友们，你可以帮帮我吗？"小美满怀期冀地提出自己的请求。

"请跟我来。"

可是小美不知道的是，这只漂亮的月白色小鹿，并不是什么森林守护者，而且她也不是一只善良正直的好鹿。

在她的"帮助"下，小美"成功"进入了森林深处，并且离森林的出口越来越远了。

"好啦，你再往前走就到出口了，我就先走了。"小鹿的声音听上去十分温柔恬静，但在小美没看到的地方，她的眼睛里竟然闪过了一道邪恶的光，神情也变得有些邪恶。

"谢谢你，小鹿！为了感谢你带我出来，我把我最喜欢的花送给你吧！"小美摘下了自己脑袋上的花朵，别到了小鹿的耳朵上。

"嘿嘿，没事。你再往前走就可以了"小鹿说完消失在小美的视线中，小美还没来得及和小鹿告别呢。

而小美不知道的是小鹿带她来的地方，是森林里几乎所有生物都知道的危险

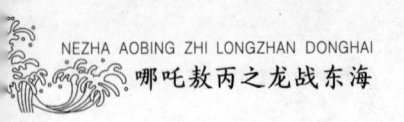

之地——黑暗洞穴。这里漆黑一片，有时运气不好还会遇到危险的未知生物。

小美按照小鹿说的方向向洞穴走去，可是她到现在还没发现她以为善良的小鹿，其实骗了她。

"这里怎么黑漆漆的呀。"小美瞪着眼睛，却发现走了很久，什么也看不见。她越发害怕起来了。

"这明明是按小鹿说的路线走的呀……会不会我再往前面走一段就到出口了呢……小鹿长得也不像坏蛋哪，它不会是骗我的吧……"小美还是对小鹿抱有一丝幻想，可是她越走越觉得不对劲。

"怎么还是漆黑的呀？怎么还没有走出去呀？我好害怕呀……"

在漆黑一片什么都看不见的洞穴里，小美的神经紧绷到了极致，她心中的恐惧也扩大到了极致。

"为什么还是没有出去？呜呜呜……妈妈，我想妈妈……怎么办，会不会是小鹿骗了我呀……可是她明明看着很漂亮、不会害人哪……不会她真的是一只坏鹿吧，呜呜呜……我还把我最爱的小花送给她了，呜呜……"小美哭得有些语无伦次。

小美边哭边走着，但在漆黑的洞穴中，她不仅没有出去，还找不到原路了。

"谁来帮帮我呀！"小美哭喊着。

小美听到了脚步声，好像是有什么东西向她走过来了。但是在漆黑一片的洞穴里，她什么也看不到。

脚步声越来越近了，而伴随脚步声而来的，还有一盏明黄色的灯笼和一只乌龟。

小美因为之前被小鹿欺骗，现在心有余悸，生怕这个突然出现的动物，会再次欺骗与伤害她。她赶忙向后方退去。但在这个像迷宫一样的洞穴里，小美一退就到死路了。

小美努力地把恐龙身子缩了起来，心中盼望着这只乌龟没有发现她的存在，不要伤害她，她也暗暗希望这只乌龟可以带着自己出去。

"怎么了，孩子，是迷路了吗？"乌龟老者的声音很是慈祥，他缓缓走向了蹲在角落里的小美。

而小美此时更加害怕了，因为之前那只小鹿也是这么跟她说的。她就是听信了那只小鹿的话，才走到这个漆黑的洞穴里的。她害怕这个乌龟老者和小鹿是一伙的，他们正在采取同样的路数欺骗她。

"孩子，你还好吗？"乌龟老者的手温柔地放在了小美的脑袋上，那触感温暖得让小美又哭了起来。她想起了妈妈在她伤心的时候把手放在她脑袋上时的感受。

"怎么哭了？有什么事跟龟爷爷说，爷爷给你解决。"龟爷爷将小美从地上拉了起来，"再哭就不漂亮了哦，不过我还是第一次看到这么漂亮的小恐龙呢。"龟爷爷说完，还从背后的龟壳里拿出了一张干净的手帕来给小美擦眼泪。

"龟爷爷，您会伤害我吗？"小美泪眼汪汪地看向龟爷爷，她真的不希望龟爷爷也是个坏蛋。

"这话怎么说？我怎么会伤害你呢。这么漂亮、勇敢的小恐龙，应该要快快乐乐地健康长大才是呀！孩子，你刚刚是经历了什么不好的事情吗？出了什么事，你告诉爷爷，爷爷帮你解决。"

"龟爷爷，呜呜呜……我之前在森林里迷路了，遇到了一只小鹿，说是可以带我出去，可是她把我带到这里面来了……这里面只有我一只小恐龙，其他什么动物都没有，还黑乎乎的……我真的很害怕……呜呜呜。"

"孩子，那只鹿哇，是我们森林里有名的坏蛋了，专骗不知情的小动物进这洞穴。唉，不过你怎么就这么轻易相信她了呢，没有发现这条路很不对劲吗？"

"呜呜，我看她长得很漂亮，浑身也是雪白的，看上去不会骗我的样子，呜呜，可是没想到……"

"孩子你要知道，真正的美呀，它不仅存在于外表，更存在于内心。我们得通过心去判断对方的好坏，而不是仅凭外表去判断，明白吗？不过孩子，你要往好处想，毕竟你在这方面吃过亏，上过当了，下次再遇到同样的事情，就可以更加谨慎了呢。"

小美听明白了龟爷爷的话，乖巧地点了点头。美并不仅仅是外表的华丽，更是内心的坚韧和善良。

"谢谢你，龟爷爷！"

"唉，没事。乖孩子，委屈你了。现在快跟我出去吧。再在这洞穴里待着，指不定之后还会出现什么怪物呢。"

在龟爷爷的带领下，小美终于走出了洞穴。当她看到洞穴外明媚的阳光时，小美由衷地笑了起来。

"龟爷爷，阳光真美呀。我还以为再也见不到阳光了呢。"

"唉，孩子，说话可不要这么消极哦。不管怎么样，一定要对未来充满希望啊。"

小美和龟爷爷沐浴在温暖的阳光下。

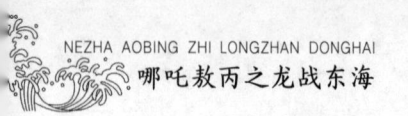

"龟爷爷，我可以再请您帮个忙吗？您能告诉我怎么才能走出这个森林吗？我和我的小伙伴们走散了，他们一定也很着急地在找我。我得快点赶回去。"

"唉，没问题。孩子，你要去什么地方呢？"

"我不确定小伙伴们现在走到哪里了。不过我们的目的地是在海滩上。您能给我指出走出森林去海滩的路吗？"

"唉，好，你听我说呀。你先直走，看到一个小木屋之后哇，再往右走，之后到达路的尽头再左走，很快就能走出森林看到去海滩的路了。"

"好的，谢谢您！"小美连忙向龟爷爷鞠躬道谢。

"没事的，不过孩子，这段路我就没法陪伴你了。我还得再去洞穴看看有没有其他误入的孩子哩。"

"好的，祝您一切顺利！"

第五章　七只小恐龙的惊险旅程

"小美！"

"啊，不好，小美被水流冲走了！"

"小酷龙，你和壮壮龙先上来，别也被大水给冲走了！"

小酷龙站在河里，神情十分痛苦，他明明已经抓住小美，马上就可以把小美救上来了。偏偏壮壮龙这个时候下来了，他知道壮壮龙是来帮忙的，可是没想到他是来帮倒忙的。

壮壮龙十分愧疚，他走到小酷龙身边，说："对不起，都怪我。不过水里很危险，我们还是先上去吧。"他伸手去拉小酷龙，却没拉动。

小酷龙依旧沉默着，一言不发地站在河里。

"是呀是呀，小酷龙，你们先上来吧。我们其他几个都是不会游泳的。要是你们也被冲走了，我们要怎么救你们和小美呢。"小霸王龙也连忙劝着。

"是呀，小窟窿，我们知道你心里很难受。但总要先上岸，我们再一起想办法呀。"懒龙龙也加入了对小酷龙的劝说。

"小酷龙，上来吧！"

"是呀是呀，上来吧！"

大角龙和小角龙异口同声地叫着小酷龙上来，他们俩的意见在一般情况下很难达成一致，不过这次，在小酷龙上不上来的问题上，他们达成一致了。

大角龙和小角龙看向对方，情不自禁地笑了，他们没想到竟然和对方意见一致，而且还一致得这么默契——大角龙和小角龙都没对对方说过一句话，但他们不约而同地劝说着小酷龙上来。

小酷龙看到伙伴们都很着急的样子，终于放下了个人的情绪，和壮壮龙搀扶着一起上了岸。

上岸之后，小酷龙冷静了一会儿，平复好了自己的情绪，终于开口了："我们先去找小美，之后再去海滩上找海螺可以吗？小美孤身一个在外面，我不放心……也不知道她那边什么情况了……"

"好的好的，小美也是我们的朋友！我们肯定不能丢下她先走的！"

"我同意！"

"是的，我们绝不会抛弃小美的！"

"愿望很重要，但是朋友也很重要！"

"我们先找到小美，再一起去找海螺！"

"对，这样很公平！大家同时开始！不然我们先到了海边，就直接开始找海螺的话，对小美太不公平了！"

六只小恐龙都表达了对小酷龙建议的认可，小酷龙的心也慢慢定下来了。

"那我们该去哪里找小美呢？"小酷龙神情焦急地看着激流翻滚的水面。

"我们可以根据水流的方向来看，刚刚小美顺着水流是往西走的，而我们顺着水流的方向去找，应该会有成果的。不过巧的是，我们去海滩也是走这条路。我们只要走得慢点，多观察观察周围的环境，应该是可以找到小美的。"独龙侠在众小恐龙都不知道该去哪儿找小美的关键时刻，提出了自己的见解，为大家答疑解惑。

"没错，只要顺着水流的方向，肯定能找到小美的！"小霸王龙想了想独龙侠话语的逻辑性，和自己之前在书上看到的一对应，就知道独龙侠的话很有道理。

"那我们快快出发吧！"

壮壮龙因为之前撞走小美的事情很愧疚，很想做些什么来弥补，他便最积极地劝大家快快出发，这样就可以快快地找到小美了。

七只小恐龙顺着河流一路往下，走到了一座狭窄的峡谷面前。峡谷的下方是激流汹涌的小河，一座摇摇晃晃的独木桥跨越在峡谷之上。

"妈呀，这独木桥看着不太安全哪。"懒龙龙先打起了退堂鼓，"要是掉下去

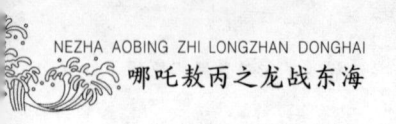

了可怎么办哪，我可不会游泳啊。"要是掉到了河里，浑身湿透了，懒龙龙肯定又要被妈妈骂了。

为什么说"又"呢？因为懒龙龙太懒了，在家里总是只想着睡觉，也不帮妈妈干活。种种原因堆积在一起，懒龙龙在家总是挨骂。而他想睡个三天三夜大觉的愿望也和这个有关，如果他在家里什么都不管地睡觉，不仅要挨骂，肯定还会被妈妈赶出家门的！不过许愿就不一样啦，他许愿睡个三天三夜，谁也管不着！

"我先上去试试！"小酷龙着急想快点找到小美，当然不想在过桥这件事情上耽误时间。

"我也来！"小角龙这个时候跟在了小酷龙的身后。

见大角龙还没意识到自己已经超前了，小角龙心里美滋滋的。

"你不是总喜欢跟我比吗，这次我先走前面，看你怎么超过我！"小角龙心里暗暗想着。

小酷龙和小角龙一起踏上了独木桥。可这个独木桥小恐龙们一个一个过还好，两个一起过的话，极难保持平衡。再加上下方水流的冲击，他们很快失去了平衡，两个一起掉入了小河中。

"啊，不好！小角龙！"大角龙大声地叫喊着，他刚刚还没想明白为什么小角龙和小酷龙一起上了独木桥，他们两个就那样掉了下去。

"怎么办，我不会游泳啊。"大角龙看着小角龙在水里扑腾着，心里十分焦急。

"我来帮忙！"壮壮龙没有犹豫，立马跳入了水里，不过这次他谨慎多了，是看好了方向再跳的。这次也没有撞到河里的任何一只小恐龙。

被呛了好几口水的小角龙此刻十分后悔，早知道就不逞强了。

壮壮龙作为除了小酷龙外唯一会儿游泳的恐龙，他在面对小酷龙和小角龙同时掉入水中的紧急情况下，他选择了先救小角龙。

"小角龙，我来了！"壮壮龙在之前小酷龙救小美的过程中，知道小酷龙是会游泳的，此时此刻更需要帮助的是小角龙。

不过向小角龙游过去的时候，壮壮龙的心里还是很矛盾的。之前就是因为他的鲁莽才使小酷龙对小美的救援没有成功，而现在他优先选择了救小角龙，小酷龙会不会生气呢。

小酷龙好像感受到了壮壮龙的纠结一样，"先……去救小角龙，我没事……"小酷龙虽然掉下来的时候也猝不及防地呛了几口水，但情况还是比小角龙好了很多，毕竟自己会游泳嘛。

听到小酷龙的话后，壮壮龙不再犹豫，立马快速地游向了快要昏过去的小角龙，并带着小角龙向岸边游去。

"不好，小酷龙的表情好像不对！"独龙侠大喊着。

原来这个时候小酷龙的腿抽筋了。本来还能自己支撑着爬上岸的他，再次被湍急的水流冲到了河流中央。而此时危急的情况下，已经没有时间给壮壮龙再游到小酷龙的身边了。

正当大家以为没有希望的时候，独龙侠想出了一个主意。

"快！我有个好点子，壮壮龙先走到最前面，对！然后小霸王龙，你抓住壮壮龙的尾巴，大角龙你再抓紧小霸王龙的尾巴，我们距离够长，肯定能够快速够住小酷龙的。"此时独龙侠的语速非常快，但在危急情况下，大家都听懂了。

几只小恐龙在独龙侠的指挥下，成功将小酷龙救了上来。

大家都累得坐在地上喘着气。

"小酷龙，你没事吧。"壮壮龙坐在小酷龙的身边，神情很是愧疚。

"咳咳，没事……"小酷龙边说边吐出一大口水来，"当时那个情况下，你的确应该先救小角龙的，我会游泳，还是比小角龙安全很多的。而且要换作是我，我也会先救小角龙的。你不要愧疚，我现在不是好好的吗？不过当务之急，我们还是得先找到小美。"

"好的，小酷龙，真是谢谢你。"壮壮龙边说边用手拍着小酷龙的背，希望他可以呼吸得更顺畅一些。在经历了生死时刻，壮壮龙和小酷龙的关系可以说是彻底和好了。

"小角龙，你现在还好吗？"小霸王龙问刚刚掉到水里，现在坐在地上休息的小角龙。

"我没事了，小酷龙你还好吗？"

"我也没事了，我们继续向前走吧。"

大家短暂地休息过后，准备继续向前行动。

"我刚刚去周围找过了，只有这个独木桥能通过峡谷……"小霸王龙的神色很是难看。

而因为之前两只小恐龙的落水，其他小恐龙的心里都有点发怵。

此时独龙侠再次开口了："我刚刚研究了一会儿，其实这个独木桥还是比较安全的。之前小酷龙和小角龙掉了下去，很大原因是两只恐龙都在桥上，你们互相影响，很难保持平衡，再加上下方水流湍急，直接就给冲下去了。但如果我们分开走，一个走完，下一个再跟上，我们再走得小心一点，应该可以安全过

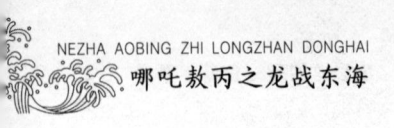

去的。"

"真的吗？"懒龙龙还是有点害怕。

"我觉得独龙侠说得有道理，要不我们先试试？毕竟现在没有其他路可以过去了。"小霸王龙说道。

"这次让我先来吧。"壮壮龙自告奋勇地站在了第一个的位置上。

果然正如独龙侠所言，一只小恐龙过去是安全的。

在看到壮壮龙安全抵达对岸之后，他们也慢慢放下心来，有秩序地一个接一个地到达了对岸。

而就在他们从小河对岸上来之后，他们发现自己进入了一条危险的山道。这条山道陡峭且狭窄，需要穿越悬崖峭壁和险峻的地形。

"妈呀，感觉这条山道比之前的独木桥更难走哇……"懒龙龙看着面前陡峭狭窄的道路，打了一个激灵。

"但是往好处想，这起码是有路的呀。要是在没有路的情况下，还要通过这样险峻的高山，连想都不敢想。"小霸王龙说道。

"唉，你说得对，我们起码是有路走，还是挺幸运的。"懒龙龙妥协了，认命似的看着眼前的山道，默默地叹了一口气。

"这条窄路，我们走的时候一定要有秩序才行。不然从这里掉下去，可比掉入河里危险多了。"独龙侠说道。

那谁走在最前面好呢？走在最前面意味着他的责任最大，危险也最大。此时大家都踌躇着，大部分的小恐龙都不想走在最前面。

而此时壮壮龙走到了队伍的最前方，"大家排好队，跟着我吧。"

"大家看好脚下的路，我们一定要小心一点。"壮壮龙在最前方为大家指引着安全的道路，边走还边提醒大家注意脚下的石块什么的。

而通过之前的救小酷龙的经历，他们已经明白了团结的重要性。在险峻的山道中，每只小恐龙的每一步都需要小心翼翼地迈出，因为一旦有人失足，整个团队都可能陷入危机之中。

他们经过共同努力，终于一步步克服了山道的难关，成功地穿越了这个险象环生的山道。

"妈呀，终于过来了！我要是跟妈妈说，我们一起走过了这么陡峭的山路，她一定不敢相信的！"懒龙龙激动地大声说着。

而其他小恐龙的脸上也全是喜色，都为自己和大家安全地通过了那条山路感到喜悦。可他们不知道的是，更危险、更刺激的还在后头呢。

"事不宜迟，我们还是先往前走吧。"壮壮龙再次带领大家向前方走去。

小酷龙很感激地看向壮壮龙，这次再也不用他提醒快点走去找小美了。这次也有其他小恐龙和他一起追赶进度了。

本来小恐龙们以为之后的行程应该会顺利很多，可是谁也没想到，大角龙和小角龙两只走在最后的小恐龙，渐渐离队伍越来越远，甚至还不知怎么的吵起来了。

"你这个笨龙，要不是你和小酷龙一起走，哪里会掉进水里呀，救你还花了那么多时间，耽误了救小美，你负责吗？"

"我哪里知道哇，你现在说我有什么用啊！"

"就说你怎么了。这件事难道不是你做错了吗？"

"大角龙，你怎么一点也不讲道理呀？"

大角龙和小角龙吵得越发不可收拾起来，之后两只小恐龙甚至像大角虫一样对顶。大角龙仗着力气大，竟然把小角龙顶下了山坡！

壮壮龙走在最前面，没有发现后面的乱象。当他看到小角龙骨碌碌地滚下了坡的时候，这才发现事情变得不对劲起来。

"小角龙，怎么回事呀！"

"啊，小角龙怎么滚下去了，多危险哪！"

壮壮龙回头问大家，可结果大家都不知道。

接着，大角龙一脸愧疚地走到了壮壮龙身边，解释道："对不起，我刚刚没控制住情绪，和小角龙吵起来了……然后我力气太大了，还把小角龙给顶下去了……"

"唉，你跟我道歉有什么用啊，等救到小角龙再说吧。"

"不好，那里有一只大暴龙！"

很不幸的是，小角龙滚落的终点是一只大暴龙的脑袋，而此时这只大暴龙正在安心地睡午觉呢。

小角龙重重地滚到了大暴龙的脑袋上，直接把大暴龙给砸醒了。

大暴龙一脸怒气地爬了起来："什么人敢打扰我的午觉！"

可能因为小角龙太小，大暴龙太大的缘故，大暴龙入眼处并没有看到滚落在他身边，此时有些头晕眼花、坐在地上一动不动的小角龙，而是一眼就看到了山坡上惊慌失措的其他六只小恐龙。

"你们怎么敢吵醒我呀！作为惩罚，就把你们作为我的午餐吧！"大暴龙说完，向山坡上的小恐龙们狂奔过去。

"不好，我们快跑！"

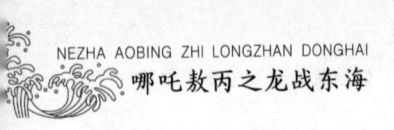

第六章　伙伴的力量

在逃跑的过程中，独龙侠因为体力不支，慢慢落在了后面，而大暴龙也离他越来越近。

独龙侠很快意识到他无法在速度上战胜大暴龙，但目前他没有想出怎样可以摆脱这只大暴龙。

不过大家也不要过于担心，从之前小恐龙们的冒险旅程中，我们可以看出独龙侠并不是一只寻常的恐龙，甚至还可以说独龙侠是小恐龙团里的"智多星"呢，而这一次独龙侠也决定运用他的智慧和勇气去摆脱困境。

"吼吼吼，就先拿你这只小恐龙来开开胃吧！"大暴龙大叫着。

在马上就要被大暴龙抓住的绝境下，独龙侠依旧并没有放弃希望。虽然他的腿已经快要跑不动了，但他的脑子仍在快速运转着。

艰难地跑了一段距离，独龙侠感觉体力快要透支了。但万幸的是独龙侠看到了山上的森林，脑子里顿时有了主意。

独龙侠用着最后的力气向山上的森林跑去。

"小恐龙，前面一直都是我让着你，现在我要加速了吼吼！我饿了！没心情再陪你玩赛跑的游戏了！"大暴龙想都没想，就跟着独龙侠进了山林。

只是大暴龙没想到的是他庞大的身躯，穿梭在植被茂盛的山林里会十分困难，甚至有时还会被藤蔓缠住手脚。

"这些藤蔓真烦哪！"大暴龙暴躁地扯着身上的藤蔓。

"你怎么不追我了！你过来呀！"独龙侠在不远处向大暴龙招手。

独龙侠的挑衅是大暴龙万万没有想到的——他的食物竟然在不远处挑衅他，还让他快点过来，这也是他绝对不能容忍的。

"小恐龙，你怎么敢的呀！"大暴龙粗暴地扯开周围的藤蔓，向独龙侠的方向跑去。

"你怎么跑得这么慢哪！是不是没力气了？"

"咿呀呀！你还敢挑衅我！"大暴龙的速度越来越快。

独龙侠依旧站在之前的位置，时不时还向大暴龙招手。

"小恐龙，你是跑不动了吧！现在在这里，是等着被我吃掉吗？——真乖呀，我来了！终于可以饱餐一顿了，哈哈哈！"

就在大暴龙马上可以伸手抓住独龙侠的那一瞬间，他看到了面前的一个覆盖着藤蔓的坑洞，而从远处看压根看不出来独龙侠的面前有这么一个坑洞。

等到大暴龙跑到近处看得见的时候，他此时收脚已经来不及了，因为大暴龙在被独龙侠言语刺激下，越跑越快，越跑越快。在惯性的作用下，他直接掉进了那个坑洞里——那个坑洞有些深度，一时半会儿大暴龙还爬不上来。

"小恐龙，你竟然敢设陷阱！你等着我爬上来！我一定好好教训你！"大暴龙愤怒地在坑洞中吼着。

不过这个时候独龙侠可没有时间和大暴龙废话，他得趁着大暴龙还没爬上来的时间里，赶快回到之前的路线上，找到小伙伴们。

跑了一段时间，独龙侠终于看到了伙伴们。

"独龙侠，还好你没事！"

壮壮龙看到独龙侠平安地回到了主路上，心里的大石头总算是放下了。他们跑了很长一段时间，才发现独龙侠不见了，大家的心里都非常着急，生怕独龙侠被大暴龙给吃掉了。

"哎呀，可担心死我们了。"

"你没事就好！"

"没事就太好了！不过独龙侠你这么聪明，是不是把大暴龙带到坑里去了呀！"

大家一句一句的真心实意的关心让独龙侠的心里暖暖的。

"是的，我没事。我刚刚把大暴龙引到森林里的陷阱里去了。不过那个坑不是很大，大暴龙应该很快就会爬出来，我们还是快点走吧。"

独龙侠的话音刚落，小恐龙们身后就由远及近传来重重的脚步声。听声音，没多久大暴龙就要赶来了。

"不好，是大暴龙的脚步声！"

"距离我们越来越近了！"

"啊，大暴龙马上要追上来了！"

"大家快跑！"

"啊啊啊，快跑哇！"

"伙伴们，现在跑好像已经来不及了！按脚步声的大小来判断，大暴龙的速度实在是太快了！我们就算现在跑，也很快会被他追上的……"

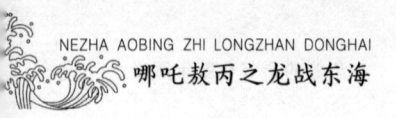

"啊，那也不能站在这里等着大暴龙来吃呀！"

"你们先走，我有办法！"小霸王龙在危机面前，立刻显露出他的正义感和勇敢，他催促着小伙伴们快点跑，而自己站在小伙伴们的后方，试图以个人的力量阻挡大暴龙的前进。

"我们怎么能丢下你，自己跑呢！"

"对呀，我们要走一起走！谁也不能落下！"

"你们放心，我会没事的！伙伴们，现在一起跑已经来不及了，你们先加油跑，在前面接应我！我很快就会跟上来的！"

"好的！小霸王龙，你要快点跟上来呀！"

其他小恐龙们虽然不舍，但也不想辜负小霸王龙的努力，奋力向前跑着，只是有一只小恐龙很奇怪，跑了几步又回来了。

"小霸王龙，我来了！"在这个关键时刻，本来跟着其他小恐龙向前奋力跑着的懒龙龙跑了回来。

懒龙龙目光坚定地走到小霸王龙的身边，握住了小霸王龙的手。

懒龙龙好像和之前不一样了，他好像没那么懒了，也不再秉持着"自己要多休息，多一事不如少一事"的观点了。

"懒龙龙……"小霸王龙的心里很是感动。不过感动归感动，小霸王龙还是想让懒龙龙和小伙伴们一起走，留在这里太危险了。他相信自己一个人也是可以拦住大暴龙一会儿的。

"虽然我没有你那么尖锐的角和那么大的力量，但我也想尽自己的一份力。我可以在你身边出出主意，来帮助你，也可以为小伙伴们争取更多逃跑的时间。小霸王龙，我不想再站在你们身后了，我也想付出努力，我也想保护大家。"

小霸王龙重重地点了点头，紧紧地回握住了懒龙龙的手。

"好的懒龙龙，我们一起！"

"嗯嗯，那我们快点行动吧！我有一个主意，你听我说……"

边说懒龙龙边搬起了道路旁的落石，一块一块地堆在了道路中央。而这些落石和周围的树木相互结合，形成了一个天然的临时屏障。如果大暴龙要强行通过这条路的话，必须得撞开这些石头，而他一旦撞向这些石头，上方的石头就会全部砸到他的身上。

"好主意！"小霸王龙边听边看，知道懒龙龙的计划之后，也一起搬石头。

刚好石头墙准备妥当的时候，大暴龙也赶到了这里。

"什么东西，挡在我的面前！就这么点小小的石头，也能奈何得了我？小恐龙们，你们也太小瞧我大暴龙了！"

"那你过来呀！"懒龙龙大声地向矮石墙另一侧的大暴龙喊着，然后又小声地跟小霸王龙说："我们快走。"

小霸王龙拉起懒龙龙的手就向前方跑去。

懒龙龙这个时候突然发现，冒险逃亡虽然累了点，但是比在床上睡大觉还是有趣多了。毕竟梦里的冒险、梦里的美食还是梦里的，和现实生活终归扯不上多大关系。而现实生活中冒险得到的朋友那可是一辈子的友谊，是真真切切存在的！

"啊，什么东西！"大暴龙向石头墙撞去，而此时数块大石头、小石头就这么砸了下来。虽然大暴龙的体形很大，但这些石头砸在身上，还是很痛的。

"可恶的小恐龙们！一个一个都来捉弄我！我还受伤流血了！咿呀——我真的要生气了！"大暴龙说完，用大脚踢开周围碍眼的石头，并愤怒地向小霸王龙和懒龙龙跑去。

而就在小霸王龙和懒龙龙要被大暴龙追上的时候，旁边的大树后面突然冒出了两只小恐龙——大角龙和小角龙，原来他们一早就在这里埋伏了。

大角龙和小角龙很默契地跑着跑着就不跑了，两个人对视一眼，停在了路旁的大树后面。他们不想只靠伙伴来保护自己，也想保护大家。而在伙伴们的生命安全面前，大角龙和小角龙放下了彼此之间的矛盾和隔阂，选择了合作。

"伙伴们，看我们的！"

"嘿呀！"

在危急关头，大角龙和小角龙十分默契地找准时机，把力量全汇集到了头上的小角上，并用自己最大的力量向大暴龙撞去。

在八只小恐龙中，其实没有哪两只小恐龙可以像大角龙、小角龙一样这么有默契的了。虽然他们两个总是争吵，总是打架，但这么多年来的感情也不是假的，他们两个之间的默契，可是没有恐龙能比的！

"哎哟，我的肚子！你们一个角大，一个角小，怎么撞龙都一样地痛！我真的生气了！我要先把你们两个吃掉！"

此时大角龙、小角龙没想到的是，大暴龙的表情明明十分痛苦，看着不是很有力气了，竟然还能把他们两个抓起来。

大暴龙忍着痛，用两只大爪子直接把大角龙和小角龙拎了起来。大角龙和小角龙渐渐看着自己的双脚脱离地面，心里害怕起来。但他们不后悔，他们在为保

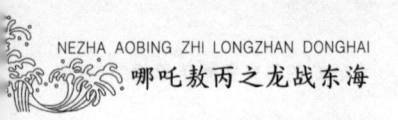

护伙伴们前行的冒险中付出了自己的一分力量,这样就足够了!

"小心!我们来了!"壮壮龙发现跑着跑着几只小恐龙不见了,情况不太妙,他又带着小酷龙、独龙侠跑了回来。

眼前的情景让他们吓了一大跳,大暴龙马上就要将大角龙和小角龙丢进嘴巴里了。

壮壮龙和小霸王龙立马奋起冲刺,拿自己尖锐的角向大暴龙撞去。

"呀!别伤害我的伙伴们!"壮壮龙边跑边大喊着。

而力气稍微小一点的独龙侠、懒龙龙和小酷龙在一边也没闲着,他们趁壮壮龙和小霸王龙吸引大暴龙注意的时候,快速跑到大暴龙身后,捡起了周边的石块,在大暴龙后方的地面铺了起来。

大暴龙背后也没长眼睛,没发现自己背后有什么不对劲的地方。他正准备开心地把大角龙和小角龙吃掉呢。

在壮壮龙和小霸王龙猛烈的撞击下,大暴龙向后退了几步。他突然像是踩到了什么不平的东西,向后重重地摔去。

"哎哟,我的屁股,我的背!"

没错,这些不平的东西就是刚刚独龙侠、懒龙龙和小酷龙在地上铺起来的石块。要是没有这些石块,仅凭壮壮龙和小霸王龙的撞击,还是不能将大暴龙击倒在地的。

而摔倒的时候,大暴龙握住大角龙和小角龙的手也松开了,大角龙和小角龙掉落在了地面上。

虽然从大角龙和小角龙的屁股也有点痛,但落到地面,没有了之前被大暴龙攥在手心的悬空感,两只小恐龙的心也慢慢放松下来了。

而此时壮壮龙和小霸王龙赶紧拉起跌落在地上的大角龙和小角龙,搀扶着他们向前跑去。

大角龙和小角龙看着小伙伴们为自己"赴汤蹈火"的模样,心里也十分感动。

"大家快跟上!"壮壮龙回头说道。

趁着大暴龙摔在石头堆里还没起来,独龙侠、懒龙龙和小酷龙也迅速地跑了起来,跟在壮壮龙他们身后。

过了很久,小恐龙们的身后没再传来大暴龙的脚步声了。

七只小恐龙本来以为现在终于可以摆脱大暴龙了。毕竟大暴龙在他们身上一点好处都没讨到,甚至还吃了很多亏,身上估计青一块紫一块的。

"大暴龙还想吃我们吗？我们虽然小，但可不是好惹的！"

"现在也没听到大暴龙的脚步声了，他应该是放弃了吧……我们应该可以放心赶路了。"

"应该吧。不过当务之急得快点找到小美呀。"

"那我们快快出发吧！"

只不过七只小恐龙没想到的是，大暴龙在他们的攻击下，想要吃掉他们的心情更加强烈了。

"小恐龙们，前面的路可不好走哇！等着我来吃你们吧！"

第七章　战胜大暴龙

此时七只小恐龙来到一处山谷前的路口——这个通道的入口很狭小，只能容许一只恐龙通过。

"这个通道好窄呀，我们得一个一个通过了。"小酷龙说道。

之后小恐龙们一个个按顺序走进了入口。

就剩下三只小恐龙没进入口的时候，大暴龙重重的脚步声从他们身后传来了。

"不好，听声音大暴龙好像又来了！"

"唉，真倒霉呀，我还以为他放弃追我们了呢。"

"我们现在一个一个再进通道已经来不及了，该怎么办呢？"

"大角龙、小角龙你们先走！我来引开他！"此时壮壮龙把大角龙和小角龙往前一推，希望他们两个可以先走。

"不要！事是我惹出来的！要是我没有和小角龙吵起来，没有用角去撞小角龙，小角龙也不会从坡上滚下去，大暴龙也不会被吵醒，现在也不会来追我们了！"

大角龙很坚决地拒绝了壮壮龙的提议，并把壮壮龙和小角龙往前一推。

而看到壮壮龙和小角龙很是犹豫的样子，大角龙接着补充："我角那么大，就算和大暴龙打起来也会没事的。"

大角龙再次将壮壮龙和小角龙往前推了一步。

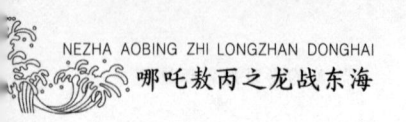

"快进去吧！不然时间来不及了。"大角龙眼神坚定地看着他的两个伙伴，"再不走，我们三个都要被吃掉了！"

"哎，小角龙，我们还是先走吧。"壮壮龙见没法劝说大角龙，只好妥协，他让小角龙先进了入口。

"大角龙，你一定要小心哪！"小角龙也不想辜负大角龙的好意，便很快地钻进了入口。他边走边在心里祈祷着大角龙一定要平安地回到队伍里。

小角龙的心情有些惆怅，在这个冒险里，这还是他第一次和大角龙分开呢，他们两个总是黏在一起的。

就在壮壮龙刚走进通道的时候，大暴龙的脚步声越来越近了。大角龙想快点将大暴龙引开，不然大暴龙发现他们走了这个路口，说不定会用他巨大的身体把这个通道给砸塌，这样小伙伴们就不安全了。

大角龙此时往回跑着，跑到了最近的路口，他假装自己向另一条路跑去。

而此时的大角龙也刚好出现在大暴龙的视线中。

"哟，这是哪里落下的一只小恐龙啊！"大暴龙边跑边大声喊着。

大角龙没说话，快速地向前跑着，他得把大暴龙引到另一条路上，不能让他发现还在峡谷里的伙伴们。

"咦，你们怎么走了这条路，这条路可比另一条路远多啦。要是走了那条路就好喽，我轻轻松松将你们全砸在山谷里，哈哈哈哈！"

大角龙依旧没有说话，奋力向前跑着。

"哟，你怎么还不说话呀，不会是个小哑巴龙吧！"大暴龙见自己不管怎么说，前面的小恐龙都不回复他，就觉得自说自话没什么意思，便加快了奔跑的速度。这样，大暴龙很快就追上了大角龙。

大角龙听着身后的声音，知道大暴龙就在离自己不远处，他的心里立马有了一个主意。

大角龙快速转过身，而大暴龙没刹住，他的肚子直接撞在了大角龙的大角上。

这个时候大暴龙看清了大角龙的脸，才发现大角龙是之前和另一只小恐龙撞他的恐龙，他还差点把他们拎起来吃掉呢。

"哎哟，原来又是你，撞了我一次还不够是吧！又来第二次！这次我可不会放过你了！"

大暴龙想像上次一样直接抓起大角龙就吃掉。但大角龙已经吸取上次的教训了，他灵活地在大暴龙周边躲着，时不时还拿自己的大角撞向大暴龙。

庞大的身躯，是优点也是缺点。优点意味着大暴龙比小恐龙力量大得多，跑步也快得多；但缺点是他比小恐龙们笨拙得多。身体较小的恐龙在他周边转着，他一点办法也没有，伸出去的大爪子总是落空。

大暴龙在追逐大角龙的过程中，非但没有讨到一点好处，身上还被大角龙撞出了一堆青紫的伤痕。

但大角龙也没有好到哪儿去，他的体力在对大暴龙的攻击中已经消耗得差不多了。时间要是再耗得久一点，他也没法再和大暴龙决斗下去，连跑也跑不动了，最后他就只有被吃的份。

大角龙突然有些伤心，不知道伙伴们怎么样了，要是伙伴们安全抵达海滩、快乐许愿应该也是很好的吧。这样他的付出也算得到回报了。

大暴龙好像感觉到了大角龙渐渐衰颓下来的士气，心情倒是变得激动起来了，身上的疼痛也一并忽视了，他正准备趁这个时机把大角龙给吃掉。

而这个时候，伙伴们来了。

"大角龙！我们来了。"

"大角龙，别怕，我们来救你了！"

是伙伴们来救他了！大角龙的眼眶突然就湿了。

六只小恐龙的分工很是明确——懒龙龙、小酷龙和独龙侠负责扶起地上的大角龙，将他转移到安全地带，壮壮龙、小霸王龙、小角龙负责攻击大暴龙，转移大暴龙的视线。

大角龙感动地看着伙伴们："你们怎么来了？"

小酷龙连忙解释说："我们赶到山谷外面等了一会儿，发现你还是没过来，觉得事情不太对劲。然后这个时候，我们听到了后方打斗的声响，才发现原来到达对岸有两条路，你在另外一条路上。我们就赶紧过来帮忙了。"

"原来是这样，还好你们来了。不然我估计就只有被吃掉的份了。"

"大角龙，你真的很棒，要是没有你，我们跑不掉的。"懒龙龙紧紧握着大角龙的手。

"大角龙，你有没有什么不舒服的地方，有没有哪里受伤了？"独龙侠看着大角龙担心地问道。

在这次冒险中，独龙侠也彻底地融入这个小集体里。他喜欢这些可可爱爱的朋友们，也由衷地在意队伍中的每一只小恐龙。

"我没事，我只是和大暴龙打得有点累了，哈哈。不过状态糟糕的应该是大暴龙，他可被我的大角撞了好多次呢，估计要痛死了。"

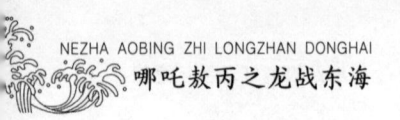

"大角龙你真棒！"懒龙龙由衷地夸奖着大角龙。

"嘿嘿。"大角龙有点不好意思地挠了挠脑袋。

小酷龙、独龙侠、懒龙龙这边的场景很是祥和，他们都在陪大角龙"休养生息"。而壮壮龙、小霸王龙、小角龙那边的情况就很是激烈了。

他们三只小恐龙都努力地用自己的角去攻击大暴龙，而大暴龙的爪子只有两只，腿也只有两只，压根没法多匀出来一只特地去防御三只小恐龙的攻击，他就只好忍耐住身体的疼痛，直接拿一只小恐龙下手了。

大暴龙身子一倾，直接向小霸王龙的方向靠去。

"小霸王龙，小心！"壮壮龙和小角龙同时开口。

小霸王龙灵敏地向旁边一躲，而大暴龙也立刻向他的方向再次伸出爪子，小霸王龙只好向其他地方跑去，而大暴龙也紧随其后。

小霸王龙跑哇跑，最后跑到了一个大土坑旁，他心生一计，跳入其中。

这个大土坑，对于小恐龙们来说，有些深了。就拿小霸王龙来说，他跳进去，只能拉着土坑旁的藤蔓爬出来，甚至有可能还需要其他小恐龙搭把手。而大暴龙的身躯庞大，他跳进去后，可以直接爬出来。

看到小霸王龙跑远，其他小恐龙们也跟了过来，生怕小霸王龙会有什么损伤。而此时他们看着小霸王龙跳进土坑的动作一个个都惊呆了，紧随小霸王龙其后的大暴龙也看到了，大暴龙咧开嘴笑了起来。

"吼吼，你这是干吗呢，跑累了，等我来吃你了，还是说以为我跳下去爬不上来呢？你们这些小恐龙，一个个地引我入坑，之前我不是爬上来了吗？"

"不好，小霸王龙有危险！"小酷龙说道。

"我们得想办法，转移大暴龙的注意力！"独龙侠说道。

此时懒龙龙站了出来，大声喊着："我的肉最好吃了！我最喜欢睡觉了，肚子上的肉肉也是最软的！你来吃我！我的肉好吃！"

"肉软有什么好吃的呀！我身体强壮，肉更紧实！你来吃我！"壮壮龙也在大暴龙的身后喊了起来。

"刚刚是我拿角撞你，我让你吃，你快来报仇吧！"大角龙说道。

"我的肉肯定也好吃，你来吃我吧！"小酷龙说道。

"我的肉也好吃，你快过来吃我呀！怎么我给你吃，你还不吃呀！"小角龙说道。

"明明是我的肉最好吃！"小酷龙说道。

所有的小恐龙都站在大土坑外的不同方向，大声喊着，引诱大暴龙转而来吃自己，以此来保护壮壮龙，可这一次大暴龙谁也没有理。

大暴龙居高临下地看着坑里的壮壮龙："你看看你的伙伴们都在拼全力救你呢，可我这次就不遂他们意了，我就要吃你！看你们还能怎么办！"

大暴龙就朝壮壮龙的方向跳了进去。

其他小恐龙害怕得闭上了眼睛，可他们预料之中的情景并没有发生，小霸王龙好像没有发出一点声音，反而是大暴龙先大叫了起来。

"哎哟，我的腿！"大暴龙痛得倒吸几口凉气。

原来，小霸王龙早就看见了一处土坑里有一块凹凸不平的石头，他故意先跳进土坑，然后用身体挡住石头，等大暴龙跳进土坑扑向他的时候，他又灵巧地躲开。现在大暴龙的腿刚好摔在了石头上，一时骨折，动不了了。

"啊，小霸王龙没事！有事的是大暴龙！"小酷龙眼尖地先看到了大土坑内的场景，开心地叫了起来。

"伙伴们，快来搭把手。"小霸王龙在土坑里喊道。

小恐龙们赶忙走到大土坑旁，一个拉着一个地把小霸王龙拉了上来。而大暴龙此时腿痛得已经受不了了，压根没有精力去顾及旁边小恐龙们的情况。

"哎哟，等我的腿好了，我一定要吃掉你们！"大暴龙虽然痛得脸都皱起来了，但还在放着狠话，可谁知道他们下次还会不会见面呢，谁知道下次见面在这么多聪明机智勇敢的小恐龙面前，大暴龙能不能讨到好处呢？

"大暴龙，你吃了这么多亏，还想下次呢！为了你的身体，我们还是再也不要见了吧，哈哈哈！"懒龙龙边笑边说。

"是呀，我们这里有这么多聪明机智的恐龙，你还是别再想吃我们了吧！"小角龙对着大土坑里的大暴龙做出轻蔑的表情。

"是呀，不过我们还是先赶路吧。还没看到小美呢。"壮壮龙仍然记得是自己的莽撞让小美与大部队失散，心中依然非常愧疚。

小酷龙主动握住了壮壮龙的手，两只小恐龙相视一笑。

"那我们快快走吧！"懒龙龙和小角龙也放弃了对大暴龙的捉弄，和大伙一起往前走了。

七只小恐龙在路上走着，边走还边左顾右盼地看小美会不会在某个地方出现，可当他们看到不远处的海滩时，心情渐渐焦急起来了。

"小美不会被什么给吃了吧，这都快到海滩了，之前独龙侠不是说水流的路线和我们去海滩的路线差不多吗，怎么现在都没看到小美呢……"小角龙担忧地说道。

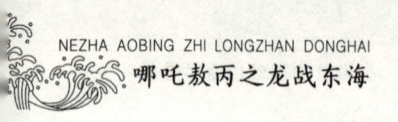

小酷龙听到小角龙的话后，脑袋越往前走越往下垂了。

"小美，你还好吗？"小酷龙心中想着，而他在心里也想到了很多不好的情况，眼泪悄悄地落下来。大家都在左右观望，没有发现小酷龙正在伤心地哭泣。

"别乱说……小美肯定平平安安的。"大角龙拍了拍小角龙的手，示意他别乱说了。

壮壮龙此时的心情也很低落，如果小美真的没有找到，如果小美真的失踪了，他该怎么办哪！毕竟事情是他造成的。

"小窟窿，懒龙龙！"一声清脆的呼唤从他们斜前方的树林中传了出来。

小酷龙还没来得及把眼泪擦掉，立马抬头看了过去。

此时小美正从树林中走了出来，走到他们面前的小路上。小美终于看到了其他小伙伴们，心中也高兴坏了，她开心地向不远处的小伙伴们挥着手。

小酷龙在看到小美的那一刻，立马飞奔过去，紧紧抱住了小美。其他小恐龙也跑了过来，围在了小酷龙和小美的身边。

"小美，还好你没事！"小酷龙的眼泪又流了出来，不过此时流的是欣喜的泪水。

"小窟窿，别哭啦。这件事都是我不好，要不是我非要摘蜂蜜，也不会掉到河里了。小窟窿，我以后再也不会这样了。"

"小美，只要你没事就好！你不用给我道歉，蜂蜜我们之后一起去市集上买，我买最好的送给你做面膜！"小酷龙边哭边笑着说。

壮壮龙走到小美的身边，他悬着的心在看到小美平安后，总算落了下来。而其他小恐龙的脸上也终于带着笑了。

"哎，都怪我，要不是我太鲁莽，直接跳下去，撞开了小酷龙拉住你的手，你也不会被水流冲走了。"壮壮龙边说边有些愧疚地挠挠头。

"没事的！不过这一路我也学到了很多东西呢！要不是被水流冲走，我也不会有独属于自己的冒险经验呢。"小美笑着看向壮壮龙。

"哇，什么冒险，快给我们讲讲吧！"小角龙好奇地说道。

"我先是在一个森林里醒了过来，在那里迷路了很久，之后遇到了一只漂亮的小鹿，说是可以带我出来。"

"然后呢，然后呢。"小恐龙们都专心致志地听小美讲着，懒龙龙没耐住好奇心，开始打岔。

"然后哇，她其实是一只小坏鹿，她把我带到了森林里最危险的黑暗洞穴，那里面黑漆漆的可吓人了。不过幸运的是，我在里面碰到了正在巡逻的森林守护者龟爷爷，是他带我出来的。要是没有碰到他，在那洞穴里，谁知道还会发生什么事呢！走出洞穴之后，龟爷爷还告诉我，真正的美呀，它不仅存在于外表，更存在于内心。我们得通过心去判断对方的好坏，而不是仅凭外表去判断。之后我就按着龟爷爷说的路线，往这边走了。你们说，我是不是学到了很多东西呀！"

"啊，对呀，确实是独属于小美你的冒险呢！小美，你不是最爱漂亮吗？"

"对呀对呀，不过我现在也吸取教训啦！做龙，其实最重要的是心灵美啦。欸，不过你们这一路也有你们冒险经验吧！"

"小美，我跟你说哦，我们这一路的冒险可刺激了！我们战胜了大暴龙呢！"懒龙龙耀武扬威地给小美讲着他们一路的冒险。

小美也听得津津有味，时间就在八只小恐龙们的聊天中悄然度过了，而他们此时也走到了海滩上。

接下来他们要面临的冒险是什么呢？

第八章　找海螺的旅程

"大海可真漂亮啊！"懒龙龙看着一望无垠的海面感叹道。在他的梦里可梦不到这么美的景色呢，懒龙龙越发觉得自己这一趟来得很值。

"上次来海边还是在我很小的时候呢，那时候是我爸爸妈妈带我来的！不过海还是和小时候一样美呢！"小美说道。

"啊，小美，原来你之前就来过这里呀！我还是第一次来呢。平时爸爸妈妈太忙了，很少带我出来玩。"小酷龙的表情略微变得有点沮丧，"不过今天可算是来了，倒也没有错过这么美丽的大海太久！"

"是呀，什么时候看到美景都是不亏的呀！"小美轻轻拍了拍小酷龙的脑袋。

"我之前也没来过呢……"小霸王龙的语气一改往日的豪情壮志，变得很是沮丧。

听到小霸王龙的话，其他小恐龙也渐渐变得沉默、沮丧起来。他们想起了之前小霸王龙许的愿望——想再见到已经牺牲的爸爸妈妈，并告诉他们自己成为勇敢的恐龙之王——便知道了他悲伤情绪的来源。他们有父母可以撒娇，可以依靠，可是小霸王龙没有了，在他们的父母给他们讲故事、带他们到处游玩的时

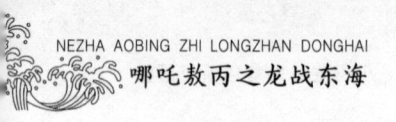

候，小霸王龙只有他自己，他只能在家门口默默看着其他小恐龙家其乐融融的场面，然后在回忆里一遍一遍地重温着和爸爸妈妈的点点滴滴。

壮壮龙伸出手拍了拍小霸王龙的肩膀，一把搂住了他："没事，大家都陪在你身边呢。"壮壮龙温暖的怀抱让小霸王龙悲伤的情绪缓和了不少，小霸王龙也回抱了壮壮龙。

"小窟窿，我们一起好好找七彩海螺吧！找到之后，我想把我的送给小霸王龙，这样他的海螺就多了，我想实现他的愿望！"小美此时正低头和小酷龙低声说着悄悄话。

"那你的心愿呢？"小酷龙看向了小美，眼睛里有疑惑的神色。

"我的心愿哪——成为恐龙岛最美的恐龙。但在经历了之前的冒险之后，我觉得美不美其实不重要啦！重要的是心灵善良、真诚，充满美德！所以如果我捡到海螺的话，我要把它送给小霸王龙！他的愿望可比我的重要多啦！我希望他实现愿望之后，可以开心一点！不过小窟窿，你许的愿望是什么呢？当时你是单独和彩虹精灵说的，我还不知道呢。"

听到小美问自己的愿望后，小酷龙的脸渐渐红了起来。他的愿望是希望自己是小美唯一的朋友。可是这个愿望，能不能告诉小美呢？小酷龙很是纠结。

小美见小酷龙一脸纠结、犹豫不决的样子，立马替他解了围："你不想说就算啦，我们还是先去找海螺吧！"

此时懒龙龙贼兮兮地凑过来："小美，小窟窿，你们在说什么悄悄话呢？要不也跟我说说。"

"嘿，没说什么，我们快去找七彩海螺吧！"小美笑着拉着小酷龙和懒龙龙向前跑去。

"哎，你们等等我们哪！"壮壮龙在后面喊着，边喊边拉着小霸王龙向前跑去。

此时大角龙和小角龙之间的氛围又有点不对劲了，大角龙趁小角龙不注意，立马快速向前面跑去，"我是第一喽，哈哈哈哈。"

小角龙奋力追了上去："你又这样，这不公平！就不能先规定时间地点再跑吗？大角龙，你这是耍赖！"

独龙侠看着伙伴们欢声笑语的样子，在队伍最后面也开心地笑了。此时的独龙侠已经感受到有朋友在身边的美妙滋味了，他觉得彩虹精灵能不能实现他的愿望已经不重要了，因为他的愿望已经实现了呀！不过在找七彩海螺的过程中，他还是要努力一点，他想把自己的海螺送给小霸王龙！独龙侠没有朋友的时候，至少还有爸爸妈妈陪着他呢。

八只小恐龙在海滩上认真地找着，可他们只看到了颜色形状各异的贝壳、大小不一的海星，还有一些沙土颜色的海螺，赤橙黄绿青蓝紫色的海螺，他们一个也没有看到。

"彩虹精灵是不是说错了呀！我们找了这么久，可是海滩上并没有七彩的海螺呀！是不是彩虹精灵说错地点了呀……"懒龙龙一屁股坐在沙堆里，表情很是苦恼。

"再找找看吧！大家听到的都是海滩上找七彩海螺不是吗？彩虹精灵的话应该是没错的，不然我们也不会齐聚海滩了。"壮壮龙拉起了坐在沙堆上的懒龙龙，用小爪子对着懒龙龙做了个打气的动作。

"好吧，我们再找找看吧……只是这一路的奔波，我有点累了哎……"虽然懒龙龙嘴上在说累，但是他的步子并没有停下来。

此时独龙侠蹲在一个在沙坑前，看着一只小螃蟹不知道在用钳子挖着什么东西，自言自语道："这小螃蟹在挖什么呢？"他对这只小螃蟹的行为感到非常好奇，想看看它到底能挖出什么——如果是七彩海螺的话，那就再好不过了。

"我在挖宝贝呢。"沙堆里突然传出了说话的声音。

独龙侠被突如其来的声音吓了一大跳，左看看又看看，并没有其他小恐龙在他身边哪，伙伴们都在各自找着七彩海螺呢，他周围的生物好像就只有一只小螃蟹呀。那声音的来源是什么呢？

独龙侠颤着声音发出疑问："谁……谁……在说话呀？"

"我呀，你刚刚不是问我在挖什么吗，我回答你啦——我在挖宝贝呢！"

独龙侠听到这句话后，震惊得一屁股坐到了沙滩上："你……你竟然会我们恐龙的语言？"

一阵奇怪的笑声从沙堆里传来："嘻嘻嘻嘻，对呀。不过我不光会恐龙的语言，其他动物的语言我都会呢！我可是恐龙岛的智慧螃蟹大人！"

交流了几句后，独龙侠也没有那么"一惊一乍"了。

"那螃蟹大人，既然你是恐龙岛最聪明的螃蟹，你知不知道七彩海螺在海滩的什么地方呢？"

小螃蟹听到独龙侠夸他是恐龙岛最聪明的螃蟹，很是受用，从沙堆里探出脑袋，两只小眼睛直勾勾地看向独龙侠："我当然知道啦，我就是在挖七彩海螺里的青色海螺呀。"

终于有七彩海螺的消息了，独龙侠激动地把小螃蟹抱到了手里。可是小螃蟹

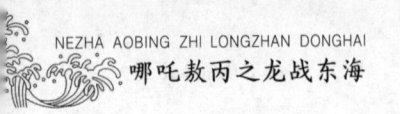

没有料到独龙侠的突然举动，表情有点惊恐。

"你干吗呀？你干吗呀？小恐龙，快放本大人下去！"

"啊……啊，对不起！我刚才听到你说你在挖青色海螺，太激动了……没想到对你造成了不便，真是对不起呀。"

小螃蟹看着独龙侠一脸愧疚的样子，连忙说道："没事啦，没事啦，本螃蟹大人原谅你了！不过你为什么听到青色海螺这么激动呢？难道你们恐龙也喜欢收集七彩海螺做装饰品吗？"

"啊，不是的！是因为彩虹精灵让我们来海滩收集七彩海螺的，还说谁收集的海螺多，就可以实现他的心愿！我们已经在海滩上找很久了，一直没有看到七彩海螺，所以一听到你说你在挖七彩海螺里的青色海螺，我就太……太激动了。"

"原来如此。不过还有实现心愿这种说法吗？七彩海螺对我们来说，就是让我们的家更漂亮一点啦！不过海滩上已经很久没有出现过七彩海螺了，这一年是例外！"

"嗯……应该是我们召唤出了彩虹精灵的原因吧，七彩海螺也相应出现了。"独龙侠若有所思地说道。

"不过小恐龙，你的愿望是什么呢？"

"我本来的愿望是希望自己有一个朋友，不过现在我不想实现自己的愿望了。"

"啊！这个愿望好哇，有朋友多好哇！不过为什么你又不想实现了呢？"

"因为有人的愿望比我更重要哇，有小恐龙的爸爸妈妈在之前的战争中牺牲了，那个小恐龙想再见爸爸妈妈一面。所以我想尽可能地多找一点海螺，然后送给他，我想帮他实现愿望。"

"可是你的愿望就不重要了吗？"小螃蟹疑惑地看向独龙侠。

"在来海滩的路上，我的愿望已经实现啦！"独龙侠开心地说道，"一路上，伙伴们互相帮助、互相鼓励，经历了很多困难才走到这里，彼此之间早就是朋友啦！我有这么多朋友还不知足吗？而且现在，螃蟹大人你也是我的朋友哇！我遇到你非常高兴！"

小螃蟹听到独龙侠说自己也是他朋友的时候有些受宠若惊："我也是你的朋友吗？……我还没有过恐龙朋友呢！"

独龙侠伸出爪子握了握小螃蟹的钳子："是呀，恐龙大人，你也是我的朋友，现在我真的有很多很多朋友，我开心得都想要飞起来啦！"

小螃蟹轻轻地用钳子夹了一下独龙侠的爪子，以示握手。这还是小螃蟹第一次以这么轻的力道用钳子呢，他之前都是用钳子使劲夹着那些企图伤害他的恐龙，希望他们被夹痛了之后不再打他的主意。

"小恐龙你先等等我哦，我先去把青色海螺挖出来！"

"好的。"独龙侠就静静看着小螃蟹在沙堆里忙活着。

没多久，小螃蟹从沙里爬了出来，右边的钳子紧紧捏着一个比它还要大一些的青色海螺。

小螃蟹左摇右摆地走到独龙侠的身边，将青色海螺放到了他的手上。独龙侠有些疑惑地看着小螃蟹。

"这是作为朋友的我送给你的礼物！我家里的海螺装饰品已经够多啦，这个就送给你啦。"

独龙侠受宠若惊地接住了青色海螺。虽然青色海螺本身并不是很重，但是独龙侠觉得它沉甸甸的。

"真的太感谢你了。"独龙侠一手握着海螺，一手把小螃蟹从沙滩上托了起来，轻轻地向自己的脸贴去。

"没事啦，没事啦。"小螃蟹虽然因为独龙侠的举动感到有点害羞，但还是开心地伸出钳子轻轻从独龙侠的另一边脸拂过。

"我有恐龙朋友了，真开心哪！"小螃蟹在心里想着。

"对了，螃蟹大人，你还知道其他海螺的位置吗？"

"不知道呢，我只发现了青色海螺，不过我们多找找，一定可以找到更多的，我可是智慧的螃蟹大人呢！"

之后独龙侠在小螃蟹的指引下，在沙滩里找着其他颜色的海螺。

而此时小酷龙和小美在海滩的近海处一块大石头的下面，找到了赤色海螺和橙色海螺。

他们找到这个海螺的契机是发现很多小蚂蚁在往石头下面爬着，他们不知道发生了什么并感到有些好奇，就想搬开石头看看。

小酷龙和小美一起把那块石头搬了起来，看到小蚂蚁会集的地方竟然有两块红色和橙色的角，他们握住角的边缘抽出来一看，竟然是赤色海螺和橙色海螺。

原来这个地方是蚂蚁的沙滩洞穴，而赤色海螺和橙色海螺是蚂蚁家的大门。小蚂蚁们发现大门不见了之后，站在原地打着圈圈。

"小美，我们把它们的大门拿走了，现在它们找不到回家的路了。"

"我们要不找两只其他海螺过来，放在原来的位置，给它们当作大门？"

小酷龙觉得小美说得很有道理，就让小美站在原地，他去其他地方找之前

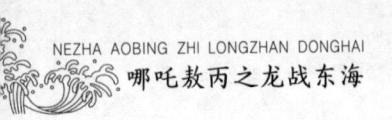

看到的普通海螺。省得两个人一起去找，回来之后也找不到原来小蚂蚁家的位置了。

没多久，小酷龙带着两只海螺回来了。他将这两只海螺放在了小蚂蚁家大门的位置。万幸的是，小蚂蚁们并没有因为海螺的颜色、形状不同就觉得家门不对，他们走到这两个海螺大门面前，开开心心地带着从远处找来的食物爬了进去。

此时小霸王龙和壮壮龙也找到了七彩海螺。他们找到的是黄色海螺和紫色海螺。他们的海螺是一只会说恐龙语言的小鸟给他们的。

事情是这样的，壮壮龙和小霸王龙在找海螺的过程中，碰到了一只受伤的小鸟。

"壮壮龙，刚刚是什么掉下来了？"小霸王龙看着天空，表情十分疑惑。

"好像是只鸟！"壮壮龙说道。

"这只小鸟好像受伤了！"小霸王龙走到小鸟的身边，蹲下身子，用手轻轻地托起已经昏迷过去、翅膀上全是血的小鸟。

"我们找些草叶给它包扎吧！"说完，壮壮龙和小霸王龙就去周围不远处的草地给小鸟包扎了。而此时其他的小恐龙们正忙着找七彩海螺呢。

在壮壮龙和小霸王龙的救助下，小鸟的血终于止住了，它也慢慢醒了过来。它叽叽喳喳地跟两只小恐龙说着什么，由于语言不通，壮壮龙和小霸王龙并没有听懂。

小鸟说着说着也发现了这个问题，便不再叽叽喳喳了，而是伸出翅膀指向了一个方向，好像在说："谢谢你们，我想送你们东西以作报答。"

壮壮龙和小霸王龙在小鸟的指引下来到了一棵椰子树旁，小鸟的翅膀向上挥了挥，好像在说："你们爬上去看看。"

壮壮龙有点为难，他可不会爬树哇。

"我来吧！我会爬树。壮壮龙你在下面好好照顾小鸟就行了！"说完，小霸王龙爬上了椰子树。

"啊，是海螺！"

"海螺我们不是一路都看到了吗？这有什么大惊小怪的呀。"壮壮龙在椰子树下说道。

"是七彩海螺！有黄色和紫色的！壮壮龙你来接一下。"

壮壮龙听到小霸王龙说有七彩海螺之后，欣喜灌满了他的全身，终于看到七彩海螺了，终于有七彩海螺了！

壮壮龙小心翼翼地把小鸟放在了沙地上，自己伸出两只手去接小霸王龙递下来的两只海螺，接着小霸王龙自己也从椰子树上下来了。

　　小鸟看到小霸王龙已经拿到两只海螺，便用自己还健全的一只翅膀开心地摇晃着。

　　"壮壮龙，这两只海螺，你一个我一个吧！"

　　"可是小霸王龙，这都是你找到的呀……"

　　"但小鸟是我们一起包扎的呀！这是小鸟送给我们两个的礼物，理应一龙一个的！"

　　"那好吧！"壮壮龙开心地接过了小霸王龙给他的黄色海螺。

　　而现在还有大角龙、小角龙、懒龙龙没找到海螺，此时他们在干什么呢？

　　懒龙龙正懒洋洋地躺在沙滩上休息呢。一路冒险的旅程早把他累坏了，他沐浴在阳光下，安心地睡着大觉。不过睡着睡着，他突然想起来自己好像忘了什么事没干，想了一会儿，他终于想起来了——是找海螺！他还要许愿呢！

　　懒龙龙赶紧从沙滩上爬了起来，开始认真地找海螺。功夫不负有心人，他终于在一个三角形的沙堆里找到了海螺。

　　不知道是谁把海螺埋在了这里，还堆了个三角形的沙堡藏住它。不过懒龙龙凭着小时候玩藏宝游戏的经验，压根没有放过这个小小的沙堆，他手往沙堆里一伸，还真让他找到了一个七彩海螺。懒龙龙找到的海螺是绿色的。

　　现在只剩下最后一个蓝色海螺了，是已经找到海螺的小恐龙找到这最后一个海螺，还是现在还没有找到海螺的大角龙、小角龙会找到呢？

第九章　实现谁的心愿

　　大角龙此时在沙滩快步跑着，他之前因为先小角龙一步跑了出去，再加上后来一直怕被小角龙追上而在不断地加快速度，他一直领先了小角龙一大截。大角龙回头看他和小角龙之间的距离，心中暗自窃喜。

　　而大角龙一骄傲、一激动，没看到沙滩里一块凸出来的角，直接被那个角绊倒了，他重重地摔在了沙滩上。

　　"哎哟，我的脚，好痛啊！什么东西绊我呀！"大角龙坐在沙滩上，因为脚受

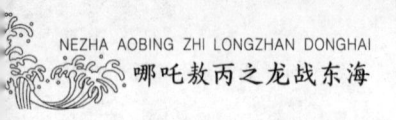

伤了，他痛得直皱眉。

万幸的是大角龙摔倒的地方没有什么尖锐的石头、玻璃，他的脚也只是轻微的、没那么严重的擦伤而已。

"大角龙！叫你耍赖先跑！现在遭报应了吧！"小角龙很快追了上来，站在大角龙身边说道。小角龙此刻的语气有一些幸灾乐祸。

"你还说我！没看到我摔得很痛嘛！"大角龙边说边恶狠狠地瞪了小角龙一眼，不过恶狠狠的表情又因为疼痛的原因，变得有些滑稽。

"哎哎，我去给你找点东西包扎好了，你在这别动啊。"小角龙看着大角龙疼得皱眉的样子，还是心软了，他向附近的草丛走去，想看看那里面有没有可以用来包扎的东西。

大角龙在沙滩上坐了一会儿，缓和了一下，脚也没有那么痛了。他慢慢站起身，轻轻地转动了一下自己的脚踝，活动了几下筋骨。万幸没摔到骨头。

"我倒要看看是什么东西绊的我！我一定要它好看！"

大角龙慢慢走到刚才摔倒的地方，发现了那只露出来的蓝色的角。

"哼，我先把你拔出来！然后再用我的大角把你撞碎！这样其他小恐龙也不会因为你摔跤了！"

说完，大角龙向蓝色的角伸出手，用力地拔了出来。只是他没想到的是那个害他摔跤的蓝色角竟然是七彩海螺里的蓝色海螺。

看到蓝色海螺之后，大角龙之前想用自己的角把它撞碎的想法就消失了，他欣喜地抱着海螺，找了这么久，总算是有点收获了。大角龙觉得自己这次摔跤也算是因祸得福吧。

这个时候小角龙也抱着可以包扎的软草回来了，小角龙边向大角龙走来边说道："大角龙过来，我给你包扎。"说完，小角龙就开始给大角龙的伤口包扎，没一会儿就包扎好了。

"小角龙，我跟你说，我刚刚找到蓝色海螺啦！"大角龙欣喜地说。

"啊，怎么找到的，什么时候找到的。咱基本上不都是待在一起的吗，我咋没看到呢。"

大角龙开心地笑了几声："哈哈，我是想看看刚刚绊倒我的是何方神圣，没想到一看，竟然是个蓝色海螺！我也算因祸得福了吧！"

"原来如此。大角龙，可我现在还什么都没有呢。"小角龙的语气很是沮丧，他的脑袋也低垂着。

"没事，我再陪着你去找！不找到七彩海螺，我们不罢休！"

而这个时候，大角龙和小角龙并不知道这个蓝色海螺已经是七彩海螺里的最后一个海螺了。

大角龙和小角龙还在附近的海滩努力搜罗着，搜罗了很久，他们都没在沙滩里看到一个有颜色的角了。

而此时其他六只小恐龙走到了他们身边。

"大角龙，小角龙，你们怎么样了呀。我们六个各自都找到了一个七彩海螺，你们这边呢？"壮壮龙问道。

原来之前已经找到海螺的几只小恐龙，在附近海滩找了一段时间，没有再找到更多的七彩海螺了，就开始在一旁歇着，聊起天来了。他们互相谈论着自己是怎么找到各自的海螺的。但聊了一段时间，他们发现大角龙和小角龙还在一边找，就过来问问情况。

"我找到了一个蓝色海螺，但小角龙还没找到……"大角龙回答道。

此时其他小恐龙都沉默了，他们已经各自找到了一个七彩海螺，而七彩海螺的数量总共就七个，大角龙找到了最后一个，小角龙是再怎么找也找不到了。

此时小角龙也想到了这一点，他没继续在沙滩上找海螺了，而是呆呆地站在原地，表情很是沮丧。

"我的愿望实现不了了……没有希望了……"小角龙心中暗暗想着，他的心也在暗暗流着眼泪。

"小角龙，以后打架我让着你。"大角龙揽着小角龙的肩膀说道，他看着自己的好朋友一副悲伤的样子，心里也很不是滋味，有些伤感起来了。

"好的，谢谢你大角龙。"小角龙也用手回揽了一下大角龙的肩膀。

虽然此时小角龙的心情还是很沮丧，但已经没有机会可以再找到海螺了。小伙伴们能找到也是好的，起码他们之中有一个可以实现心愿了。小角龙想着想着慢慢想通了。

"那现在我们都回家休息吧！彩虹精灵之前是说明天上午她会来恐龙乐园找我们，谁七彩海螺找得多，就实现谁的愿望。现在天也马上黑了，我们快快回家吧！太晚的话，爸爸妈妈也会担心的！我们明天再一起在恐龙乐园集合！"壮壮龙提议道。

"好的，我也有些累了，回家睡个大觉咯！"懒龙龙果断表达了对壮壮龙提议的赞同。他现在只想带着自己的绿色海螺进被窝里睡个大觉，一觉睡到明天！

"那我们回去吧！"其他小恐龙相继附和着，边说边向家的方向走去。

他们回去的路上非常幸运，没有碰到之前说要他们好看的大暴龙，也没有遇

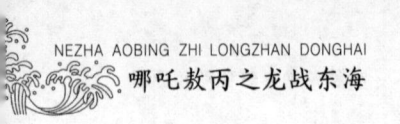

到其他危险。大家在快乐的聊天中平平安安地回到了自己的家里。

每个小恐龙回家吃完饭后，都洗洗睡了，他们这一天实在是太累了。

到了第二天，独龙侠是第一个醒的，他吃完早饭后就赶到了小酷龙家门口，而此时小酷龙正准备去小美家呢。独龙侠就和小酷龙一起前往了小美家。在去小美家的路上，他们又遇到了刚出门的懒龙龙。

"懒龙龙，你不是说睡大觉吗，怎么感觉起得还挺早的呀！"小酷龙打趣道。

"哎，你这个小窟窿，人家睡得早嘛，醒得早有什么问题嘛！"懒龙龙边说也边加入了他们去往小美家的队伍。

三只小恐龙赶到小美家的时候，小美也差不多收拾好了。不过今天小美没有和以往一样在脑袋上夹朵花，而是素素净净的。小酷龙一看，还有点不习惯呢。

"小美，你怎么不戴花了呀！"

"哎呀，戴不戴花其实都一样啦！既然你们都来啦，那我们一起去恐龙乐园吧！"

四只小恐龙在前往恐龙乐园的路上，碰到了结伴而行的壮壮龙、小霸王龙、大角龙和小角龙。

小角龙的状态已经比昨天好多了，虽然许愿已经和他无关了，小角龙还是想去恐龙乐园看看。

八只小恐龙一路上说说笑笑，但快到恐龙乐园的时候，他们心里有些不安了——赤、橙、黄、绿、青、蓝、紫色的海螺都在不同的小恐龙手里，没有一只小恐龙在海螺数量上是占优势的，也就是说他们之间并没有出现谁的海螺多的情况，那彩虹精灵又会实现谁的愿望呢？

"你们来了！"彩虹精灵亲切的声音打断了小恐龙们的思考。

"谁的海螺收集得最多呢？"彩虹精灵也对小恐龙们收集海螺的结果感到很好奇呢。

小恐龙们愣了愣，不知道怎么开口，对呀，谁搜集的海螺最多呢？除了小角龙外，每个人的海螺数量都是一样的呀。

"除了小角龙，我们每个人都拿到了一个海螺。"壮壮龙回答道。

彩虹精灵惊讶地"啊"了一声："每只小恐龙都有一个颜色的海螺，都是平手，这该怎么办呢？"

彩虹精灵的表情很是苦恼，她思考了一会儿又接着说道："小恐龙们，你们都和伙伴们经历了一路的冒险，感情也很深厚了。要不你们就商量一下谁的愿望最值得实现吧！结果出来后，你们把手里的海螺交给那个最需要实现愿望的小恐龙。我再去实现那个愿望，好吗？"

"同意！"之后八只小恐龙就开始讨论了。

"我先说哦。经历了这次冒险之后，我知道了美貌其实并没有那么重要，重要的是心灵善良、真诚，充满美德！所以我并不想许自己成为恐龙岛上最美的恐龙的愿望啦。我想把我的海螺给小霸王龙！因为我们都有爸爸妈妈陪伴，小霸王龙很早就失去爸爸妈妈了……或许见到了很早就离开的爸爸妈妈，小霸王龙之后会开心一点呢。"小美说完，就把自己的海螺放到了小霸王龙的手上。

"小美，谢谢你！"小霸王龙郑重地接过了小美递过来的海螺。

"我也是，我也想把自己的海螺送给小霸王龙。我之前许愿的时候，没有当着大家的面许。但现在我想告诉大家，我许的愿望是希望自己可以有很多很多朋友，我不想再孤独了。但是在这一路上，我的愿望已经实现了！你们都是我的好朋友，我有困难的时候，你们会第一时间帮助我，从来没有放弃过我！我已经感受到了友谊的快乐，我不再孤独了。"独龙侠边说，眼睛也变得红红的。

其他小恐龙听到了独龙侠的话，眼睛也变得红红的。

原来独龙侠以前一直没有朋友哇，不过现在有他们陪着他了！

独龙侠也把海螺给了小霸王龙。

小霸王龙郑重地接过："独龙侠，谢谢你！我们会是一辈子的好朋友，谁也不离开谁！"

独龙侠听到小霸王龙的话，眼睛更红了，他紧紧地抱住了小霸王龙："小霸王龙，你的愿望一定要实现哪！"

之后开口的是懒龙龙："我之前许的愿望是可以睡个三天三夜、舒舒服服的大觉！而且这三天三夜里没有任何恐龙打扰，妈妈龙也不行！而且我还要做个美梦，梦里的我也在舒舒服服地睡大觉！"

"可是在这次的冒险里，我知道了睡觉、做梦是没法拥有这么多快乐的，不会有这么真实的冒险，也不会有这么多这么好的朋友。虽然我叫懒龙龙，但在这次冒险之后，我不想再一直懒着了！如果只是在家里睡几天大觉，哪里会有这么快乐、刺激的经历呀！而且这样睡觉，妈妈也会不高兴的。我之前已经让她伤心、生气太多次了。我也该长大一点了。所以我也想把我的海螺送给小霸王龙。我希望小霸王龙可以实现他的愿望。我也想让小霸王龙开心一点。"说完懒龙龙将自己的绿色海螺也放到了小霸王龙的手里。

而此时小霸王龙已经没手再来接海螺啦，他把伙伴们给他的海螺一个一个轻轻地都放到了面前的地上。

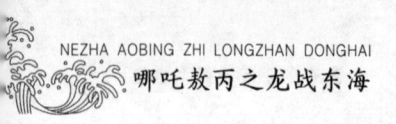

之后开口的是壮壮龙。

"我之前许的愿望是想做所有小恐龙的孩子王。我想当小恐龙们的老大，每天带着小恐龙们玩耍，并且像我的名字一样强壮起来，保护其他小恐龙。"

"欸，壮壮龙你真的一路上都在保护我们，真的很厉害呀。"懒龙龙附和道。

"虽然我现在并不是小恐龙的孩子王，也不是老大，但是我觉得当不当老大已经无所谓了。因为不管我是不是孩子王，你们都不会离开我的，对吗？我有你们一群要好的小伙伴，然后大家每天都可以在一起聊天、玩耍，每天都开开心心的，我的愿望其实已经实现了呀！"

"而且我的黄色海螺，也是小霸王龙在椰子树上找到分给我的。他明明那么想实现自己的愿望，却还是分了一个海螺给我。现在我的愿望已经实现了，我就打算把这个海螺送还给小霸王龙。"说完，壮壮龙蹲下来，将自己的黄色海螺放到了小霸王龙的面前。

小霸王龙紧紧地握住了壮壮龙的手："我们是一辈子的好兄弟！"

之后说话的是小酷龙，他此时的表情带着纠结，又带着释然。

"我之前许愿的时候，没好意思让大家知道。但我现在想通了，我有勇气说啦！我的愿望是——做小美唯一的朋友。"说到这里，小酷龙有些不好意思地看向了小美，而此时小美的目光里充满鼓励，似乎在激励小酷龙勇敢地说下去。

"我现在才知道我的愿望其实是非常自私的。如果我许愿成功的话，小美就不能再有其他朋友了，这样是不对的。小美的朋友越多，她就越快乐，我不能自私地霸占小美的友情，来让自己快乐。我本来想把海螺给小美，让她实现自己的心愿，但她已经放弃了自己的心愿，把海螺给了小霸王龙，那我也想像小美一样，将海螺送给小霸王龙。"

小酷龙说完，将自己的赤色海螺也放到了小霸王龙的面前。

"小酷龙谢谢你！"小霸王龙由衷地向小酷龙表达自己的感谢。

而此时小美走了过来，紧紧地抱住了小酷龙，并轻声说道："小窟窿，你真棒！你永远是我最好的朋友！"小酷龙也紧紧地抱住了小美。

之后说话的是大角龙："我许的愿望是小角龙永远比不上我。但在这次冒险过程中，由于我的争强好胜心，发生了很多大事。比如说，要是没有我和小角龙打架，他也不会滚到大暴龙的身边，我们也不会被大暴龙追赶……而且小角龙，当时许愿的时候，你应该不是想许让我永远比不上你的愿望吧，你真实的愿望是什么呢？"

最了解小角龙的永远是大角龙。原来大角龙当时就发现了小角龙许愿时的不对劲。

"我本来想许的愿望是让妈妈可以不再喝苦药了……但是你许了让我永远比不上你的愿望,我就也许了让你永远也比不上我的愿望……"

"那我把我的海螺给你。"

"大角龙,你的好意我心领了。不过海螺还是送给小霸王龙吧。小霸王龙失去了自己的爸爸妈妈,一定比我伤心多了。我之后可以好好照顾妈妈,让她不再喝苦药的!"

小角龙抱住了大角龙。

此时大角龙和小角龙的友情到达了一个高峰,只是之后还会不会打架呢,我们就不得而知了,毕竟每种感情都是非常复杂的嘛。

之后大角龙也把自己的海螺送给了小霸王龙。

于是,小霸王龙集齐了七个海螺——他成了那只可以让彩虹精灵实现愿望的小恐龙。

第十章　彩虹精灵的愿望

小霸王龙见朋友们将海螺和许愿的机会都送给了自己,他非常感动,和伙伴们抱在一起。

而彩虹精灵看到小霸王龙面前有七个海螺,表情有点震惊,她没有想到其他小恐龙竟然都把自己的海螺送给了小霸王龙,把许愿的机会都留给了小霸王龙。

彩虹精灵走到了小恐龙们身边,开口说道:"真没想到最后七个海螺,会由一只小恐龙获得呀!小恐龙们,你们是为什么都一致把海螺送给了小霸王龙呢?"

"因为小霸王龙的愿望很重要哇!他已经很久没有见过他的爸爸妈妈了,他只是想许愿再见见爸爸妈妈,和他们说说话而已。而我们大部分其他小恐龙的愿望,在来找海螺的路上已经慢慢实现了!"壮壮龙说道。

接着小美补充道:"我之前许愿想要成为恐龙岛上最漂亮的恐龙,但在冒险中知道了,外表的美丽并没有那么重要,所以我的愿望也不需要再实现了。"

"我之前许的是希望做小美唯一的朋友,但我后来发现这样是不对的,如果

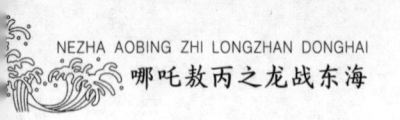

小美只有我一个朋友,不能再交其他朋友的话,我想她一定不会快乐的。"

之后其他小恐龙们也一五一十地跟彩虹精灵说着自己的想法,彩虹精灵也终于知道了这些小恐龙们把自己的七彩海螺给小霸王龙的原因。听到他们的冒险故事,彩虹精灵既感动,又羡慕,她还从来没有体验过友情的滋味呢。

彩虹精灵还从来没有过朋友呢。在天上的精灵群里,掌管彩虹的精灵就只有她一个,而且她住的地方离其他的精灵们很远。彩虹精灵不禁遐想着,如果有了很多非常要好的朋友会是什么样的感觉呢?她会不会不再孤单,而感觉到非常快乐呢?

而此时小霸王龙正准备许愿,再次说出自己的愿望呢。他抬起头却发现彩虹精灵一副若有所思、表情惆怅的样子。这时彩虹精灵也发现了小霸王龙正看着她,便停下了思考。

"你说出你的愿望吧!我来帮你实现。"彩虹精灵看向小霸王龙说道。

"我的愿望是我想再见到已经牺牲的爸爸妈妈,告诉他们我……"愿望说到一半,小霸王龙突然停下了。

"告诉他们什么?"彩虹精灵有点疑惑,不知道为什么小霸王龙话说一半就停下来了。

"彩虹精灵,你有愿望吗?你的愿望是什么呢?"小霸王龙突然换了个话题。

而听到这句话的彩虹精灵更加疑惑了,小霸王龙为什么会问她的愿望呢?其他小恐龙们也很是疑惑——现在不应该是小霸王龙许愿,然后愿望实现,皆大欢喜吗?怎么变成了问彩虹精灵的愿望呢。

"……为什么会问我的愿望呢?"彩虹精灵疑惑地问道。

"我之前许的愿望,是想要再见到已经牺牲的爸爸妈妈,告诉他们,我已经成了勇敢的恐龙之王。可是恐龙之王又有什么好的呢?我的爸爸妈妈之前就是恐龙之王啊,可他们还是牺牲了……我想爸爸妈妈看到我过得开心快乐,他们也会感到开心快乐的吧。而且在这一路上,我已经拥有了这么多要好的朋友,也不会再孤单了!"

彩虹精灵听到了小霸王龙的话后,很是触动。

"彩虹精灵,你的愿望是什么呢?"小霸王龙再次提出了这个问题。

"我的愿望……我的愿望是希望有一些朋友!天庭上太孤单了,彩虹界就只有我一个精灵,我也想像你们一样有很多很多好朋友哇。"彩虹精灵的话语里有点沮丧。彩虹精灵的精灵魔法只能实现别人的愿望,不能实现自己的愿望。

"小霸王龙,既然之前的愿望你不想实现了,你还有其他愿望吗,我帮你实现吧。"彩虹精灵此时恢复了正常的语气与正常的表情，她温柔地看向了小霸王龙。

此时小霸王龙并没有说他的其他愿望，而是又换了一个话题："那彩虹精灵，我们可以做你的朋友吗？"

彩虹精灵的表情变得有些难过："我也想这样……可我是天上的精灵，其实并没有实际的身体，我并不能在恐龙世界待多久的……因此，我也没办法做你们的朋友……"

小霸王龙此时仿佛豁然开朗般"啊"了一声："那我就许愿你有我们一样的身体吧！这样你就可以和我们做朋友啦！"

彩虹精灵受宠若惊地看向小霸王龙，原来小霸王龙前面问的那些问题，都是想让她实现愿望。

彩虹精灵小心翼翼地问道："小霸王龙，你真的要用唯一的许愿机会，来实现我的愿望吗？"

"是的！我有小伙伴们陪伴，一点不孤单，但你太孤单了！而且每次都是彩虹精灵你去实现别人的愿望，那你的愿望又靠谁去实现呢？我想，这唯一的许愿机会，应该留给你！"

彩虹精灵听到小霸王龙的话，感动地流下眼泪来。她此刻真想抱抱小霸王龙，可是她没有实际的身体，抱不到。

而此时小霸王龙好像猜出了彩虹精灵在想什么，他伸出手做出拥抱的姿势，和彩虹精灵伸出来的无形的手交叉在一起，好像他们就在拥抱一样。

"彩虹精灵，你想要什么样的身体呢？是变成小恐龙，还是变成其他的动物呢？"

"我想变成小恐龙！我想当一只小迅猛龙。"彩虹精灵开心地说。

"我们恐龙岛的小恐龙里好像还没有小迅猛龙呢！"大角龙说。

"对呀，还没有小迅猛龙呢！"小角龙附和道。

"为什么是小迅猛龙呢？"站在一旁的懒龙龙提出了自己的疑问。

"因为迅猛龙是跑得最快的小恐龙啊！我想做恐龙岛的邮递员——我想为恐龙岛的大家运送包裹、信件，传达各种爱的信息！"

"哇，这也太棒了！"壮壮龙说。

"那之后彩虹精灵你是不是可以开一家邮局，然后我们大家都去帮忙啊？"小美说。

"哇，如果是这样的话，我也要来！"小酷龙跟在小美之后说。

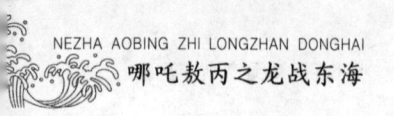

"这是个很好的点子呢！"彩虹精灵笑着说。

小霸王龙接着说："那我就来许愿吧！我要许愿让彩虹精灵变成小迅猛龙，成为我们的朋友！"小霸王龙虔诚地紧握双手，双眼也闭得紧紧的。

小霸王龙话一说完，云彩上的彩虹精灵就消失不见了。

"彩虹精灵怎么不见了呀！"独龙侠是第一个发现彩虹精灵消失的。

"欸，是呀，彩虹精灵哪儿去了？"本来小恐龙们都专心地注视着许愿的小霸王龙，独龙侠一说，他们才发现本来在云彩上温柔注视着他们的彩虹精灵消失不见了。

"我在这里！"熟悉的声音从八只小恐龙背后传来。

反应有点慢半拍的懒龙龙突然有些蒙了："这是谁呀？"

"这是小迅猛龙啊，傻瓜！"小美笑着说道。

原来是懒龙龙不知道迅猛龙长什么样子，他看到陌生恐龙面孔的时候，突然愣住了。不知道从哪儿冒出来一只新的小恐龙。

"啊哈哈，我这脑袋瓜！"边说懒龙龙还边拍了几下自己的脑袋。

"愿望成真了！真是太好啦！"小霸王龙开心地看着彩虹精灵——哦不，现在得说是小迅猛龙啦！

"是呀，是呀！我终于有自己的身体啦！"说完，小迅猛龙以极快的速度向小霸王龙跑去，一把抱住了他，"真的非常感谢，谢谢你，小霸王龙！"

小霸王龙也紧紧地回抱。

其他也加入了他们的拥抱中——九只小恐龙紧紧地抱在了一起，他们的形状像是一个圆滚滚的球。

"哎哟，要喘不过气来啦。"在恐龙群之中的小迅猛龙笑着说道。

听到了小迅猛龙的话，其他小恐龙赶紧松开了手。

"小迅猛龙，你以后就住我家里吧！我家里只有我一个人，空房间还多得很呢！"小霸王龙看向小迅猛龙说道。

"这不公平！我们也想和小迅猛龙住在一起。"

"对呀对呀，我们也想！"

…………

其他小恐龙都一个一个地提出了自己的反对意见。

小迅猛龙看着大家如此重视自己的样子，眼眶渐渐湿了。

"那这样吧！你们今天回去跟爸爸妈妈说一声，都住我家来吧！以后谁想找小迅猛龙，就到我家来！"小霸王龙说道。

"这样也可以，我同意啦！"之前第一个提出反对意见的小角龙，也是第一个妥协的。

"好吧，我也同意！"

…………

"我还有一个想法，我想把我们家的客厅做成邮局！这样就可以方便小迅猛龙每天给大家送信送包裹啦！"小霸王龙看着小迅猛龙说。

"这个点子好！我要来帮忙！"壮壮龙说。

"我也来！我画画装饰还是很不错的。我可以把邮局装点成小迅猛龙喜欢的样子。"独龙侠说。

"我可以每天在邮局放上漂亮的花束！"小美说。

"我可以从家里拿我和爸爸妈妈做的糕点给大家当午饭吃！"小酷龙说。

"我力气大，可以搬东西！"大角龙说。

"我力气没大角龙大，那我就来摆大角龙搬来的东西吧！"小角龙说。

"我就跳舞给大家助兴吧！"懒龙龙说。

"啊，懒龙龙，你跳舞？"大角龙有些震惊。

"对呀，对呀，我跳舞可好看啦！之前祈雨的时候，我就是跳舞祈的雨呢！"懒龙龙很是自信地回答道。

大角龙实在是很难想象出懒龙龙跳舞的样子，不知道咋回答，就没再说话了。

"真的谢谢大家！"小迅猛龙边说边哭了出来，这就是有朋友的感觉吗？有朋友可真好哇！

"哎，小迅猛龙你怎么哭了……"独龙侠说道。

"我没事……我……我就是太感动了，呜呜……"

看到小迅猛龙哭，大家又抱作一团。八只小恐龙一个一个着急忙慌地给小迅猛龙擦眼泪。小迅猛龙看着大家如此关心在意她的样子，哭着哭着又笑了起来。

"有你们真好！我以后的日子再也不会孤独啦！"小迅猛龙看着大家开心地说道。

"那现在我们回家吧！"小霸王龙说道。

之后九只小恐龙到了小霸王龙家里，一起给小迅猛龙收拾了一间屋子出来。小霸王龙、壮壮龙、大角龙负责给小迅猛龙搬家具，独龙侠、小酷龙、小美龙、懒龙龙、小角龙负责打扫和给小迅猛龙的房间做装饰。

在八只小恐龙的共同努力下，小迅猛龙的房间很快就布饰好了。

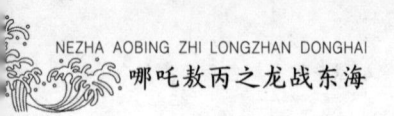

"哇，这是我梦想的温馨小屋哇！真是谢谢大家。"小迅猛龙躺在舒服的床上，由衷地向朋友们表达她的感谢。

大家在小霸王龙家里休息了一会儿后，就向小角龙的家中走去了。

为什么去小角龙家里呢？大家还记不记得后来小角龙许的心愿哪——希望妈妈可以不用再喝苦药了。大家现在都想要去看看小角龙的妈妈身体怎么样了。

九只小恐龙又来到了小角龙家里。

"哎呀，小角龙怎么带了这么多朋友来呀！大家快坐快坐，我去拿点饼干出来给大家吃。"小角龙的妈妈热情地招待着小恐龙们。

"阿姨阿姨，您快坐，你还生着病呢。"小美握住了小角龙妈妈的手，扶着她坐到了沙发上。

"对呀，阿姨，我们是来照顾您的，而不是让您来招待我们的。"小酷龙说道。

"真是懂事的孩子们哪，阿姨的病已经好了，已经没事了。"小角龙的妈妈慈爱地看着眼前的孩子们。

"就算好了，也要多休息。应该让我们来照顾您！"说完，独龙侠走到了小角龙妈妈的身边，替她捏起了肩膀。

而其他小恐龙见状，也走了过来。有给小角龙妈妈捏腿的，有捏手的，也有倒茶的……快乐的一天就在九只小恐龙照顾小角龙妈妈中度过啦。

这一次的冒险所有小恐龙都很开心，因为他们收获了友情和爱，知道了奉献和付出，他们逐渐从可可爱爱的小恐龙，变成了正义勇敢的大恐龙。